KB236514

책쓰기
성공
비법 50
가지

**책쓰기 성공 비법
50가지**

© 이상민, 2026

초판 1쇄 2026년 2월 10일 찍음
초판 1쇄 2026년 2월 26일 펴냄

지은이 | 이상민
펴낸이 | 강준우

인쇄·제본 | 지경사문화

펴낸곳 | 인물과사상사
출판등록 | 제17-204호 1998년 3월 11일

주소 | (04031) 서울시 마포구 동교로 22길 29 성지빌딩 3층
전화 | 02-325-6364
팩스 | 02-474-1413

ISBN 978-89-5906-825-8 03800
값 19,000원

책쓰기 성공 비법 50가지

책쓰기로
성공하는 사람은
분명 따로 있다

이상민 지음

책쓰기로 성공하는 사람은 분명 따로 있다

책을 쓴 지 어느덧 19년 차에 접어듭니다. 그동안 전업작가와 책쓰기 강사 생활을 하며, 20권이 넘는 책을 쓰고, 300여 명의 기획출판 작가를 배출했습니다. 저의 책쓰기 특강을 듣겠다며 찾아온 사람은 약 2만 명, 책쓰기 1대 1 코칭을 진행한 사람은 약 5천 명입니다.

그러면서,

1. 누가 책을 쓸 수 있는가?

2. 누가 책을 잘 쓰고, 승승장구하는가?

3. 누가 책을 못 쓰는가?

4. 누가 능력이 되는 데도 불구하고 책을 못 쓰는가?

5. 책을 쓰는 데 있어 치명적 실수와 함정은 무엇인가?

6. 책을 쓰는 데 결정적인 변수와 터닝 포인트가 되는 것은 무엇인가?

7. 책쓰기의 승자와 패자를 가르는 핵심은 무엇인가?

에 대해서 많은 고민을 했고, 많은 사람을 보았으며, 저 역시도 많은 깨달음을 얻었습니다. 그것은 19년의 시간, 2만 명의 수강생, 20권의 책 집필, 300여 명의 기획출판 작가 배출이라는 시간과 경험이 있었기 때문입니다.

이것은 그 시간과 경험, 고민과 깨달음의 결정판으로 완성된 책입니다. 책쓰기는 단순히 책을 쓰는 방법만 알아서는 안 됩니다. 어쩌면 책쓰기의 성공은 방법 너머에 있는 다양한 요소와 변수에 의해서 만들어지는 것이기 때문입니다. 실제로 그러합니다.

책쓰기는 방법보다는 자신감과 패기가 중요합니다.

책쓰기는 방법보다는 스스로의 라이프 플랜 계획이 중요합니다.

책쓰기는 방법보다는 장기간 끌고 갈 수 있는 힘이 중요합니다.

책쓰기는 방법보다는 멘탈이 훨씬 더 중요합니다.

책쓰기는 쓰기가 아니라 읽기가 본질입니다.

책쓰기는 책 인세가 아니라 다른 수익모델 창출이 핵심입니다.

책쓰기는 알아서 쓰는 것이 아니라 몰라도 바로 쓸 수 있습니다.

책쓰기는 방법보다는 절박한 마음, 초심을 잃지 않는 마음이 대단히 중요합니다.

책쓰기는 방법보다는 결정적 변수를 만드는 전문가의 피드백이 중요합니다.

　　물론, 책쓰기 방법도 핵심에 대해서는 정확히 알고 있어야 하기에 핵심에 핵심만을 다루었습니다. 이 책은 첫 책을 쓰고자 하는 사람에게 필요한 거의 모든 핵심을 담고 있습니다. 이것은 책을 10권, 20권 써보았다고 해서 알 수 있는 내용이 아닙니다. 적어도 10년, 적어도 수천 명의 사람을 코칭해본 사람만이 알 수 있는 내용이기 때문입니다.

　　그동안 책쓰기 지도를 하며 놀라운 경험을 많이 했습니다. 기적이라고 불릴 정도의 수강생도 보았습니다. 그러면서 반대로 왜 책을 쓰지 못할까라는 안타까움을 자아내는 수강생도 있었습니다. 왜 그렇게 생각할까? 좀 더 긍정적인, 대승적인 방향으로 나아가지 못함에 안타까움을 느끼기도 했습니다. 이것은 책쓰기 입문을 하고자 하는 사람에게 실제로 10년 후의 길을 보여주는 책이 될지도 모릅니다. 저의 19년의 경험과 수많은 사람의 경험을 토대로 만들어진 책이기 때문입니다.

　　이 책은 첫 책을 쓰고자 하는 사람, 10권 미만의 책을 쓴 사람에게 좋은 가이드가 될 것입니다. 책쓰기에서 성공을 거두고자 하는 사람은 반드시 일독을 해보세요. 분명 큰 도움이 될 것입니다.

　　저도 19년 전 처음 책을 쓸 때 이러한 책이 있었다면 얼마나 좋았을까라는 생각을 해봅니다. 저는 누구의 지도도 받지 않고 좌충우돌하며 왔기 때문입니다. 물론, 어느 정도 책을 쓰고 나서는 건국대 석좌교수이자『방외지사』의 저자인 조용헌 선생님의 조언이 큰 도움이 되었습니다.

　　어쩌면 책을 써서 살아간다는 것은 일종의 수도승의 삶, 수양의 삶을 살아가야 하는 것인지도 모릅니다. 계속 흔들리는 멘탈을 부여잡고, 새로운 길을 모색하는 일종의 외로운 늑대와 같은 삶일지도 모르고 말입니다. 안정된 월급을 받지 않고, 자신만의 콘텐츠를 만들어서, 혼자서 새로운 길을 개척한다는 것은 춥고 배고프며 힘든 일입니다. 홀로 떠도는 시베리아 호랑이처럼 살아가야 하는 삶입니다. 그러나 자기가 하고 싶은 공부를 하니 즐겁고 재미있고, 모든 시간과 돈을 자유롭게 쓸 수 있으며, 모든 것을 자신이 계획하고 만들어가니 그보다 큰 기쁨은 없습니다. 또, 다 먹고 살자고 하는 것인데 열심히 하다 보면 결국 자신의 때는 오게 마련이라는 걸 알게 되는 날이 올 것입니다.

저 또한 아버지가 혈액암으로 오랜 투병 생활을 해서 집안의 가세가 기울어 기초생활 수급자 1급이 되었고, 가난을 이유로 군대 면제까지 되었습니다. 결국 대학도 진학하기 힘들었는데, 전한길 선생님의 등록금과 생활비 전액 지원으로 대학을 다닐 수 있었습니다.

그 후 책을 쓰고 강의를 하며 완전한 자립을 했고, 30대 중반에는 1년 세금 3억 원을 납부해보기도 한 끝에, 현재는 일종의 파이어족이 되었습니다. 이제는 책을 쓰고 강의를 하지 않아도 자산소득에서 생활비가 나오기 때문입니다. 그래서 저는 지금 제주도에 있으면서 편안하게 강의와 코칭을 하고 있으며, 독서와 여행 그리고 사색과 책쓰기를 하고 있습니다. 작가의 삶은 저의 삶처럼 드라마틱할 수 있고, 재미있을 수 있으며, 자유로운 삶과 행복한 삶으로 나아가게 합니다. 물론, 저 또한 엄청난 고민과 방황, 괴로움의 시간이 숱하게 많았고, 불안한 나날로 인해 새벽 3시 대구 수성못을 걷고 또 걷던 시절도 있었습니다. 그러면서 작가의 길, 강사의 길에서의 정수精髓와 정석은 무엇인가에 대해 깊이 고민하고, 성찰하며, 계속 실험하고 도전하며 저의 길을 개척하게 된 것입니다.

이번 책은 저의 그러한 고민도 담겨 있고, 책쓰기에서 반드시 필요하고 도움이 될 핵심을 담아냈습니다. 이번 책이 앞으로 작가를 하고자 하는 분들에게 도움이 되었으면 하는 마음이고, 분명 도움이 될 것이라고 확신을 합니다. 아무쪼록 모든 작가 지망생들이 자신만의 길을 씩씩하고 투지 있게, 행복하게 즐기면서 걸어가길 응원하는 마음입니다.

제주에서

이상민 씀

차례

머리말　책쓰기로 성공하는 사람은 분명 따로 있다　5

─1부═══════════════ 책쓰기에 실패하는 사람들의 특징

01　어설픈 완벽주의 때문에 결국 책을 다 쓰지 못한다　17

02　멋지고 훌륭한 글도 기획출판이 안 될 수 있음을 모른다　25

03　원고투고 이후 기획출판이 되는 원리를 모른다　33

04　출판사마다 피드백이 천차만별인 이유를 모른다　38

05　전문가의 피드백을 제대로 받아들이지 않는다　44

06　'스승'과 선배의 삶을 보며 '라이프 플랜'을 세우지 않는다　58

07　자료의 내용을 이해하고 재구성해야 책이 완성됨을 모른다　66

08　타깃 독자가 아닌 전문가들 대상으로 써야 한다는 착각을 한다　70

09　스펙이 뛰어나도 책을 못 쓰는 사람이 나온다는 걸 모른다　74

10　책 마케팅의 방법과 한계를 모른다　80

─2부═══════════════ 책쓰기에서 성공하는 힘은 따로 있다

11　책의 성공은 개인이 아닌 시대가 만든다는 것을 모른다　87

12　책 쓰는 능력보다 책 읽는 능력이 10배는 더 중요함을 모른다　92

13	멘탈 관리가 책쓰기의 거의 전부임을 모른다	97
14	때로는 돈 생각을 떠나 책을 써야 함을 모른다	103
15	책을 낸 후 자기만의 수익 모델을 만들어내야 함을 모른다	108
16	작가 생활은 신선놀음이 아닌 걸 모른다	112
17	독자나 수강생들의 부정적 피드백을 무시해야 함을 모른다	116
18	진짜 가난하고 힘든 사람은 책을 내서 성공하기 어려움을 모른다	121
19	큰 그림을 그리되 꾸준히 '지금'에 집중하며 가야 함을 모른다	127
20	책쓰기 결실도 결국 적선과 복의 결과임을 모른다	135
21	안정된 수입이 있어야 책쓰기에 집중할 수 있음을 모른다	143

3부   책쓰기의 본질을 이해해야 한다

22	아무것도 모르는 분야에 대해서도 책을 쓸 수 있음을 모른다	151
23	책쓰기가 스펙도, 돈도 없는 사람에게 희망이 됨을 모른다	155
24	책쓰기는 왕초보를 위한 전문서 집필이 본질임을 모른다	161
25	책이 수익원이라기보다는 사회적 명함이라는 사실을 모른다	165
26	책을 쓸 때 자신감을 가지고 말해야 함을 모른다	169
27	다른 사람의 처지를 이해할 수 있을 때 책이 성공함을 모른다	173

4부   책을 잘 쓰려면 마음 자세가 달라야 한다

28   적어도 6개월 동안은 책쓰기에 전념해야 함을 모른다   179

29   연수입 5억 원이 넘더라도 삶의 기복이 있을 수 있음을 모른다   184

30   책쓰기는 절박한 마음에서 시작되고 완성됨을 모른다   190

31   성공한 작가 대부분이 탄탄대로를 걸었다고 착각한다   197

32   잘 쓰려는 욕심을 가지는 한편 마음을 비워야 함을 모른다   202

5부   책을 잘 쓰는 방법론을 알아야 한다 Ⅰ

33   어렵게 써도 독자는 금방 이해할 거라고 착각한다   209

34   책쓰기 실력과 베스트셀러는 상관관계가 없음을 모른다   214

35   경쟁도서에 대한 분석도 하지 않고 쓰기 시작한다   221

36   독자에게 무엇을 줄 수 있을지 질문하지 않고 쓴다   226

37   목차 구성을 하지 않고 본문부터 쓰는 우를 범한다   230

38   각 목차의 분량을 들쑥날쑥하게 쓰는 우를 범한다   235

39   표절과 인용에 대한 개념 없이 글을 쓰는 우를 범한다   239

40   타깃 독자를 정하지 않고 글을 쓰는 우를 범한다   245

<table>
<tr><td colspan="3">—6부 ══════════ 책을 잘 쓰는 방법론을 알아야 한다 Ⅱ</td></tr>
</table>

41	주장을 하려면 반드시 그 근거를 대야 함을 모른다	255
42	출판 트렌드 분석을 절대 하지 않고 책을 쓴다	259
43	책을 통으로 베끼는 필사를 하면 책쓰기 실력이 절로 는다	264
44	호기심이 책을 잘 쓰는 자양분임을 모른다	269
45	초고 쓰기에 1개월, 퇴고까지는 2개월이면 충분함을 모른다	272
46	늘어지는 문장과 복잡하고 난해한 표현은 금기임을 모른다	276
47	욕심을 부려 너무 광범위하게 쓰는 우를 범한다	279

<table>
<tr><td colspan="3">—7부 ══════════════════ 세대별 책 잘 쓰기 전략</td></tr>
</table>

48	20대는 자기 진로와 가능성을 발견하기 위해 쓰자	285
49	30대는 40대 이후 진로를 고려해 쓰자	289
50	40대는 향후 30년간의 승부를 대비해 쓰자	293

책쓰기에 실패하는 사람들의 특징

어설픈 완벽주의 때문에
결국 책을 다 쓰지 못한다

첫 책을 쓰는 사람은 대개 말도 안 되는 꿈을 꾼다. 첫 책부터 100만 부 베스트셀러를 만들겠다고 하기 때문이다. 또, 첫 책인데 헤밍웨이의 『노인과 바다』를 넘는 작품을 쓰겠다고 한다. 왜 그럴까? 그것은 출판 현실을 모르기 때문이다. 아직 한 번도 책을 내보지 않았기 때문에, 아무것도 모르기 때문에 할 수 있는 말이다. 실제 대부분 책은 초판도 팔리지 않는다. 신간의 90% 내외가 초판조차 팔리지 않으며, 연간 1만 부 이상 판매되는 책은 1~5% 내외에 머문다. 연간 10만 부 팔리는 책은 1%가 채 되지 않고, 100만 부가 팔리는 책은 매년 1권이 채 나오지 않는다.

그러니 첫 책을 쓰는 사람이라면 일단 그냥 써야 한다. 그것이 무엇이든 책을 완성하는 것 그 자체에 의의를 두어야 한다. 그것부터가 시작이고, 그다음 하나씩 이루어나가면 되기 때문이다. 오히려 처음부터 대박을 치겠다고 생각하면, 책을 완성조차 하지 못한다.

나는 지금까지 책쓰기 지도를 많이 해왔다. 내가 가르친 제자들 중 200명 이상이 베스트셀러 작가가 되는 것을 지켜보았고, 실제 그렇게 되도록 많은 도움도 주었다. 그런데 실제 베스트셀러 작가가 된 사람들은 처음부터 대박 꿈을 꾸는 사람이 극히 드물다. 소박하고, 작게 그렇게 시작하는 것이다. 그저 '책 1권을 기획출판하면 충분하다'는 생각들이 많았다.

가만히 보면, 첫 책부터 반드시 베스트셀러 1위가 되겠다거나, 첫 책부터 대박을 치겠다고 말하는 사람들이 있다. 실제 이런 생각을 할 수는 있다. 그러나 생각하는 것과 입 밖으로 내는 것은 또 다른 문제다. 위의 생각들을 떠들면서 다니는 사람들이 있다. 나는 지금까지 그런 사람들을 많이 보았다. 그들 중 거의 99%는 책을 완성조차 못 한다. 가끔 책을 완성하는 사람이 있을 수 있는데, 나는 지난 11년 동안 책쓰기 지도를 하며 그런 사람을 단 1명도 보지 못했다. 그러나 100년 정도 되면 1~2명 정도 나올 것이기에, 그렇게 말하고도 책을 완성하는 사람이 있을 수는 있다고 본다. 그러나, 100년이면, 내 손자나 증손자에서 나온다는 말이다.

첫 책부터 초대박을 치겠다거나, 너무 완벽한 책을 쓰겠다는 생각은 완전히 머릿속에서 지워야 한다. 실제 10년, 20년씩 작가 생활을 해도 이런 생각을 하면 책쓰기가 어렵다. 부담 때문이다(나 역시도 그런 우를 계속 범하고 있다. 잘 쓰려고 하면 어느덧 책을 못 쓰기 시작하는 것이다. 그냥 써야 한다). 완벽한 책을 쓰겠다는 것의 문제는 뭐냐 하면 단 한 글자도 쓰지 못하면서 시간만 보내다가 끝나기 쉽다는 것이다. 너무 큰 꿈을 꾸면 그 꿈에 압도된다. 그래서 단 한 걸음도 나아가지 못한다.

요즘 한국 사회에 은둔 청년, 은둔 중년이 많이 늘어났다. 이 사람들이 왜 늘어났을까? 주위에서 완벽함을 강요하고, 본인도 그런 삶을 살아야 한다고 믿기 때문이다. 즉, 그냥 안 되면 좀 안 좋은 대학 들어가고, 그냥 중소기업 들어가고, 거기에서부터 하나씩 빌드업을 하면 된다. 그런데, 남들 시선을 생각하기 때문에 명문대가 아니면 들어가지 않고, 대기업이 아니면 들어가지 않는 것이다. 결혼도 그렇다. 번듯한 사람과 할 것이 아니면 안 하는 것이다. 명문대에 들어가지 못하는 사람, 대기업에 못 들어가는 사람이 어찌 되었건 거의 70~80%다. 평범하게 살되, 행복하게 살면 되는 것이다. 완벽을 추구하다가 은둔 청년, 은둔 중년으로 살면 인생이 망한다.

사람들과의 관계도 그렇다. 사람들과 치고받고 싸우는 것은 당연하다. 처음부터 완벽한 관계, 모든 사람과 잘 지내는 관계는 불가능한 것이다. 100명 중 1~2명은 당연히 또라이고, 1,000명 중 1명은 범죄로 감옥에 가는 게 통계이고 팩트다. 사이코패스는 전체 인구의 1% 정도로 알려져 있다. 한국인은 5,100만 명이고 이 중 감옥에 수감 중인 사람이 5만 명이다. 따라서 인구 1,000명당 0.98명이 감옥에 있다. 즉, 인구 1,000명당 1명은 감옥에 가는 것이 통계다. 지금도 집단지성이 모인 뛰어난 국가도 전쟁을 계속한다. 전쟁에 좋은 관계, 공정, 상식이 어디 있는가? 그냥 죽는 것이고, 죽이는 것이고, 힘의 논리가 작동한다. 사람과의 관계도 완벽함을 추구하면 은둔 청년, 은둔 중년이 된다. 당연히 이상한 사람도 많고, 싸우고, 상처받고, 상처 주고 그렇게 살아가는 것이다. 그냥 대수롭지 않은 것이다. 그렇게 생각하고 수많은 상처를 받더라도 행복하게 잘 살아가야 하는 것이다. 또, 세상 밖으로 나가야 하는 것이다.

　　모든 영역에 있어 완벽함이란 애당초 불가능하다. 그런 것은 허상이다. 책쓰기도 마찬가지다. 그냥 해가야 한다. 너무 잘하려고 하지 말고, '대충'하겠다는 생각도 좋다. 어떻게 보면 세상 모든 걸 대충대충 살아야 잘 살 수 있다. 너무 잘하려고 하니까 정신병이 오는 것이다. 너무 잘하려고 하니까 스트레스를 많이 받고 암이 오는 것이다. 기본적으로 잘하는 사람은 극소수다. 0.1%다. 매사 모든 목표를 0.1%에 맞추면 안 된다. 5%, 10%, 경우에 따라서 70~80% 이상의 사람에게도 기회가 오는 게 인생이다. 나는 내 방식대로 해나가면 되고, 그렇게 내 삶을 살면 되는 것이다. 반드시 1등, 최고, 100억대 자산가가 안 되어도 되는 것이다.

　　대충하자라고 생각하면 좋은 점이 많다. 첫째, 행동이 빠르다. 완벽주의자는 준비하느라 인생 다 보낸다. 그냥 종친다. 그러나 대충대충하는 사람은 바로 한다. 행동주의자인 것이다. 둘째, 실수와 실패에 대한 부담이 적다. 실수와 실패를 두려워하지 않으니 도전을 많이 하게 된다. 결국 도전을 많이 하게 되면 성공할 기회도 많아진다. 결국 성공할 가능성이 커진다. 셋째, 대충하는 사람은 대충하기에 핵심에만 집중하고 나머지는 신경을 놓아버린다. 결국 중요한 것에 집중함으로써 탁월한 결과를 내게 된다. 넷째, 마음의 안정도가 높다. 대충이라고 생각했기에 마음이 편안하고 안정된 상태에서 책을 써나갈 수 있다. 다섯째, 다른 사람의 협조도 얻을 수 있다. 대충하기에 에너지가 여분이 있고 그 에너지를 사람들과의 협업에 쓸 수 있다. 결국 타인의 도움을 얻어 성공에 그만큼 속도가 붙게 된다. 모든 성공은 타인의 도움으로 온다.

　　책쓰기는 특히 첫 책이라면 그냥 대충해 나가야 한다. 너무 잘하려고 하는 순간, 못하게 된다. 국민 자격증이라는 운전면허만 해도 처음 도전한다면 떨어지는 게 당연하다. 나도 운전면허를 딸 때 주차에서 3번인가, 4번 정도 떨어졌다. 차를 처음 산 날 주차하면서 다른 차를 박아서 200만 원 이상 물어주었다. 그것이 당연한 것이다. 처음 하는 데 실수 안 하고 한다? 처음 하는 데 대박을 친다? 처음 하는 데 완벽함을 추구한다? 그냥 안 되는 것이다.

처음 책을 쓸 때는 완성만 하면 된다고 생각해야 한다. 그런데 사람은 자꾸 본전 생각이 난다. "내가 시간을 이렇게 투자하는데 완성만 하면 된다고? 절대 안 돼!"라고 말하게 된다. 또, 책쓰기 아카데미에 등록했다면 "내가 고액의 등록금을 내고 책쓰기를 배우는 데 완성만 하면 된다고? 절대 안 돼!"라고 말하게 된다. 그러나 완성을 해야 다음이 있다. 최고의 완성이든 그렇지 않은 완성이든 일단 완성을 하면 반드시 그다음 기회는 열리게 된다. 너무 잘하겠다고 하는 순간, 책을 쓰지 못한다. 인생은 긴 레이스다. 단 1권의 책으로 승부가 되는 그런 말랑말랑한 세상이 아니다. 책 1권 냈는데 그다음 날 벼락부자가 되고, 대통령이 되고, 재벌이 되는 그런 세상이 아니란 것이다. 당신은 분명 슈퍼스타를 꿈꾸기 때문에 책을 쓰려고 할 것이다. 그 꿈은 오랜 시간 인내와 노력, 눈물과 땀으로 가능한 영역이다. 그렇기에 더욱 완벽함을 내려놓아야 한다.

가령, 내가 하버드대나 스탠퍼드대에 입학했다고 해보자. 그럼, 그렇게 생각할 수도 있다. '내가 많은 노력을 해왔고 많은 학비를 냈다. 그러니 나는 큰 인물이 돼야 한다.' 그러나 너무 큰 꿈을 가지면 부담이 된다. 그것보다는 우수한 성적으로 무사히 졸업하는 것에 초점을 두어야 한다. 그러면 그다음 기회가 열리게 되는 것이다. 그렇게 실리콘밸리에 입사하거나, 전문직이 되거나, 스타트업 창업의 기회가 열리게 되는 것이다. 그다음도 역시 하나씩 하나씩 해결해나가면 된다.

물론, 중간에 좌절의 시간도 올 것이다. 그러나 그때도 슬기롭게 문제를 해결하면 된다. 그렇게 하면서 마흔 이후, 오십 이후의 시간을 준비하고 대비하면 되는 것이다. 우리나라의 기업 임원들은 대개 나이가 많고, 대통령도 나이가 많다. 그냥 한 방에 모든 걸 해결하겠다는 생각, 그 생각은 위험하고 어떤 결과도 만들지 못한다. 결국 진짜 성공은 오랜 뒤에 온다.

조금만 내려놓고 책을 쓰라고 말하고 싶다. 그저 완성만 하면 된다고 생각하고 쓰길 바란다. 그래야 책을 쓸 수 있다. 그래야 완성이 된다. 기획출판과 베스트셀러는 그다음 문제다. 안 되면 자비출판을 하면 된다. 자비출판 한다고 죽는 것, 아니다. 자비출판을 해도 그다음 책에서 기획출판을 하는 케이스는 많다. 내 수강생 중에도 있다. 얼마든지 가능한 영역이다.

또 하나 기억해야 할 것은 책이 많이 팔린다고 반드시 부자가 되는 것이 아니란 사실이다. 또, 책이 안 팔린다고 해서 부자가 안 된다는 법칙은 없다. 즉, 책의 판매량과 관계없이 책을 출판한 후, 자기 하기에 따라서 얼마든지 부자가 될 수 있다. 왜냐하면 책이 안 팔려도 관련한 강의가 인기가 있다면 부자가 되는 것이다. 책이 안 팔려도 다음 책에서 승부를 볼 수도 있다. 책이 안 팔려도 그것으로 대기업 고위직으로 입사해서 고액 연봉을 받을 수도 있다. 그러니 어느 하나에 목숨 걸 필요가 없다. 이게 되면 그리로 가면 되고, 안 되면 다른 길로 가면 되는 것이다. 그렇게 해서 정상에만 가면 되는 것이지, 굳이 한 길을 고집할 필요는 없다. 왜냐하면 성공으로 가는 길은 대단히 다양하기 때문이다. 성공하는 사람은 실수 없이 완벽했기 때문에 성공한 게 아니다. 경쟁자보다 그저 한 걸음 더 앞섰기 때문에 잘 된 것이다. 여기에는 운도 크게 작용한다. 운, 이것을 이야기하자면 대단히 길기 때문에 뒤에서 또 다루고자 한다.

나도 20대 때 처음 책을 쓸 때 일기를 쓰며 많은 고민을 했다. 그러나 그때의 일기장을 보면 진짜 말도 안 되는 고민들이 많았다. 지금 보면, 진짜 어처구니없는 그런 것이었다. 그러나 그때 당시로는 굉장히 진지했고, 심각했다. 그 당시의 '근시안적인 시각'으로는 그것이 세상의 전부로 보였기 때문이다. 그러나 지금 작가의 삶을 직접 19년간 살아 본 경험으로는 그때의 생각은 거의 맞지 않았다. 너무 좁은 눈으로 작가 세계를 보았다.

가령, 책을 반드시 100만 부 이상의 베스트셀러로 만들어야 한다는 생각은 반은 맞고 반은 틀리다. 책이 많이 팔리면 좋지만, 많이 팔리지 않더라도 다른 기회가 많기 때문이다. 가령, 1년에 책을 10권을 써야 한다는 것은 반은 맞고 반은 틀리다. 다작 작가로 승부를 할 수도 있고, 1년 1권 혹은 2년에 1권을 출판한 후 다른 것으로 승부할 수도 있기 때문이다. 가령, 박사학위가 있어야 책쓰기에 유리하다는 생각은 반은 맞고 반은 틀리다. 박사학위가 있으면 공신력이 있어서 좋은 것은 맞다. 그러나 학위 없이 순수한 실력만으로 승부해서 성공하는 케이스도 많다. 왜냐하면 박사학위보다는 콘텐츠 퀄리티, 독자의 공감, 꾸준한 집필을 통한 팬덤 강화, 책의 완성도가 더 확실한 성공 요인이기 때문이다.

처음 책을 쓰는 입장에서는 아무것도 안 보일 수 있고, 지금 내가 보고 있는 것이 전부일 수 있다. 사람은 아는 만큼 보이고, 느끼고 깨우

치는 만큼의 삶을 살아갈 수 있다. 지금은 전부로 보이는 것이 시간이 지나면 진짜 말도 안 되는 것이었다는 사실을 알게 되는 날은 반드시 온다.

당부하고 싶다. 그냥 쓰라고. 완성만 하면 된다고. 너무 잘 쓰려고 하지 말라고. 그것이 시작이자 끝이라고. 그래야만 책을 쓸 수 있다고. 쓰면 기회는 온다고. 물론, 그 기회도 그냥 오는 것은 아니고 다양한 노력은 해야 한다고. 모든 것을 완벽하게 하려는 순간, 인생 그 자체가 망하게 된다고. 대충하고, 엉망인 채로 살아가는 것이 삶이라고. 모두가 그렇다고.

멋지고 훌륭한 글도
기획출판이 안 될 수 있음을 모른다

지금 생각해보아도 나의 책쓰기 수강생이었던 그분의 글은 정말 압도적이었다. 책쓰기 과정에서도 그분의 준비는 거의 정석적이고 완벽할 정도였다. 정말 최선을 다했고, 자료정리 파일을 보면 압권이었다. 나는 책쓰기를 할 때 자료정리를 할 수 있는 양식을 제공한다. 그래서 그 양식대로 자료정리를 하도록 한다. 그런데 그분은 내가 드린 양식보다 더 치밀하고 디테일하게 세부 양식을 만들어 자료정리를 했다. 내가 보아도 놀라울 정도였다. 그분은 대기업 차장으로 근무하는 분이었다. 그분은 책을 쓰기에 충분한 스펙을 가지고 있었다.

원고는 읽어보면 내용도 좋고 감동도 되는, 모범적이고, 정석적인 글이었다. 그분은 글뿐만 아니라 태도도 아주 좋았다. 최선을 다하고, 겸손하고, 운동도 열심히 하고, 멋진 분이었다. 지금도 그분을 떠올리면 정말 자료 준비와 원고 내용 모두 거의 완벽했다는 생각이 든다. 그런데 원고 투고 후 기획출판 계약을 제안하는 곳이 한 곳도 없었다.

왜일까? 자료와 원고도 완벽했고, 스펙도 좋았던 그분은 왜 계약이 안 된 걸까? 소위 시대보다 조금 앞선 주제였기 때문이다. 보통 베스트셀러 쓰기 주제는 아이 공부를 이렇게 시켜야 한다는 내용인데, 그분은 "공부 외에 다른 수단으로 아이를 성장하는 어른으로 키울 수 있다"는 내용이었다. 즉, 아직 한국 사회에서 받아들이기 쉽지 않은 주제였다. 아니, 그런 주제를 받아들이는 부모는 있으나 소수라는 점이었다. 출판사들은 생각보다 너무 보수적으로 움직인다. 즉, 지금 책을 냈을 때 바로 팔릴 수 있는 주제에 민감하게 반응한다. 시대를 조금 앞서가거나, 사회 전체적으로는 옳지만 즉시 팔리지 않을 주제라면 출판하기 꺼린다.

나는 왜 이 주제를 그분에게 쓰라고 했을까? 그분이 쓰고 싶었던 마음이 컸기 때문이다. 나는 누구든 자기가 쓰고 싶은 주제를 써야 호소력이 극대화되는 걸 많이 보았다. 쓰고 싶지 않은 주제를 꾸역꾸역 쓰면 책쓰기의 결과가 좋지 않다. 책쓰기의 결과가 좋으려면 반쯤 미치거나 80% 이상 미쳐야 한다. 미치려면 결국 자기가 좋아하는 주제, 진짜 쓰고 싶은 주제, 쓰면서 스스로 설레는 주제를 써야만 한다. 또, 아무리 시장성이 낮은 주제라고 해도 저자가 뜨겁게 미쳐서 내용이 좋은 책으로 쓰면 기획출판이 되는 것을 많이 보았다. 즉, 아무리 시장이 작다고 해도 잘 쓰면 작은 그룹의 사람이라도 확실하게 움직이기 마련이다. 적어도 수천 명 정도는 움직일 수 있다. 그러면 출판사는 손익분기점을 넘길 수 있기에, 기획출판을 하는 것이다. 그러나 시장성이 낮은 주제에 대해 내용이 좋은 책을 쓰더라도 출판사는 거의 대다수가 보수적이기에, 기획출판에 실패하는 경우가 가끔 나온다.

출판사는 어떤 책을 기획출판 할까? 지금 바로 팔릴 책이다. 그 주제들은 뭘까? 지금 현재 그 주제로 출판된 책들 다수가 베스트셀러이거나, 신문 지상에 많이 뜨는 이슈거나, 유튜브의 높은 조회 수 등 인터넷에 많이 뜨는 이슈들이 출판사들이 좋아하는 주제들이다. 왜냐하면 이것은 이미 시장성에서 검증과 판정이 끝난 주제들로, 사람들의 반응이 있는 것이 확실하기 때문이다. 그래서 그런 주제를 좋아하고, 그런 주제를 좋은 내용으로 쓰면 대부분 기획출판을 하는 것이다. 베스트셀러도 되는 것이다. 가능하면 자기가 쓰고 싶은 주제라도 시장성이 낮으면 시장성이 있는 주제로 바꾸어서 가는 것이 좋다. 그러나 시장성이 낮아서 기획출판에 실패하더라도 본인이 진짜로 쓰고 싶다면, 이거 안 쓰면 절대로 안 될 것 같다면 써야 한다. 길게 보면 그게 더 낫기 때문이다. 장기적으로 보면 본인을 뜨겁게 하는 주제가 더 좋은 결과를 낳는다. 책쓰기는 결국 10년, 20년씩 길게 보며 승부해야 하기 때문이다.

내 강의를 듣던 한 수강생에게 지금 뜨는 주제로 책을 쓰라고 했다. 결국 그 수강생은 서른 초반임에도 2개월 만에 원고를 다 썼고, 대형 출판사에서 책을 내 최상위권 베스트셀러가 되었다. 한데 당시 그 수강생이 쓰고 싶은 주제는 그 수강생의 커리어가 전혀 뒷받침되지 않았고, 커리어가 없으면 책을 출판하기 어려운 주제였다. 그래서 말렸다. 그런데 나중에 보니 자기가 쓰고 싶은 주제의 분야에서 활동하고 있는 것이 아닌가? 남들이 볼 때 어려워 보이는 것도 자기가 좋아하면 결국 그 길을 가는구나 싶었다. 그것은 큰 깨달음을 주었다. 그래서 진짜로 쓰고 싶다면, 안 쓰면 죽을 것 같다면, 그 주제의 책을 쓰는 것도 좋고 필요하다.

영화배우라면 잘 생기고 키 크고 몸매가 좋으면 당연히 유리하다. 그러나 모든 연예인이 그렇지는 않지 않은가? 연예인 모두가 잘 생기고 키 크고 몸매가 좋은가? 전혀 아니다. 자기가 진짜 배우를 하고 싶다면, 그래서 연기에 미친다면, 위의 조건들은 전혀 문제가 안 된다. 물론, 초기 장애는 있을 것이다. 그러나 완벽하게 미친다면 아무런 문제가 안 된다. 책쓰기도 그렇다. 시장성이 낮으면 초기 장애는 분명 있다. 그러나 본인이 완벽하게 미친다면 결국 그 길을 가게 된다. 불리한 조건이나 상황은 의지 앞에서는 힘을 못 쓰기 때문이다.

예전에 군대의 한 장성에게 개인 코칭을 한 적이 있다. 그분이 쓰고 싶은 주제는 분명히 있었지만 나는 시장성을 생각해서 다른 주제를 제안했다. 결국 그분은 책쓰기 강의에 등록을 하지 않았고 책쓰기를 포기해버렸다. 지금 돌이켜보면 기획출판에 실패하더라도 그분이 쓰고 싶은 주제를 쓰게 하는 게 좋지 않았을까 싶기도 하다. 왜냐하면 기획출판에 실패하더라도 진짜 쓰고 싶은 책을 쓰는 게 후회가 남지 않기 때문이다. 또, 자비출판을 하면 되기 때문이다. 그럼 본인이 죽어서도 책은 남아 있기 때문이다. 그러나 실망해서 책쓰기 자체를 포기해버리면 그냥 아무것도 남지 않는다. 그분은 더군다나 군대의 장군까지 한 분이라서 충분히 어려움을 뚫고 갈 수 있었을 것이란 생각이 든다. 만약 자비출판을 해도 적어도 후회는 남지 않았을 것이라고 생각된다. 그래서 나는 지금은 본인이 진짜 쓰고 싶은 주제라면 시장성이 다소 낮더라도 책을 써보길 권하고 있다. 그것이 장기적으로 볼 때 더 나은 결과를 얻는다는 것을 경험했기 때문이다.

베스트셀러가 되는 건 한국의 문화가 크게 작용한다. 아직 한국사회에는 여유가 많이 없다. 돈 벌고, 먹고 사는 데 모두가 혈안이 되어 있다. 그도 그럴 것이 먹고 살기가 참 힘든 나라다. 소위 전문직, 대기업, 공무원, 공기업, 교사와 같은 좋은 직장은 전체 일자리 중 20% 미만이다. 나머지 80%는 중소기업이나 자영업에 종사한다. 요즘은 대기업에서 일해도, 공무원이나 교사를 해도 안정된 삶을 살기 쉽지 않다는 이야기를 한다. 그렇다면 중소기업은, 자영업은 어떨까? 훨씬 더 힘들다고 보아야 한다. 그야말로 각자도생의 시대가 된 것이다. 국가가 개인의 삶에 대해서 책임을 지는 게 아니고, 교육을 열심히 받아도 대부분 패자가 된다. 열심히 공부하고 대학을 가도 20%를 제외하고는 모두 중소기업에 가야 한다. 대기업에 가도 미래가 불확실하니 너도나도 의대에 가려는 판이다. 공무원과 교사의 퇴직도 늘어나고 있다.

유럽은 인생의 목표가 취미를 즐기는 것이라고 한다. 취미에 미쳐 있는 것이다. 프랑스나 영국에서 "나는 인생의 목표가 돈을 많이 버는 거예요"라고 하면 상대를 안 한다고 한다. 격이 낮다고 보기 때문이다. 대신, "인생의 목표가 무엇이에요?"라고 물으면 대부분 사람이 취미활동을 하는 것이라고 한다. 그래서 영국과 프랑스에는 취미를 거의 준전문가 수준으로 하는 사람이 많다.

그들은 인생의 목표는 부자가 되는 것이 아니다. 대신 정신적 행복, 건강, 삶의 균형, 여가, 자기 성취, 개인 시간을 갖는 것을 삶의 목표로 삼는다. 프랑스 청년들은 일보다는 여가, 문화 활동, 여행, 사회적 관계를 중시한다. 영국의 청년들은 건강 유지와 행복하게 사는 삶, 속도를 늦추는 삶을 삶의 목표로 삼는다. 그들은 돈은 필요하지만 인생의 전부는 아니라는 인식이 강하다. 그들이 이럴 수 있는 이유는 복지제도가 잘되어 있기 때문이다. 병원비, 교육비, 실업수당, 연금 등 사회안전망이 충분히 구비되어 있다. 프랑스인들은 기본적으로 예술과 여가를 누리는 것을 삶의 미덕으로 여긴다. 실제 유럽은 커뮤니티 문화가 강하기도 하다. 그래서 축구, 합창단, 자전거 동호회, 독서 모임 등이 활발하다. 그렇기에 자기가 좋아하는 것을 하면서 사는 것이 인생의 목표가 되는 것이다.

우리나라는 거의 모두가 여유가 없다. 10대도 대치동에서 바쁘고, 20대도 취업에 바쁘고, 30대와 40대노 기반 잡느라 바쁘고, 50내도 은퇴 후 대비로 바쁘고, 60대와 70대도 대부분이 일한다. 돈, 성공, 출세, 경쟁, 안정에 미쳐 있는 것이다. 이해가 된다. 자신을 책임져줄 수 있는 국가, 정부, 공동체가 없기 때문이다. 본인이 본인을 지켜야 하는 데 쉽지 않다. 그러니 먹고사는 것이 절대적이라는 믿음에 빠져 있고 그 방향대로 가고 있다. 젊은이들도 부담이 되니 결혼을 하지 않고, 결혼해도 출산을 하지 않으며, 일하는 노인들도 역대 최대가 되었다.

이상적인 방향의 책들이 잘 안 되는 현상은 어찌 보면 당연하다. 우리 수강생 중에도 한국의 주류와 다른 방향의 주제를 잡아서 책을 쓴 분들이 몇 명 있었다. 즉, 성공보다는 여유, 성공보다는 느림, 성공보다는 적성, 성공보다는 더불어 살기, 성공보다는 마음 편함, 성공보다는 휴식이라는 주제로 책을 쓴 분들이 있다. 그분들 중 50% 정도는 기획출판에 실패했다. 물론, 그분들 중 일부는 자비출판을 해서 베스트셀러 작가가 되기도 했고, 일부는 그 원고를 바탕으로 큰 지원을 받아 해외로 간 분도 있다. 또, 앞에 이야기한 대기업 차장분은 기획출판에 실패했으나 이후 자기 사업을 잘 하고 있다. 그래서 자기 삶을 잘 살아가고 있다. 물론, 이런 주제도 내용이 좋으면 소수 그룹이 반응할 수 있기에 나머지 50%는 기획출판에 성공했고, 출판한 분들은 대부분 베스트셀러 작가가 되었다.

기획출판에 실패한 그분들도 실패했다고 생각하지 않는다. 우리 시대와 조금 다른 생각을 했을 뿐이다. 유럽과 같은 나라에서는 거의 통념이고 정설로 통할 생각을 쓴 것이다. 그런데 한국의 문화와 다를 뿐이다. 그래서 기획출판에 실패한 것이지, 잘못한 것은 아니다. 또, 자기 생각을 한번 깊이 정리를 해보는 것은 여러모로 의미가 있다. 그것을 바탕으로 다양한 일들을 펼쳐나가면 되는 것이다. 책을 바탕으로 사업을 할 수도 있고, 해외로 갈 수도 있기 때문이다. 그래서 좋다고 본다. 기획출판 실패의 리스크가 크더라도 진짜 어떤 주제를 쓰고 싶다면 쓰면 되고, 자비출판을 해서 또 다른 삶의 페이지를 그려가면 된다. 실패할 게 뻔하니 아무것도 안 하고 가만히 있는 것보다는 100배 낫다. 행동하면 삶은 바뀌기 마련이다.

다만, 이런 점은 기억해야 한다. 출판사는 굉장히 보수적으로 기획출판을 판단한다. 당장에 자기 가족들의 생계, 직원들 월급, 사무실 임대료, 광고비, 종이 대금, 유통비 등을 내야 할 게 아닌가? 이걸 다 감당해야 한다. 옳은 것이고, 유토피아고, 정의고 떠나서 지금 당장 팔리는 주제에 모든 걸 걸어야 하는 게 출판사 입장이다. 그래서 가능하면 한국의 문화를 존중하는 선에서 책을 쓰는 게 필요하다. 그러나 본인이 한국의 주류와 다른 생각을 한다면, 그 생각을 밀고 가면 된다. 비록 실패하더라도 결국 의미를 낳을 것이다. 내 생각에 동의하는 사람들은 극소수라도 있을 것이며, 나는 그들과 함께 또 다른 역사를 만들면 되기 때문이다.

지금 생각해보면 나 역시 그렇다. 나는 30대에 종이책을 기획출판으로 20권 정도 출판했다. 당시 한국 30대 중에서는 가장 많은 책을 쓴 것이다. 어떻게 그게 가능했을까 생각해보면, 주류와 역행했기 때문이라는 생각이다. 즉, 주류라 하면 대부분 전문직을 하거나, 대기업, 공무원, 공기업, 교사 등을 생각한다. 하다못해 대기업이든 중소기업이든 취업을 한다. 그런데 20대부터 전업 작가로 책만 쓴다? 한국에 그런 사람이 있을 수 없다. 그러니 내가 한국 30대 중 책을 가장 많이 쓴 작가가 될 수밖에. 즉, 완벽한 비주류, 아무도 그렇게 하는 사람이 없었기에 내가 1등이 된 것이다. 이처럼 아무도 가시 않는 길을 가는 것도 의미가 있다. 그래서 30대에 한국 최다의 책을 쓰고, 책쓰기 지도를 해서 역사를 만들고, 자유로운 삶을 살며 책을 읽고 글을 쓰고 여행하는 삶을 살고있는 게 아닌가? 그렇게 나는 나의 역사를 만들었으니 주류와 역행하며 가는 것도 의미가 있다. 왜? 모든 걸 떠나 자기 삶을 재미있게 살면 충분하기 때문이다. 돈이야 먹고살 만큼 벌면 되는 것이니, 재미있고 행복하게 살면 되는 것 아닌가.

판단은 자기 몫이다. 다만, 기획출판은 한국의 주류문화를 타야 한다. 그렇지 않고 자기가 꼭 쓰고 싶은 걸 쓰면 그 주제가 한국의 주류문화와 맞을 경우 기획출판이 되지만, 그렇지 않다면 기획출판이 안 될 가능성이 크다. 결국 자기가 선택하고 책임지고 가면 된다. 나는 어느 쪽이든 다 좋다는 입장이다. 왜냐하면 무엇이든 행동하면 결과가 남기 때문이다. 인생은 빨리 성공하는 것도 의미 있지만 느리게 성공하는 것도 의미 있다. 성공을 하는 것도 좋지만 성공하지 못했어도 재미있고 행복한 삶도 의미가 있기 때문이다. 결국 자기 선택의 영역이다.

원고투고 이후
기획출판이 되는 원리를 모른다

실제 기획출판이 되는 원리는 단순하다. 책을 잘 쓰고 못 쓰고를 떠나서, 일단 팔릴 전망이 있어야만 기획출판이 된다. 즉, 출판사가 볼 때 판매가 안 될 듯하면 기획출판이 안 된다. 이것은 내가 책을 잘 쓰고 못 쓰고를 떠나서다. 완성도가 높고 안 높고를 떠나서다. 출판시장에서 판매가 안 된다? 그러면 어떤 출판사도 책을 내줄 리가 없다. 출판사는 공공기관이나 봉사단체가 아니기에 당연하다. 이런 각도에서 보자면, 아무리 잘 써도 베스트셀러가 안 될 수도 있다. 역으로 잘 못 써도, 즉 완성도가 낮아도 베스트셀러가 될 수도 있다.

출판 후 단기간에 적어도 2,000부에서 3,000부는 팔려야 한다. 그런 확신이 있어야만 출판사에서 기획출판을 결정한다. 이 정도의 판매가 이루어지지 않는다면 출판사는 적자를 보고 이런 일이 거듭되면 결국 도산하고 만다. 실제 출판사는 이러한 기준으로 기획출판 여부를 결정한다. 즉, 최소한 2,000~3,000부는 팔릴 가능성이 있어야 책을 출판한다. 그런데 문제는 출판사에서 그렇게 재고 따져서 결정을 해도 기획출판하는 책의 대부분은 초판도 팔리지 않는다는 현실이다. 즉, 기획출판 책 중 90% 정도는 초판도 다 팔리지 않는다.

출판사는 어떻게 먹고살까? 여기에도 파레토 법칙 즉 '80대 20 법칙'이 그대로 적용된다. 즉, 상위 20%의 책이 전체 매출의 80%를 차지하는 것이다. 그래서 소수의 책이 대박을 침으로써 나머지 책들의 손해를 메꾸어주는 구조가 된다. 그래서 출판사는 어느 정도 손해를 보더라도 책을 계속 내면서 가는 것이다. 실제 사업도 그렇지 않은가? 모든 달에 흑자를 보면 좋지만, 때때로 2~3개월 혹은 3~4개월은 적자를 볼 수도 있다. 그러나 1년 전체가 흑자라면 되는 것이다. 또, 사업을 하는 데 여러 매장을 두면 적자 매장도 나오기 마련이다. 그러나 전체로 봐서 흑자라면 결과적으로 흑자가 되는 것이다. 다만, 출판은 이게 좀 더 두드러진다.

책을 잘 쓰고 못 쓰고를 떠나서 판매라는 점이 출간 여부를 결정하는 주요한 분기점이라는 것을 알 수 있다. 그래서 우리는 판매가 되는 책을 써야 한다. 판매가 될 수밖에 없는 책을 써야 한다. 판매가 되도록 구조를 만들어놓는 것도 필요하다. 하나씩 살펴보자.

먼저 판매가 되는 책을 써야 한다. 판매가 된다 함은 시장성이 있다는 것을 말한다. 지금 많은 사람이 찾는 주제, 현재 시점에서 베스트셀러에 올라와 있는 주제, 강의 시장에서 핫한 주제. 이런 주제가 책쓰기 주제가 되어야 한다. 이때도 유의할 점이 있다. 이른바 시장성이 큰 주제더라도 전문가만이 집필할 수 있는 책이라거나, 특정 커리어가 없으면 베스트셀러가 안 되는 주제라면 피하는 것이 좋다. 가령, 본인이 명문대 출신이 아닌데 공부법 책을 쓰려거나 의료 분야 종사자가 아닌데 건강법 관련 서적을 쓰려는 것은 지나친 욕심이다. 당연히 기획출판이 불발될 가능성이 크다.

물론 이런 경우에 본인 커리어가 약하더라도 이 시장을 뚫을 수 있는 방법은 있다. 가령, 공부법 책을 쓰는 데 본인이 명문대 출신이 아니라면? 그럼, 직접 명문대 출신을 만나서 인터뷰를 하고, 이를 토대로 책을 쓰는 것도 한 방법이다. 본인은 약간 뒤로 빠지면서 일종의 기자라고 생각하고 책을 쓰는 것이다. 건강 서적의 경우에도 본인이 의료 분야 종사자가 아니라도 본인이 평소 이 분야에 관심이 많은 것을 다각도로 보여주고 책을 쓰면 베스트셀러가 될 수 있다. 예를 들어, 본인이 정신과 의사가 아니더라도 직접 우울증을 겪었다면 우울증 책을 써서 베스트셀러가 될 수 있는 것이다. 본인이 암 전문 의사가 아니라도 본인이 암을 겪어보았다면 암 관련 책을 써서 베스트셀러를 만들 수 있다. 본인이 비록 그 병을 앓지 않았더라도 보호자거나, 관심이 있다는 말만으로도 충분히 책을 쓸 수 있고, 베스트셀러를 만들 수 있다.

심리학 분야는 쉽지 않을 수 있다. 심리학 분야는 심리학자, 정신과 의사, 스님이 각축전을 벌이는 분야다. 그래서 일반인이 심리 분야의 책을 써서 베스트셀러를 만들기란 대단히 힘들다. 그러나 대화법(말투) 책은 심리 분야의 책이지만 심리학 베이스가 얕기 때문에 일반인들도 충분히 베스트셀러를 만들 수 있다. 대화 능력 또는 기술은 잘하는 것을 검증할 수 있는 기관이나 학위 혹은 자격증이 없다. 말을 잘한다는 것을 누가 판단할 수 있단 말인가? 그렇기에 얼마든지 연구와 좋은 프로필 작성으로 대형 베스트셀러를 만드는 것이 가능하다. 이후 심리대학원 진학을 통해서 커리어를 업그레이드하면 된다. 기회가 된다면 최고 명문대에서 받으면 당연히 더 좋을 것이다. 그렇게 하면서 대형 강의까지 잘 소화하고, 컨설팅까지 잘한다면 금상첨화가 된다. 어쩌면 관련 연구소를 오픈하고 대박이 날 수도 있다.

기획출판은 당연히 하면 좋다. 출판사의 검증을 통과한 것이고, 선택을 받은 것이다. 그러나, 여기에 목숨을 걸 필요는 없다. 되면 좋은 것이고, 안 되면 또 다른 방식으로 승부를 하면 된다. 가령, 기획출판이 되면 그대로 책을 낸다. 그렇지 않다면 기획출판이 될 수 있도록 만들면 된다. 어떻게? 판매가 되는 구조를 만드는 것이다. 결국 책이 많이 팔리면 기획출판이 된다. 많이 팔릴 수밖에 없는 구조를 만들면 된다. 그것은 SNS다. 유튜브, 블로그, 페이스북, 인스타그램으로 미리 작업을 해놓고, 많은 팔로워를 확보해두면 된다. 그 후 책을 내면 나의 팬들이 책을 구매하기 때문에 베스트셀러가 된다. 요즘은 이런 방식으로 베스트셀러가 되는 책들이 대단히 많다. 다만, 이 작업은 어느 정도의 시간이 필요하다. 적어도 1년은 필요하다. 요즘은 유튜브가 가장 좋고, 그다음 인스타그램, 블로그, 페이스북 순이다.

책쓰기 지도를 해보면 기획출판이 안 되면 절대 안 되는 것으로 생각하는 사람들이 있다. 잘못된 생각이다. 기획출판이 되어도 혹은 안 되어도 그와 관계없이 성공이 가능하다. 즉, 기획출판이 되면 성공으로 조금 빨리 가는 것이다. 그러나 기획출판이 안 되어도 자비출판을 한 후 강의로 승부해서 올라가면 그다음 책부터는 기획출판을 넘어 베스트셀러가 보장되는 것이다. 자비출판 이후 SNS로 빌드업을 해나가면 된다.

자비출판을 하고 그 후 SNS 활동을 하며 조회 수, 구독자 수를 늘린 후 책을 출판하면 된다. 그렇게 승부를 하면 된다. 그렇게 열심히 하면 오히려 더 큰 기회가 열릴 수 있다. 첫 책이 기획출판이 되어 자만하고 방심하여 아무것도 안 한 사람보다 오히려 더 좋은 결과가 열릴 수도 있다. 실제 그렇다.

인생이란 앞서거니 뒤서거니 하면서 가는 것이다. 한 사람만 늘 1등을 할 수는 없다. 역전에 재역전이 펼쳐지며 가는 박진감 넘치는 장기전이 인생이다. 책쓰기도 마찬가지다. 기획출판? 되면 좋지만 안 되어도 관계없다는 편안한 마음으로 가면 된다. 왜냐하면 어차피 책쓰기의 승부는 적어도 20~30년의 승부이고, 계속해서 쌓아가야 하며, 밀고 나가야만 하는 싸움이기 때문이다. 단번에 나지 않는 승부다. 그렇기에 편안하게 나아가길 권하고 싶다.

출판사마다 피드백이
천차만별인 이유를 모른다

수강생이 원고 투고를 한다. 그러면 출판사에서 원고에 대한 피드백을 준다. 주로 출판 여부를 알려주는 피드백이다. 그런데 그 피드백이 그야말로 180도 다를 경우가 있다.

가령 이런 식이다.

케이스 1 본인의 이야기를 중심으로 원고를 쓴 경우

출판사 1 본인의 이야기가 잘 녹아 있어서 매우 공감이 갑니다. 이 주제에 대해서 관심이 있는 사람들이 특히 공감을 잘 할 것 같습니다. 본인의 이야기가 있습니다. 그래서 독보적 차별화도 됩니다. 그래서 선생님의 책을 출판하고 싶습니다.

출판사 2 본인이 아직 크게 성공한 것도 아니고, 이 분야의 대표 케이스도 아닌데, 본인의 이야기가 많아서 주관적이고 지엽적입

니다. 본인의 이야기에 공신력이 없기 때문에 본인의 이야기
를 계속 보고 있자니 힘이 듭니다. 죄송하지만 원고를 반려
합니다.

본인의 이야기를 많이 적었는데, 실제 이런 피드백이 온다. 완전
히 다른 피드백이 오는 것이다. 왜 그럴까? 이유가 뭘까?

또, 이런 케이스도 있다.

케이스 2   똑같은 원고에 대한 편집 피드백
출판사 1   독자들이 아주 공감할 내용이고 문장도 아주 좋습니다. 편집
할 것도 없습니다. 바로 출판을 하고 싶고, 한 달 만에 초고
속 출판을 진행하겠습니다.
출판사 2   지금 보니까 첫 책이고, 구성도 여러 면에서 마음에 들지 않
습니다. 그러나 원고의 퀄리티는 좋으니 차근차근 6개월 이
상 함께 대대적으로 원고를 뜯어고치면 출판이 가능할 것으
로 봅니다. 그렇게 원고의 대량편집에 동의한다면 출판을 진
행하겠습니다.

아니, 한 출판사는 원고 고칠 것도 없다고 하는데 어떤 출판사는
그냥 대수술을 하자고 한다. 이게 어떻게 된 일일까?
실제 출판사들이 전혀 다른 피드백을 하는 경우가 적지 않다. 똑
같은 사안인데, 완전히 다른 피드백을 한다. 그러니 작가는 헷갈린다. 도

대체 뭐가 맞는 건지, 책을 어떻게 쓰라는 것인지 말이다.

그 이유는 이렇다. 사람마다 바라보는 관점이 있다. 그 관점에는 나름 타당한 논리도 있다. 그래서 주장하는 것이다. 이것은 맞고, 이것은 틀리다고 말이다. 들어보면 다 일리가 있다. 그러나 실제 그것이 세상에 나와 결과를 받아보기 전까지는 진위를 알 수 없다. 다만, 논리만 있을 뿐이다. 더 크게 보면 세상에서 베스트셀러가 되었다고 해서 무조건 잘된 것이라거나, 베스트셀러가 안 되었다고 해서 무조건 잘못된 것이라거나 할 수도 없다. 역사의 평가는 500~1,000년 이상의 시간에 걸쳐서 평가가 이루어지는 것이기 때문이다.

어쨌거나 사람마다 관점이 다르기에 평가도 전혀 다른 것이다. 따라서 모든 평가에 일희일비할 필요가 없다. 자기 원고가 안 좋다는 평가에 너무 민감하게 반응할 필요도 없다. 그저 나는 나를 좋다고 하는 출판사와 함께 가면 되는 것이다. 나를 믿고 책을 사주는 독자들과 함께 가면 되는 것이다. 모든 출판사와 모든 독자를 만족시키겠다는 생각은 안 된다. 그것은 불가능하기 때문이다. 모든 피드백을 수용하는 순간, 사공이 많기에 배는 산으로 간다.

일반적으로 책을 쓸 때 본인의 이야기를 많이 넣는 것은 차별화가 될 수 있다. 그러나 좋지 않을 가능성이 더 크다. 왜냐하면 본인의 경험이 공신력이 있는 경험이거나, 그 주제를 대표하는 경험이 아니면 의미가 없기 때문이다. 즉, 본인이 어느 정도 나이도 있고, 그 분야의 커리어도 있다면 경험을 넣는 것은 좋다. 그러나 본인이 나이가 어리거나 경력이 약하다면 안 넣는 편이 더 낫다. '일 잘하는 법'에 대한 책을 쓰는데 본인이 성취한 업적이 하나도 없으면서 일한 경험을 적는다? 그러면 누가 책을 보겠는가?

　　일반적으로 명문대 출신이 아니거나, 아직 크게 성공하지 않았다면 출판사가 삐딱한 눈으로 본인을 보는 것이 당연하다. 증명할 만한 것이 아무것도 없고 아직 성공조차 하지 않았으니, 출판사에서 의심의 눈으로 보는 건 당연하지 않겠는가? 즉, 아무리 좋은 내용의 책을 썼다고 해도 본인이 명문대 출신이 아니거나, 아직 성공하지 못했다면 출판사는 그런 저자의 원고에 대해서 일단 의심부터 하고 읽는다는 사실을 기억해야 한다. 또한, 다양한 무시의 피드백, 의심의 피드백이 많은 것이 사실이다. 그 모든 것을 깨부수는 것은 본인의 몫이다. 책의 내용으로, 논리로, SNS로, 강의로, 실제 수강생의 결과로 모든 것을 증명해나가야 한다. 그러면 된다. 가령, 세계적인 명문대의 박사라면 책을 베스트셀러로 만들기 유리하다. 강의도 유리하다. 그건 당연하다. 다만, 그것이 없다고 해서 안 되는 건 아니고, 노력을 몇 배 더 하면 된다.

　　나도 20대 때 책을 썼을 때 당시 인물과사상 출판사의 심장원 편집장이라는 분을 만났다. 나는 당시 내 원고를 투고한 많은 출판사에 들렀다. 내 원고에 무슨 문제가 있어 출판을 거절했나를 물어보았고, 거절한 이유에 대해서 메모하고, 분석했다. 심 편집장은 나에게 "작가님, 책을 계속 쓰려면 박사학위를 받는 것을 권한다"고 했다. 그 말인즉슨, 아무리 내용이 좋아도 아무것도 아닌 사람이 하는 말을 누가 듣겠느냐는 것이었다. 아무런 알맹이가 없어도 하버드대 박사의 글이라면 다시 보는 게 세상 이치 아니겠느냐는 것이었다. 당시 심 편집장은 나를 진심으로 생각해서 한 말이었다. 그의 말, 눈빛에서 알 수 있었다. 즉, 커리어 업그레이드는 좋은 것이다. 하면 좋다. 안 해도 되기는 하나, 그럼 그만큼 노력을 더 해야 한다.

　　출판사의 평가는 극적으로 다를 수 있다. 바라보는 관점이 다르기 때문이다. 그저 좋은 내용의 책으로 승부하고, 열심히 SNS를 하고, 열심히 강의를 하는 것뿐 다른 선택사항은 없다. 물론, 커리어를 높일 수 있다면 중간에 박사학위를 받는 것도 좋은 일이다. 나는 책과 강의로 내 커리어를 높이는 것을 선택했다. 그러나 모든 것은 맞물려 있기에, 모두 다 하는 것이 좋다. 즉, 책도 쓰고, 강의도 하고, SNS도 하고, 커리어도 높이는 것을 모두 병행하면 좋다. 그러나 시간적·물리적 한계가 있으므로 본인에게 맞는 것을 잘 골라 하면 된다.

　　그래도 출판사의 평가는 또 갈릴 수 있다. 하버드대학에서 공부하더라도, SNS가 대박이 나더라도, 강의에서 증명이 되어도 출판사의 피드백은 그럴 것이다. 즉, 하버드대를 나와도 "요즘 그 정도 커리어 되는 사람은 제법 있잖아요!"라는 말을 할 것이다. SNS가 대박을 쳐도 "SNS 구독자 많은 것으로 베스트셀러까지 만들려고 했어요?"라는 말을 할 것이다. "강의에서 증명이 되어도 강의와 책은 다를 수 있습니다"라는 말을 할 것이다. 심지어 장관이 되어도 출판사에서는 이렇게 말할 것이다. "장관은 대단하지만 장관은 아니더라도 그 정도의 스펙과 맞먹을 수 있는 희한한 스펙들이 작가 중에는 많잖아요?" 모든 말이 가능한 것이 출판계이고 세상이다. 그렇기에, 결국 자기를 믿고, 계속 걸어가는 것만이 답이 된다.

　　실제로 한 출판사의 대표님과 대화한 적이 있다. 그 출판사에서 낸 책이 전혀 팔리지 않고 있었다. 그런데 그 저자의 스펙을 보니 행정고시 합격에, 장관 역임이었다. 나는 의아했다. 그래서 출판사 사장님에게 물어보았다. "이 분은 행정고시도 붙고 장관도 했는데, 왜 책이 전혀 안 팔리죠? 이유가 뭐죠?" 그 출판사 사장님은 내게 이렇게 말했다. "장관을 했다고 하지만, 장관과 맞먹을 수 있는 다양한 스펙들이 작가 중에는 많잖아요? 실제 스펙이 없더라도 스토리를 가지고 스펙을 만들어서 장관, 하버드대 박사, 서울대 교수와 맞먹거나 그 이상의 스펙을 만들어내는 작가들이 많잖아요? 그러니 책이 안 팔리는 건 당연한 겁니다."

그 말을 듣고 내가 내린 결론은 하버드대 박사 되고, 대통령 되어도 저 말은 끝이 안 나겠구나라는 것이었다. 결국 나를 믿고 그냥 가면 되는 것이고, 나는 나의 방식대로 승부하면 된다는 결론이었다. 그래서 나는 그저 묵묵히 책을 쓰고 강의만 해왔다. 결국 나는 나만의 방식으로 좋은 결과를 얻었기에 계속 나답게 그냥 가려고 한다. 그게 답이기에.

전문가의 피드백을
제대로 받아들이지 않는다

태어나서 처음 책을 쓰는 것이라면 당연히 전문가의 안내와 지도를 받는 것이 좋다. 그 안내와 지도 방식이 마음에 들지 않을 수도 있고, 때로는 지도 내용이 의아하다고 할 수도 있다. 잘못을 지적받는 것이 두려울 수 있고 부끄러울 수 있다. 아무런 피드백을 하지 않으면 전문가가 성의가 없는 것이 아닌가라는 생각이 들 수도 있다. 순전히 혼자 힘으로 책을 써야지 왜 남의 도움을 받아야 하는가라는 생각이 들 수도 있다. 내가 생각한 대로 책을 쓰는 것에 대해서 잘못되었다고 지적하는 것에 대해서 분노가 생길 수도 있다. 전문가의 피드백이 올바른가에 대해서 의심과 회의가 들 수도 있다. 나이 먹고 피드백을 받는다니 이게 제대로 사는 삶인가 자괴감이 들 수도 있다. 피드백을 받고도 뭐가 뭔지 전혀 판단이 안 서고 전혀 감이 안 잡혀 당황할 수도 있다. 아무리 피드백을 듣더라도 기획출판에 실패하고 그냥 시간과 돈, 노력만 낭비하는 것이 아닌가 하는 생각이 들 수도 있다.

모두 일견 타당한 생각이다. 하나씩 살펴보자.

1) 전문가의 안내와 지도 방식이 마음에 들지 않거나,
    때로는 의구심이 들 수도 있다.

실제 책을 쓰는 방식은 다양하다. 자료수집을 강조하는 작가도 있고, 그냥 자료수집 없이 쓰라고 하는 작가도 있을 수 있다. 물론, 일반적으로 자료수집 없이 그냥 쓰면 기획출판에 성공할 가능성은 극히 적다. 또, 목차를 강조하는 작가도 있고, 사례를 강조하는 작가도 있다. 목차는 중요하고, 사례는 들어가야 하나 본인 사례를 넣는 것은 세심하게 판단해보아야 한다. 심지어 글자 수가 중요하다고 하는 작가도 있다. 어떤 작가는 단문 쓰기만 죽어라고 이야기하는 작가도 있다. 물론, 단문 쓰기는 대단히 중요하긴 하지만 말이다.

피드백도 천차만별일 수 있다. 작가의 관점과 집필 스타일이 다르기 때문에 발생하는 일이다. 나처럼 책쓰기는 자료수집을 통해서 콘텐츠를 만드는 것이라는 관점을 가지고 있다면, 이러한 관점을 토대로 피드백을 한다. 그래서 철저한 자료수집, 충실한 콘텐츠를 지향한다. 또한, 개인 사례의 경우에도 콘텐츠화될 수 없다면 빼라고 한다. 왜냐하면 독자에게 도움이 안 되는 자기 경험을 넣는 것은 본인 일기장을 책이니까 사라는 말과 같기 때문이다. 또, 서론과 본론과 결론의 일관성을 중요시하며, 논리성과 타당성을 중요시한다.

특히 나는 자료수집을 하면서, 수강생의 생각을 들어보면서 그

것이 과연 콘텐츠가 될 수 있는가에 대해서 많은 생각을 하고, 피드백을 한다. 즉, 결국 독자에게 도움이 될 수 있는 콘텐츠를 만들어야 한다. 따라서 수강생이 먼저 자료를 읽고, 정확히 이해해야 하고, 이를 토대로 콘텐츠를 만들어내야 한다. 따라서 그에 맞게끔 피드백을 하고 이끄는 것이다. 즉, 자료수집을 정확히 했는가, 그것을 독자에게 도움 되는 콘텐츠로 어떻게 만들 것인가 등을 생각해보는 것이다. 자료수집의 과정에서도 이러한 타깃 독자의 고민에 대한 해결, 문제해결에 초점을 두고 콘텐츠를 만들어가는 것이다.

즉, 나는 책쓰기 수업을 하기 전 책쓰기의 큰 방향은 이미 설정해놓고, 수강생에게 그 방향대로 가자고 말한다. 그 후 수업을 하면서는 전체적인 세부 가지와 디테일한 그림은 수강생이 그릴 수 있도록 하는 방향으로 책쓰기를 지도한다. 다만, 수강생이 전체적인 그림을 그린다고 해서 그냥 그리도록 내버려 두는 것이 아니라, 콘텐츠가 만들어질 수 있는 방향으로 유도한다. 즉, 타깃 독자의 니즈에 대해서 자료수집을 하면서 계속 확인 및 검증을 한다. 물론, 수강생의 의견이 콘텐츠가 될 수 있다면 본인 의견대로 가자고 한다. 그렇게 수강생 본인의 생각을 펼치되, 큰 방향에서는 타깃 독자의 니즈를 100% 만족시키는 책을 완성하게 한다.

반면, 다른 책과의 차별화가 중요하기에 자기 생각과 사례로만 써야 한다고 생각하는 작가도 있을 수 있다. 그런 작가는 자료수집 없이 자기 생각과 사례만으로 책을 쓰라고 한다. 물론, 이 경우 대다수는 대형 베스트셀러를 기록하기는 쉽지 않지만, 책쓰기의 특성상 관점이 다양하기에 기획출판에 성공하기도 한다. 어쨌든 그런 작가는 그렇게 지도를 한다.

책쓰기는 문장으로 성공 여부가 결정되는 게 아니다. 문장은 그야말로 아주 작은 빙산의 일각에 불과하다. 그보다 주제, 콘셉트, 목차, 콘텐츠화, 이해 가능한 문장, 적절한 증거자료 제시가 절대적이다. 따라서 자잘한 피드백은 중요하지 않고 큰 맥락에 대한 체크 및 확인이 대단히 중요하다. 또한, 전체적인 맥락과 흐름을 기억하며 피드백을 해야 한다. 글이 괜찮다면 별다른 피드백을 하지 않고 넘어가야 한다. 즉, 잘하기 때문에 오케이라고만 말하면 된다. 왜냐하면 잘하고 있는데 잘못하고 있다고 말하면, 잘못된 글쓰기 방향으로 이끌게 되기 때문이다. 반면, 잘못하고 있다면 바른 방향으로 이끌어야 하며, 무엇이 왜 어떻게 문제인지를 이야기해야 한다. 가끔 수강생과 피드백을 하면서 글쓰기 방향 및 세부사항을 두고 이견異見이 있을 수 있다. 그때는 가능하면 바른 방향으로 이끌어야 한다. 그러나 수강생이 자기 의견을 고집한다면, 수강생이 생각하는 방향대로 가도 별다른 문제가 없다면, 수강생의 의견대로 가도록 해주는 것이 좋다. 물론, 그럼에도 불구하고 바른 방향으로 가는 것의 타당성은 충분히 설명해야 한다.

결과적으로 서울만 가면 되는 것인데, 처음 경험해보는 것이기에 생소할 수 있다. 그동안 우리는 객관식 답을 맞추는 것에 익숙했지, 이렇게 책을 쓰는 교육을 받아본 적이 없기 때문이다. 그래서 여러모로 생소할 수 있고 의아할 수 있다. 그러나 일단 시작을 했다면 그를 믿고 가야 한다. 나보다는 여러모로 낫기 때문에 책쓰기 지도를 하고 있는 것이기 때문이다.

2   잘못을 지적받는 것이 두렵거나 부끄러울 수 있다.

당연히 잘못을 피드백 받으면 두렵거나 부끄러울 수 있다. 그러나 처음 책을 쓰는 데 잘못을 지적받는 것은 당연하다. 처음부터 잘하는 사람이 얼마나 되는가? 못하기 때문에 전문가의 피드백을 받는 게 아닌가? 전혀 부끄러워할 필요가 없다. 오히려 잘못된 피드백을 해주는 전문가를 고마워하고 따라가야 한다.

**3   피드백을 하지 않으면 전문가가 성의가 없다는
    생각이 들 수도 있다.**

수강생이 책을 잘 쓰고 있다면 잘하고 있다고 해야 한다. 그럼 피드백이 끝이다. 잘하고 있는데 괜히 못하고 있다면서 이 부분 저 부분을 고치라고 한다면, 책은 실패한다. 즉, 수강생이 잘하고 있을 때는 잘하고 있다고 말하면서 수강생에게 지금의 집필 방식에 대해 강력한 확신을 줘야 한다. 못하고 있을 때는 구체적으로 어디가 문제인지 이야기를 하고 고치도록 해야 한다.

즉, 전문가의 피드백이 없는 것은 지금 잘하고 있기 때문이라고 보면 된다. 그것은 그렇게 피드백을 하면서 그가 지도한 대부분의 수강생이 지금까지 어떤 결과를 얻어왔는가를 보면 확인할 수 있다. 즉, 별다른 피드백이 없는데 대부분 수강생이 대박 결과를 얻어왔다면, 그 피드백은 정확하고 정교한 것이다. 즉, 수강생이 지금 글을 잘 쓰고 있기 때문에 자기 확신을 가지고 글을 쓸 수 있도록 한 것이다. 다만, 못하고 있

을 때는 고치라고 말해야 한다. 또, 수강생은 그 말에 적극적으로 따라야 한다.

나는 그동안 200명 이상의 베스트셀러 작가를 배출해왔다. 그동안 피드백을 해보면 사회적으로 성공하고, 커리어가 높고, 그런 분들이 피드백을 잘 따랐다. 즉, 잘하고 있다고 하면 그것을 신뢰하고 신명나게 책을 쓰고, 못하고 있다고 하면서 이 부분을 고치라고 하면 아무말 없이 고치고 또 고쳤다. 물론, 고치는 것에 대해서 질문은 있었지만, 내가 설명을 하면 충분히 이해하고 바로 따르면서 고쳤고, 그 결과 베스트셀러에 올랐다. 그러나 꼭 보면 말을 안 듣는 수강생이 있다. 즉, 전문가의 말을 듣지 않고, 남의 말을 듣지 않고, 그냥 자기 고집대로만 하려는 사람들이다. 그런 사람들은 대부분 책쓰기의 결과가 좋지 않았다.

자기가 모르기 때문에 전문가의 지도를 받는 것이다. 전문가는 본인이 잘되도록 이끌려고 하는 사람이다. 또, 자기보다 너무 잘 안다. 적어도 이 바닥에 10년, 20년씩 온힘을 다해 책쓰기 지도를 해왔다. 반면 본인은 책을 한 권도 써본 적이 없다. 그런데 그를 신뢰하지 않는다면 책쓰기 지도를 받을 필요가 없다. 자기 고집대로 하는 사람은 대부분 사회적으로 성공하지 못했고, 커리어가 높지 않은 경우가 많았다. 겸손, 경청, 배움은 어디에서나 대단히 중요하다.

하다못해 라면 하나를 끓이더라도 설명서를 보고 끓여야 한다. 하물며 책쓰기는 말해 무엇하겠는가? 전문가의 피드백을 받았으면 잘 따라야 한다. 그래야 좋은 결과가 있다. 전문가의 말에 귀 기울이고, 남의 말을 경청할 수 있는 사람이 되어야 잘못된 책쓰기를 교정하고, 바른 책쓰기로 나아갈 수 있음은 당연한 것이다.

4   혼자 힘으로 책을 써야지
왜 남의 도움을 받아야 하는지라고 생각할 수도 있다.

　　남의 도움을 받는 것은 부끄러운 게 아니다. 도움을 받을 수 있으면 받아야 한다. 그것이 무엇이든 말이다. 사법시험과 행정고시를 통한 판·검사나 5급 사무관, 의사, 변리사 등 대부분의 전문직 종사자들은 고시학원을 다니면서 배웠고, 그 결과 그 자리에 있는 것이다. 요즘 혼자서 시험준비를 하는 사람은 거의 없다. 책쓰기도 마찬가지다. 혼자 하면 그만큼 느릴 수밖에 없다. 책쓰기 지도는 책쓰기 판에서 10년에서 20년 이상 구르고 책도 10권, 20권씩 써서 온갖 산전수전 다 겪고 터득한 경험을 토대로 강의를 하는 것이다. 그래서 그만큼 시행착오를 많이 줄일 수 있다. 그렇기에 도움을 얻고 나가면 좋다.

　　실제로 책쓰기 지도를 받고 책을 내는 것은 전 세계적인 흐름이다. 미국, 일본, 유럽 등 거의 모든 선진국에서 전문가의 도움을 받아 책을 쓰는 사람들이 늘어나고 있다. 당연하다. 혼자서 하면 그만큼 힘이 들지만, 도움을 받으면 쉽고 안전하게 좋은 책을 쓸 수 있기 때문이다.

5)   자기 생각대로 쓰는 책의 잘못을 지적하는 것에
분노가 생길 수도 있다.

　　본인을 가장 위하는 사람이 책쓰기 전문가다. 그는 본인이 잘되라고, 본인 책이 잘 되기를 바라는 마음에서 피드백을 하는 것이다. 처음 책을 쓰는 내가 잘 못 쓰는 것은 당연하다. 그래서 터프한 피드백을 받는

게 당연한 것이다. 또한, 책 집필 방식은 다양하기에 그의 집필 방식에 의거한 피드백을 받는 게 싫을 수도 있다. 즉, 그의 피드백 방식, 그의 피드백 자체가 마음에 들지 않을 수도 있다. 왜냐하면 나는 지금 하나도 모르기에 판단이 정확하지 않을 수 있다. 내가 생각한 방식대로 쓰고 싶은 생각이 들 수도 있다. 그러나 그럼에도 전문가의 피드백을 따르는 게 좋은 결과를 만든다. 왜냐하면 그 역시 본인처럼 다양한 생각과 시도를 해보았고, 그중 가장 좋은 방안을 가지고 이야기하기 때문이다.

다만, 그를 따르기 싫다면, 혼자서 책을 쓰면 된다. 그러면 그만큼 느릴 수밖에 없다. 그가 지도를 통해 수많은 수강생의 검증된 결과를 만들어냈다면, 그에게는 자기만의 고도의 노하우가 있다고 보아야 한다. 그 노하우는 하루아침에 만들어지지 않는다. 적어도 10년, 20년 정도의 시간이 필요하다. 그런데 그를 거부하고 내 고집대로 책을 쓴다? 그만큼 느릴 수밖에 없고 온갖 시행착오를 겪을 수밖에 없다. 책쓰기를 제대로 배우려면 내 고집을 내려놓고, 스승을 인정하고 존중하는 태도로, 그의 모든 것을 100% 다 흡수해야 한다. 그렇게 한 후 책을 성공시키고, 그 후 자기만의 집필 스타일을 발견하고 키워가는 것이 좋다.

6) 전문가의 피드백이 올바른지 회의가 들 수도 있다.

전문가는 저마다 자기만의 집필 방식을 토대로 책쓰기 지도를 한다. 따라서 내가 생각했을 때는 나와 좀 안 맞는다는 생각이 들 수도 있다. 그러나 전문가는 그만의 고도의 노하우를 온갖 산전수전을 다 겪으면서 쌓은 것이다. 반면 나는? 책쓰기에 대해서 아무것도 모르는 초짜다. 그렇다면 일단 전문가를 100% 신뢰하고 받아들여야 한다. 그 후, 나의 방식을 고집해도 늦지 않다. 아무것도 모르는데 하나도 배우지 않고 따르지 않고 나만의 방식대로 한다는 건, 위험하다. 피드백에 대한 의구심이 든다면 왜 그렇게 피드백을 하는지 물어보면 된다. 그러면 자기만의 논리로 설명을 할 것이다. 그 설명이 납득이 되면 100% 따르면 된다. 그 설명이 납득이 되지 않으면 교육을 받지 않으면 된다. 다만, 그가 그러한 방식으로 지도해서 책쓰기 수강생들의 결과가 탁월하다면, 일단 한 번 믿고 따르는 것이 좋다. 왜냐하면 결과는 거짓말을 하지 않기 때문이다. 다만, 동의하기 어렵다면 나만의 방식대로 가면 된다. 그러나 그만큼 시행착오가 많고, 힘들 수 있고, 느릴 수 있다는 것은 각오해야 한다.

7) 나이 먹고 피드백을 받는다니
이게 제대로 사는 삶인가 자괴감이 들 수도 있다.

나이 먹고 피드백을 받으면 이런저런 생각이 들 수도 있다. 그러나 피드백은 당연한 것이다. 아무리 나이가 마흔, 오십이더라도, 혹은 육십이더라도 모르면 배워야 한다. 또, 처음 하면 초보인 것은 당연하다. 나이 오십에 운전면허증을 딴다면 배워야 할 게 아닌가? 그렇게 배워야만 성장할 수 있고, 내일이 있다. 도전정신을 가지고 뜨겁게 나아가야 내일이 있는 것이다.

8)　　　피드백을 듣고도 뭐가 먼지 전혀 판단이 안 돼 당황할 수도 있다.

　　내 수강생 중에 출판 후기에 이런 말을 쓴 사람이 있다. "이상민 작가님의 피드백을 듣고도 뭐가 뭔지 전혀 감을 잡을 수 없었다. 책을 쓰면서 이게 산으로 가는지 바다로 가는지 전혀 알 수 없었다. 그저 이상민 작가님을 등대 삼아 왔을 뿐이다. 그렇게 작가님의 말씀대로 하며 책을 다 쓰고 투고를 했다. 그러니 20곳이 넘는 출판사에서 출판계약하자고 연락이 왔다." 그렇다. 책을 쓸 때 뭐가 뭔지 모를 수 있다. 피드백을 듣고도 이게 맞나, 틀리나 감이 안 올 수 있다. 그런데 투고를 해보면 놀라게 된다. 압도적인 결과를 받게 되기 때문이다.

　　실제로 내 수강생 중에 그런 말을 한 분이 있다. "원고 피드백을 받았는데 이상민 작가님은 계속 잘한다고만 하니 원고도 안 읽어본 것이 아닌가 하는 생각이 들었다. 이상민 작가님은 계속 잘한다고만 했다. 반면 내 옆의 박사분에게는 이렇게 원고를 쓰면 안 된다고 엄청나게 혼냈다. 그래서 내가 학력도 낮고 해서 나를 무시해서 피드백을 안 하나 그런 생각도 했다. 그런데 투고를 해보니 20곳 넘게 연락이 왔다. 그러면서 이상민 작가님이 진짜 정확한 피드백을 했다는 생각이 들었다." 책을 처음 쓰는데 뭐가 뭔지 안다는 것은 쉽지 않다. 처음 아닌가? 피드백을 받고도 잘 모를 수 있다. 좋은 피드백인지, 나쁜 피드백인지 전혀 알 수 없는 것이다. 출판사의 수많은 러브콜을 받고, 출판편집자의 말을 듣고, 베스트셀러가 되면서 진짜 제대로 된 피드백을 받았구나를 실감할 수 있다. 시간이 지나면 모든 진실은 드러나게 되어 있다. 실제 피드백이란 잘하고 있으면 잘한다고만 말하면 된다. 못하고 있으면 못하고 있는 부분만 정확히 이야기하면 된다. 만약 전체적으로 문제라면 다시 자료수집부터 해야 한다. 그래서 무엇이, 어떻게 문제인지 전체적인 진단과 판단을 한 후 다시 원고를 써야 한다.

그렇기에 나 역시 원고를 잘 쓰고 있다면 잘 쓰고 있다고만 말한다. 못 쓴다면 정확히 어디가 문제인지 이야기를 한다. 그래서 고친다. 만약 수강생이 잘 못 따라온다면 별도 수업을 한다. 만약 원고 전체가 문제라면 책쓰기를 중단시키고 다시 자료수집부터 시작하며, 콘셉트와 목차와 원고 쓰기의 바른 방향에 대해서 다시 일러준다. 즉, 완전 리셋이다. 그렇게 하며 책쓰기 지도를 해왔고, 그 결과 원고투고 대비 90% 이상이 기획출판에 성공했다. 출판한 분들 대비 80% 이상이 베스트셀러 작가에 올랐다. 세종도서와 해외 수출에 성공한 작가들이 각각 14분이 넘고, 종합 베스트셀러 1위에 오른 작가도 있으며, 10만 부 이상 판매한 작가(다른 책까지 누적 판매량은 30만 부 돌파)도 있다.

처음 책을 쓸 때는 아무것도 모를 수 있다. 솔직히 책을 10권을 써도 아직 뭐가 뭔지 감이 안 올 수 있다. 이게 진짜 좋은 피드백인가 아닌가는 책을 10권 넘게 써보았을 때, 스스로 깨우침이 올 수 있을 것이다. 사실 첫 책을 쓰면서 책쓰기의 모든 걸 통달하기란 쉬운 게 아니다. 어쩌면 그것은 애초부터 불가능한 것일 수도 있다. 그렇기에 믿고 가면 된다.

어떤 사람이 고승高僧에게 자기의 진로에 대해서 물었다. "저는 앞으로 어떻게 살아야 합니까?" 그 고승은 이렇게 답했다. "가고 가고 또 가다 보면 스스로 알게 될 것이다." 결국 최선을 다해 가고, 시간이 지나면, 결국 다 알게 된다는 말이다. 책쓰기도 같다고 본다.

9) 　기획출판에 실패하면 시간과 돈,

　　　　노력만 낭비하는 게 아닌가 하는 회의가 생길 수 있다.

　이런 생각이 가장 위험하다. 이거 해서 뭐하는가라는 생각. 이게 진짜 위험한 것이다. '서울대 가서 뭐 하는데? 그래도 별거 없는데. 변호사 돼서 뭐 하는데? 그래도 별거 없는데. 세계여행가서 뭐 하는데? 그래도 별거 없는데. 베스트셀러 작가 돼서 뭐 하는데? 그래도 별거 없는데. 돈 100억 벌어서 뭐 하는데? 그래도 별거 없는데.' 이런 질문하면 답이 없기 때문이다.

　책은 기본적으로 완성에 의의가 있다. 그렇게 하면서 앞으로 나갈 수 있기 때문이다. 기획출판, 베스트셀러는 그다음 문제다. "하나의 주제를 연구해서 그 분야를 깨우쳤다. 그래서 책을 한 글자씩 써서 완성했다. 그렇게 하나의 주제에 관해서 완벽한 정리를 하게 되었다." 이것이 중요한 것이다. 이렇게 하나에서 끝을 보면, 그다음 기회가 열리게 되기 때문이다.

　예를 들어 기획출판에 실패해서 자비출판을 했다고 해보자. 그래도 책은 나온 게 아닌가? 그래서 작가가 된 게 아닌가? 그를 통해서 나를 어필하고 강조하여 다양한 기회를 얻을 수 있는 게 아닌가? 또, 자비출판을 해도 베스트셀러가 될 수도 있는 게 아닌가? 또, 첫 책은 자비출판했지만 두 번째, 세 번째, 네 번째 책은 기획출판 및 베스트셀러를 만들 수 있는 게 아닌가? 모두가 충분히 가능한 시나리오다. 그런데 부정적인 생각으로 책을 완성하지 못한다면? 모든 게 끝이다. 다음은 아무것도 없다. 최악의 상황이다.

모든 것이 그렇다. 지금 곧바로 성공하는 것이 중요한 게 아니라, 계속하는 것이 중요한 것이다. 실패해도 된다. 계속하면 결국 기회는 오기 때문이다. 포기하면 실패로 100% 확정된다. 계속하는 한 성공은 반드시 오게 된다. 성공할 때까지 할 것이고, 성공 이후에도 할 것이기 때문이다. 가장 강력한 적은 내 안에 있다. 내가 나를 포기하게 만든다. 아주 작게 자비출판부터 해도 충분한 것이다. 그렇게 해서 기회를 만들면 되는 것이다. 어차피 첫 책으로 모든 걸 하려는 생각은 애당초 없었던 게 아닌가? 그렇게 빌드업하는 게 인생이다.

책쓰기는 전문가의 도움이 있으면 확실히 다르다. 가능하면 전문가의 도움을 받아야 한다. 시간보다 소중한 자원은 없기 때문이다. 책쓰기 지도를 받으면 시간과 돈, 에너지 모두를 아낄 수 있고 고도의 노하우를 단번에 얻을 수 있다. 그래서 함께하는 것이다. 결국 전문가와 함께한다면 그를 전적으로 신뢰하고 따라야 한다. 그렇게 하면서 그의 노하우가 내 책쓰기의 힘이 되도록 해야 한다. 책쓰기 과정에서 자존심을 내세우지 말고, 책쓰기의 결과에서 자존심을 내세워야 한다. 그러기 위해선 책쓰기 전문가를 스승으로 모시고 잘 따라야 한다.

예전에 한국체대를 졸업한 분을 지도한 적이 있다. 그분은 단기간에 좋은 결과를 얻었다. 단기간에 100% 완성원고를 쓰고 곧바로 기획출판 계약을 했기 때문이다. 그분은 출판 이후 공중파 3사 중 한 곳에도 출연했다. 그분은 수업이 다 끝나고 출판계약을 하고 옆에 앉아 있던 수강생분들에게 이렇게 말했다. "저는 이상민 작가님이 하라는 대로 똑같이 전부 다 했습니다. 왜 이렇게 했느냐 하면, 제가 운동을 하잖아요. 사람들 지도를 해보면 운동코치가 하라는 대로 잘 따라 하면 결과가 빠르고 정확합니다. 그런데 코치가 하라는 대로 안 하잖아요? 그럼 결과가 절대로 안 나옵니다. 저는 그걸 알기 때문에 정확히 따라서 했습니다.”

세네카는 말했다. “운명은 순응하는 자를 인도하고, 거부하는 자를 끌고 간다Fata volentem ducunt, nolentem trahunt.” 나는 말하고 싶다. 책 쓰기 전문가를 믿고 따르는 자는 성공으로 가고, 믿고 따르지 않는 자 성공으로 가지 못한다.

'스승'과 선배의 삶을 보며 '라이프 플랜'을 세우지 않는다

책을 쓴다는 것은 삶의 방식의 문제와 연결된다. 책을 씀으로써 살아가는 삶의 방식이 완전히 달라질 수 있기 때문이다. 전업 작가가 된다고 해보자. 출근하고 퇴근하는 삶이 아니다. 월급 받는 삶이 아니다. 자유로운 삶이다. 다양한 실험과 모험을 해볼 수 있다. 자기가 원하는 주제에 대한 공부를 마음껏 할 수 있고, 발표할 수 있고, 나눌 수 있다. 그것으로 돈도 벌 수 있고, 경우에 따라서 어느 정도 큰돈도 벌 수 있다. 그러나 자신의 삶에 책임져야 한다.

이미 선배들은 다 경험해보았다. 내가 앞으로 살아갈 삶을 다 겪어보았다. 그래서 책을 쓰기 전, 선배 작가의 삶을 살펴보는 것은 좋다. 나 또한 그런 삶을 살아갈 것이기 때문이다. 물론, 당장 전업 작가 혹은 전업 강사를 하지 않을 수도 있다. 직장을 다니면서 책을 쓰는 삶도 있기 때문이다. 그러나 그때에도 직장을 다니면서 책을 쓰는 작가를 한번 만나보는 것은 좋다. 다양한 질문을 해보는 것도 좋다. 다소 현실적인 질문도 하고 싶다면 하면 된다. 그렇다면 답을 하지 않을 수도 있고, 답을 할 수도 있지만, 여러 면에서 도움이 되기 때문이다.

나의 경우 30살 때 『방외지사』의 저자 조용헌 작가님을 그의 전주 자택에서 만났다. 조용헌 작가님은 내게 이렇게 말했다. "작가는 1년에 1억 원만 벌어도 다른 직업 종사자의 연봉 10억 원과 같다. 왜냐하면 작가는 기본적으로 대우받고 대접받는 삶이기 때문이다."

처음에 책을 쓸 때는 대부분 부푼 꿈을 가지고 책을 쓴다. 책 한 권만 쓰면 삶의 모든 고민이 해결될 것으로 생각한다. 즉, 돈도 벌고, 인기도 얻고, 명예도 가지게 될 것으로 생각한다. 또, 지긋지긋한 출근과 퇴근도 하지 않고 지옥철도 경험하지 않을 것이라 꿈꾼다. 회사 상사의 상처가 되는 말을 듣지 않아도 된다고 기대한다. 책 한 권으로 꿈같은 시간이 펼쳐질 것이라고 생각한다. 처음 책을 쓰는 데, 실패할 것을 생각하고 책을 쓰는 사람은 단 한 사람도 없다. 사법시험 혹은 행정고시를 준비하는 데 누가 처음부터 떨어질 것을 생각하고 준비하는가? 모두 최연소합격 혹은 수석합격 혹은 단시일 내 합격을 꿈꾼다. 또, 합격 이후의 삶에 대해서도 그림을 그린다. 당연한 것이다. 나 또한 작가를 하기 전 그랬다.

그러나 무엇이든 하나를 얻으면 하나를 잃어야 한다. 모든 것을 얻는 것은 애당초 없다. 그래서 자유를 얻었다면, 책임이라는 걸 져야 한다. 하고 싶은 공부를 하는 즐거움을 얻었다면, 사람들을 만족시켜야 하는 엄중한 시간이 기다리고 있다. 이러한 작가와 강사의 삶을 30년, 40년씩 살아가야 하는데, 이는 결국 계속 승부의 시간을 살아가야 한다는 의미이다. 때로는 지칠 수도 있고, 힘들 수도 있고, 앞 자체가 안 보일 수도 있는 시간일 수 있다. 마냥 탄탄대로 혹은 꽃길만 있을 것이라 생각하면 안 된다. 즉, 쓰는 책마다 대형 베스트셀러가 되고, 하는 강의마다 사람들이 미어터지고, 10년 이상 기복 없이 갈 것이라고 생각하면 안 된다. 그야말로 기복도 엄청나게 많을 수 있음을 각오해야 한다.

나는 이미 20대 때 10권이 넘는 책을 썼다. 나를 만나는 한 출판사의 편집장은 내게 이렇게 말했다. "이렇게 젊은 작가를 만난 적이 없다. 작가님은 운이 굉장히 좋은 편입니다." 기획출판을 계속한다는 것은 대단히 힘든 일임은 분명하다. 그러나 나 역시 고민이 많았다. 책은 많이 썼으나 대기업 직원의 연봉 정도도 벌지 못할 때였기 때문이다. 그래서 나는 한편으로 그런 생각이 들었다. "내 인생이 터널에 갇힌 것 같다. 앞으로 가려니 앞이 전혀 안 보이고, 뒤로 가려니 이미 엄청나게 많이 와버렸다. 이제 어떻게 해야 하나?"

그때 나는 조용헌 작가님에게 조언을 구했다. 조용헌 작가님은 내게 그런 말을 했다. "우생마사牛生馬死를 기억해라. 홍수라는 난리가 났을 때, 말과 소가 있다. 말은 홍수에 휩쓸려 내려가면 살아남으려고 필사적으로 발버둥친다. 그래서 힘이 다 빠진다. 결국 죽고 만다. 소는? 소는 홍수에 휩쓸려 내려가면 홍수에 몸을 맡기고 둥둥 떠내려간다. 그렇게 10킬로, 20킬로를 떠내려가는 것이다. 그러다 땅을 만나면 올라오는 것이다. 그래서 산다. 사람도 마찬가지다. 난리가 났을 때는 살아남으려고 발버둥치는 것이 오히려 악수惡手를 두게 된다. 그저 내 몸을 맡기고 순리에 맞게 나아가면 된다. 그러면 결국 기회를 만나게 된다."

나는 결국 느리게 승부한다는 목표를 세우고, 계속 책을 쓰고 강의하기로 결심했다. 즉, 성공과 안정은 늦게 올 것이라 각오하고, 그냥 내 페이스대로 즐겁게 가자는 것이었다. 그러다 평생 실패만 하고 가난하게 살 수도 있다는 생각이 들었다. 그때 조용헌 작가님은 또 내게 조언을 주었다. "만약 죽어야 한다면 죽으면 되는 것이다. 까짓것 죽으면 되는 것이다. 어차피 사람은 죽는 것이다. 죽어야 할 운명이라면 죽음을 피하지 말고 맞이하면 된다. 그러나 사람은 잘 안 죽는다. 그러나 만에 하나 죽어야 할 운명이라면 그 운명을 맞이하면 되는 것이다." 그 이야기를 듣고 나는 죽을 때까지 성공과 안정이 오지 않을 수도 있다고 각오했다. 그때는 지리산에 들어가서 산장지기로 살면서 책을 쓴다는 생각을 했다. 지리산에 가면 아무래도 지출이 크게 줄 것이기 때문이었다.

작가와 강사는 매력 있는 직업이다. 하고 싶은 공부를 마음껏 할 수 있고, 자유시간을 보낼 수 있으며, 자기 하기에 따라 돈을 많이 벌 수도 있다. 모든 게 가능한 직업이다. 그러나 가능하다는 말은 불가능하다는 말도 내포하고 있다. 하고 싶은 공부를 오래 하면 지칠 수도 있고, 자유시간이 소득이 없는 시간이 되어 힘들 수 있고, 돈을 잘 못 벌 수도 있다. 노력과 성공이 반드시 일치하지 않는 것은 당연한 것 아니겠는가? 그렇기에 불안과의 동행을 각오해야 하고, 때로는 수입이 없을 때도 있음을 받아들여야 한다. 직장인은 어느 정도 준비가 되었을 때 전업을 하는 게 좋다. 직장을 다니면서 책도 여러 권 쓰고, 강의를 해서 워밍업이 되었을 때 전업을 하는 것이다. 즉, 인세와 강의료 수입으로 적어도 5억 원 정도의 저축하고 나서 시작하는 게 좋다.

그렇다면 나는 어떻게 했을까? 나는 20대부터 시작했다. 아무것도 몰랐기 때문이고, 용기가 있었기 때문이며, 세상만사에 자신감이 충만했기 때문이다. 다소 위험한 삶의 방식이다. 잘못하면 인생이 망할 수 있기 때문이다. 나 역시 지리산 산장지기의 삶을 각오하고 책을 썼다. 즉, 인세와 강의료 수입이 평생 저조할 수도 있음을 받아들이고, 시작했다. 그럼 굳이 왜 했을까? 왜냐하면 안정적인 삶을 사는 것도 여간 힘든 일이 아니기 때문이다. 즉, 남들이 다들 부러워하는 고시 합격 후에 공무원이나 판사의 삶을 사는 것도 여간 힘든 일이 아니다. 경제적인 면, 사회적인 면, 가정적인 면 등 모든 면에서 그렇다. 절대로 쉽지 않다. 그렇다면 나는 생각했다. '어차피 모든 삶이 힘들다면, 내가 하고 싶은 일을 하자. 그 일을 해서 성공한다면 좋은 것이고, 실패한다고 해도 내가 하고 싶은 일을 했으니 그 자체로 보상을 받은 게 아닌가?' 그런 믿음도 있었다. '내가 좋아하니까, 미칠 수 있다. 미치면 결국 성공에 미치지 않을까? 내가 다소 능력이 떨어진다고 하더라도 남들이 3년 만에 하면 나는 10년 만에 하면 되지 않을까? 열심히 한다면 어떤 식으로든 길이 열리지 않을까?' 그래서 도전을 했고, 지금까지 19년 동안 20권의 책을 쓰고 200명의 베스트셀러 작가를 배출한 책쓰기 강의를 해오고 있다.

나의 스승은 일본의 다치바나 다카시 작가님, 한국의 조용헌 작가님이다. 기본적으로 나는 공부하는 삶, 연구하는 삶에 빠져 있다. 그래서 다양한 분야의 책을 쓴 것이고, 계속 연구하고 사색하고 발표하고 나누고 있다. 또한, 작가 생활은 경제적으로 불확실한 면이 많고 미래 또한 불투명하기에 『방외지사』를 쓴 조용헌 선생님으로부터 다양한 조언을 들으며 힘을 얻었다. 조용헌 선생님은 내게 좋은 말을 많이 해주었다.

어차피 한국에서 직장생활을 한다면 40대와 50대에는 결단을 내려야 한다. 즉, 내가 계속 다니고 싶어도 다니지 못하게 되는 경우가 많지 않은가? 자유로운 삶, 내가 나를 책임지는 삶, 나를 브랜드로 만들어 팔아야 하는 삶, 장사와 사업을 해야 하는 삶으로 거의 모든 국민이 살게 되어 있다. 책쓰기는 40대와 50대 이후를 준비하는 기본이다. 나의 전문성을 증명하고, 공부하게 만드는 것이 책쓰기이기 때문이다. 저서가 있다면 그래도 여러 가능성을 타진해볼 수 있다. 강의도 할 수 있고, SNS 채널도 키울 수 있고, 책을 바탕으로 기업의 고위간부로 입사할 수도 있다. 또한, 책을 바탕으로 투자를 받아서 사업을 해볼 수도 있다. 대학교수로 갈 수도 있다.

자기가 살고 싶은 삶의 방식이 있을 것이다. 그것을 이미 구현하고 있는 작가님이 있다면 만나보길 권하고 싶다. 만나기 어렵다면 이메일이라도 보내보길 권하고 싶다. 여의치 않다면 그의 모든 책을 다 읽기를 권하고 싶다. 나는 그 작가가 마음에 들면 그 작가가 쓴 모든 책을 다 사서 읽는다. 그 작가가 쓴 책이 100권에 이르더라도 모두 사서 읽는다. 실제로 그랬다. 내가 70여 권 정도 책을 산 작가가 2명 있다. 그 외에도 그 작가가 마음에 들면 어지간하면 전작을 다 사서 읽었다. 그래야 그를 모두 배우고 흡수할 수 있기 때문이다. 그렇게 그의 책을 많이 읽으면 어떻게 될까? 그러면 그의 책을 볼 때 다음에 무슨 말이 나올지 대충 그림이 그려진다. 여기에서 왜 이 말을 했는가도 이해가 된다. 그의 작은 숨결, 느낌, 뉘앙스도 이해가 된다. 그의 칼럼, 그의 강의도 모두 이해가 된다. 그러면서 그와 하나가 되는 것이다. 그렇게 하면서 자연스럽게 스승의 삶을 따라가게 되고, 나도 그처럼 되게 된다. 시간이 지나면 나는 나만의 새로운 모델을 구축하게 되고, 나 또한 하나의 거인이 되게 된다.

나는 공부를 좋아한다. 그래서 책을 읽은 것이고 다큐멘터리를 본 것이다. 공부한 것을 정리하고 나누는 것을 좋아하기에 책을 쓴 것이다. 사람들과 만남을 통해 긍정적인 영향을 주기 위해 강의를 하는 것이다. 또, 좋아하는 게 여행이다. 여행은 그동안의 생각들을 마구 흔들어 새로운 생각, 가치관, 사상을 심어주기 때문이다. 물론, 강력한 휴식이기도 하다. 또한, 산책하는 걸 좋아한다. 산책을 하면 몸이 건강해지고 생각이 정리되기 때문이다. 20대와 30대에는 하루 10시간 이상 일하는 것이 옳은 것이라 생각했다. 마흔이 넘은 지금은 일을 많이 하거나 과로는 좋지 않다고 생각한다. 그래서 다소 느슨하지만 몰입해 일하려고 한다. 과거에는 피터 드러커나 다치바나 다카시처럼 죽기 살기로 계속 연구하고 발표하는 삶이 좋아 보였다. 지금은 조금 느긋하게 가도 충분하다는 생각을 한다. 그래서 『방외지사』의 조용헌 작가님처럼 느리되 꾸준히 가는 것도 좋은 방법이라고 생각하고 있다. 제주에 온 것은 그 이유도 있다. 나는 9년 동안 서울 잠실에 있다가 2024년에 제주에 왔다. 그것은 조금 느린 삶을 살고픈 마음이 있기 때문이다. 이제 제주에 온 지 1년 5개월이 넘었다. 느린 속도가 마음에 든다.

책을 쓰기 전, 살고 싶은 삶을 한번 생각해보자. 결국 나는 내가 생각한 대로 살게 되어 있다. 능력이나 스펙, 경제적인 여건은 전혀 문제가 안 된다. 내가 살고 싶다고 정하면 능력, 스펙, 경제적 여건은 아무 문제가 안 되기 때문이다. 나 역시 능력이 출중하거나, 스펙이 높거나, 경제적 여건이 좋아서 책을 쓰고 지금의 삶을 사는 것이 아니다. 나는 동아대 법대라는 지방 사립대를 졸업했고, 경제적 여건도 매우 좋지 못해 병역 의무도 면제되었다. 대학 생활은 전한길 선생님의 4년 등록금 및 생활비 전액 후원으로 다녔다. 책을 사보는 것은 잠시 직장생활과 아르바이트해서 모은 돈을 전부 들여 3,000권 이상의 책을 구입했다. 이후 책을 쓸 때는 최소한의 생활비를 쓰며 책쓰기를 해왔다. 여행은 경제적 여건이 허락하지 않을 때는 조금 적게 갔고, 여건이 허락될 때는 매년 1~2회 갔다. 돈이 없던 31세 때엔 제주도에서 1년간 머물렀으므로 그때는 잠시 아르바이트를 하면서 지냈다. 능력? 스펙? 돈? 그것은 내 의지를 방해하지 못한다. 내가 살고 싶은 대로 사는 데는 오직 나의 의지와 행동만이 중요할 뿐이다. 살고 싶은 삶에 대해서 글로 적어보자. 그 후, 그런 모델이 있다면 만나보거나 책을 보자. 그럼 나도 결국 그리 될 것이다. 나역시 그렇게 살아왔다.

07

자료의 내용을 이해하고
재구성해야 책이 완성됨을 모른다

내가 책쓰기에서 자료수집의 중요성을 강조하니, 자료수집만 하면 책이 저절로 완성되는 것으로 착각하는 사람이 있다. 자료수집을 강조하니, "자료 베끼기가 책쓰기냐?"라는 질문도 한다. 그럼, "자기 생각은 없는 것이냐? 자기만의 콘텐츠는 없는 것이냐?"는 질문도 한다. 그럼, 심지어 "아무나 다 책을 쓰는 것이고, 자기 생각도, 이해도, 노력도 필요 없는 것이냐?"는 질문도 한다. "베스트셀러 작가라는 게, 스타 강사라는 게, 그렇게 되는 거냐?"는 질문도 한다.

하나씩 말하고자 한다. 자료가 있어야만 책을 쓸 수 있다. 자료를 활용해서 콘텐츠라는 것을 만들어야 하기 때문이다. 즉, 타깃 독자의 니즈가 곧 책쓰기의 정방향이다. 즉, 책쓰기의 핵심은 타깃 독자의 고통과 문제점을 해결해줄 콘텐츠다. 따라서 문제 정의와 그에 대한 해결책을 확실하게 제시해야 한다. 내 생각만으로는 부족하다. 다양한 전문가들의 의견, 이론적 검증, 다양한 사례를 통해서 크로스 체크 등이 필요한 일이다. 그를 통해 나만의 생각으로 통합하여 해결책을 제시해야 한다.

자료는 다양한 전문가들의 해결책이다. 작가인 나는 그것을 모두 모으는 것이다. 그런 후, 그중 가장 좋은 의견과 많은 사람의 지지를 받는 의견을 정리한다. 많은 사람의 지지라는 것은 대중의 지지와 학계 및 전문가들의 지지를 모두 포함한다. 그러나 의견들 중에는 반대되는 의견도 있다. 가령, 건강서를 쓴다고 했을 때 혹자는 우유를 먹어야 한다고 하고, 혹자는 우유를 먹으면 안 된다는 말을 한다. 우유의 경우, 찬성과 반대 모두 의견이 팽팽하고 50대 50이다. 그렇다면 여기에 대한 의견을 충분히 살펴보고, 그 후 하나의 의견을 선택해야 한다. 즉, 다양한 의견을 모두 모으고, 반대되는 의견도 모두 살펴보고, 그런 후에 나의 노선을 결정해야 한다. 나의 노선대로 모든 자료를 하나로 모으고, 그것을 정리해서 내 책을 써야 한다.

즉, 책을 쓰기 위해선 내가 모든 전문가의 의견을 통합 및 정리할 수 있어야 한다. 동시에, 그들의 말을 그대로 옮기는 것이 아니라, 내용은 같되 문장표현은 다르게 해야 한다. 모든 의견을 포괄하되, 나만의 노선으로 일관성 있게 풀어내야 한다. 그래서 결국은 나의 생각과 결로 모두 정리를 해내야만 하고, 책으로 써야 한다. 실제 대학 시험을 생각해보자. 자료를 모은다고 해서 시험에서 술술 쓸 수 있나? 나만의 말로 정리를 해야, 그것을 글로 풀어낼 수 있다. 다른 동료가 정리한 족보도 그냥 볼 게 아니라, 그 족보를 나만의 말로 다시 재정리해야만, 시험지에 답안을 쓸 수 있다. 책도 똑같다. 결국 나만의 말과 언어로 풀어내야 한다.

실제 책쓰기를 할 때 자료수집을 다 해놓고도 책을 못 쓰는 경우도 있다. 이런 경우가 흔하지는 않지만 분명 있다. 왜 자료수집을 다 해놓고도 책을 쓰지 못하는 것일까? 다음과 같은 이유가 있다.

1. 그냥 자료만 모으고 개별 콘텐츠에 대해서 이해를 하지 못했기 때문이다.
2. 자기만의 노선을 선택하지 않고 모든 의견을 책에 담으려고 하기 때문이다.
3. 하나의 사안에 대해서 자료를 모았음에도 그것에 대해서 말로 술술 설명하지 못하기 때문이다. 말로 설명하지 못하면 결국 책을 쓰지 못한다.
4. 하나의 노선을 정하고, 그걸 중심으로 모든 자료를 하나로 엮어내는 능력이 없기 때문이다.

자료를 볼 때는 반드시 하나하나 이해를 다 해야 한다. 그래야만 모두 묶어서 책을 쓸 수 있다. 책을 쓰려면 특정 방향을 정해야 한다. 결국 그 방향대로 모든 자료를 정리하고 풀어내야 한다. 책을 쓰기 어렵다면 책을 쓰기 전 모든 자료를 정리한 것을 가지고 하나의 목차에 대해서 말로 설명해보면 된다. 즉, 1개 목차를 가지고 한 시간 정도의 강의를 해보는 것이다. 그 후 그 강의를 10분 분량으로 줄이고, 추후 1분 분량으로 줄여서, 그것으로 1개 목차의 핵심 메시지라는 글의 뼈대를 잡고, 그 후 글을 쓰는 것이다. 결국 책을 쓰려면 하나의 주장을 중심으로 모든 자료를 일관성 있게 쭉 정리해내야만 한다. 그런 능력이 없다면, 책을 쓰기는 불가능하다. 책이란 모은 자료들을 복사해서 붙여넣기를 하는 것은 아니다.

즉, 내가 자료를 이해하고, 어떤 주장과 해결책을 제시할 것인지를 정한다. 그 후, 주장과 해결책 중심으로 모든 자료를 일관성 있게 꿰어낼 수 있어야 한다. 압축적으로, 논리적으로 정리할 수 있어야 한다. 그렇지 않다면 책쓰기는 절대적으로 불가능하다.

자료수집을 해놓고도 책쓰기가 어렵다면, 자료를 가지고 강의안을 만들어 보면 된다. 즉, 1개 목차를 가지고 한 시간 정도 강의를 해보면 된다. 그 후 1시간짜리 강의를 10분 분량의 강의로 줄여본다. 이 강의에서 가장 중요한 핵심 3가지를 정리해본다. 그 후 그 3가지를 중심으로 해서 압축적으로 쓰면 어지간하면 기획출판과 베스트셀러가 된다.

책쓰기는 단순한 자료수집이 절대 아니다. 반드시 모든 개념과 이론과 사례에 대해 이해를 해야 하고, 통합을 해야 하고, 정리를 해야 한다. 나만의 노선을 정해야 한다. 그 노선을 중심으로 주장을 펼쳐나가야 한다. 그래야만 책을 쓸 수 있다.

08

타깃 독자가 아닌 전문가들 대상으로 써야 한다는 착각을 한다

책을 쓸 때 예상 독자에서 전문가는 언제나 배제해야 한다. 왜냐하면 우리 독자가 아니기 때문이다. 그들은 우리 책을 구매하지 않는다. 전문가는 대중이 궁금해할 부분을 궁금해하지 않는다. 왜냐하면 그것은 아주 기초적인 것으로, 전문가는 이미 알고 있기 때문이다. 전문가가 궁금해하는 것은 아주 세부적인 것들뿐이다. 왜냐하면 기본적인 것은 이미 잘 숙지하고 있고, 연구를 하다가 막히는 것들을 해결하는 것이 그들의 관심사이기 때문이다. 그렇다면, 전문가들을 위한 책을 쓰면 어떻게 될까? 당연히 안 팔린다. 전문가의 숫자는 그 분야에서 언제나 1% 미만이며, 아무리 높게 잡더라도 2~3%에 불과하다. 그들의 숫자는 대단히 적기에 그들을 타깃 독자로 잡으면 책이 팔리지 않는다. 또, 그들은 이미 많은 것들을 숙지했기 때문에 아주 세부적인 것들만 궁금해한다. 그들의 니즈를 맞추기란 여간 힘든 것이 아니다. 그래서 전문가는 우리가 쓰는 책의 타깃 독자에서는 완전히 배제해야 한다.

왜 이 이야기를 할까? 실제 책을 쓸 때, 전문가들은 우리 판매에 아무런 영향을 미치지 못하기 때문이다. 그런데도 수강생을 보면 전문가들이 볼 때 부끄럽지 않은 책을 쓰기 위해 굉장히 많은 신경을 쓴다. 본인이 해당 분야의 전문가이고, 대기업 임원이고, 박사라면 특히 더 그렇다. 즉, 자기들의 동료를 고려하는 것이다. 그 세계에서 가장 권위 있는 교수, 전문가가 읽는 것을 염두에 두는 것이다. 그들이 볼 때 시시하지 않은 책, 부끄럽지 않은 책, 동료들도 읽고 경탄을 하고 박수를 보낼 책을 쓰고자 하는 것이다.

각 분야에서 한국 최고의 전문가라고 하는 사람은 10명 많아도 100명도 채 안 된다. 그들을 만족시킨다는 것은 대중의 만족은 완벽히 버린다는 뜻이다. 왜? 모든 계층의 사람을 만족시킨다는 것은 불가능하기 때문이다. 한국 최고의 전문가 10~100명을 만족시키기 위해서 책을 쓴다? 그들이 볼 때 부끄럽지 않은 책을 쓴다? 책쓰기에서 가장 피해야 할 것이다. 오히려 그들이 가장 듣고 싶어 하는 것들을 책에서 빼는 태도를 가져야 한다. 그들이 듣고 싶어 하는 것은 대중과 관계없는 것일 가능성이 크기 때문이다. 물론, 대중의 니즈 중에서 전문가의 니즈와 일치된 부분이 있을 수는 있다. 그러나 그런 경우는 예외라고 보아야 한다.

전문가가 우리 책을 읽고 반응이 이래야 한다. "이것도 책인가? 이런 아주 기초적이고 기본적인 내용을 책에서 다룬단 말인가? 이것은 진짜 이 분야를 하나도 모르는 사람이 읽어야 할 책 아닌가?" 이런 반응이 나온다면 우리 책은 베스트셀러가 될 수 있다. 책은 그 분야를 하나도 모르는 사람이 읽는다. 그래서 기초적이고 기본적인 내용을 아주 쉽게 써서 중학교 1학년도 이해가 가능한 수준으로 써야 한다. 그것이 책을 쓰는 기본 룰이 되어야 한다.

어떤 측면에서 보면 내가 만약 해당 분야의 왕초보라면 책쓰기가 유리할 수 있다. 내가 공감이 가고 호응이 되는 것을 바로 책에 담으면 되기 때문이다. 자료 모으기도 수월한 면이 있다. 내가 마음이 가면 밑줄을 치고 모으면 되기 때문이다. 반면, 해당 분야를 어느 정도 알고 있는 사람이라면, 즉 전문가라면 어떻게 자료수집을 해야 할까? 전문가라면 나한테 공감이 되는 것에 밑줄을 치고 모으면 안 된다. 나는 전문가이기 때문에 대중 독자의 니즈와 다른 결로 콘텐츠를 모을 것이기 때문이다. 내가 전문가라면, 왕초보는 무엇을 궁금해하고 가장 필요한 게 무엇일까를 고민하면서 자료를 모아야 한다. 그래야만 지식의 왕초보를 만족시킬 책을 쓸 수 있다. 안 그러면 나를 만족시키는, 즉 전문가를 만족시키는 책을 쓰게 되고, 결국 책은 망하게 된다.

베스트셀러는 대중이 만든다. 전문가는 관계가 없다. 20대와 30대가 쓰는 책들이 베스트셀러가 되는 이유는 대중 독자와 같은 결을 가지고 있기 때문이다. 즉, 대중 독자들이 궁금해할 것들을 너무나 잘 알고 있다. 해당 분야를 잘 모르기 때문에 왕초보의 눈을 가지고 있다. 그래서 오히려 베스트셀러가 잘 되는 경향이 있다.

책쓰기를 잘하고 싶다면 대중 독자 만족이 핵심 키라는 걸 꼭 기억해야 한다. 너무 잘 쓰려고 하는 것도 문제다. 그저 왕초보, 대중 독자만 만족시키면 된다. 그들이 궁금해하는 것만 다루면 된다. 모든 것을 다루면 핵심에 소홀하게 되고 초점이 흐려진다. 문제해결책을 다루더라도 최고의 깊이까지 다룰 필요는 없다. 그렇게 다루면 책이 두꺼워진다. 최고의 깊이는 결국 코칭과 컨설팅에서 다루면 된다. 책 한 권을 읽는 데는 3~4시간 내외가 걸린다. 지식의 왕초보인 독자가 3시간을 바쳐서 10년 내공을 가진 전문가와 필적하게 된다? 말이 안 되는 것이다. 모든 목차를 최고의 깊이로 다룰 수는 없다. 그 점을 기억하고 가면 된다. 결국 모든 책은 대중 독자만을 중심에 놓고 모든 설계를 해야만 한다.

09

스펙이 뛰어나도
책을 못 쓰는 사람이 나온다는 걸 모른다

일반적으로는 의사분들이 책을 잘 쓴다. 내가 수업을 해도 의사분들을 가르치는 게 가장 쉽고 편하다. 한마디 딱 하면 정말 잘 이해하고 따라 한다. 똑똑하기에 다른 것이다. 그러나 의외로 명문대를 나오고, 대기업에 근무하고, 박사학위가 있어도 책을 못 쓰는 분들이 나온다. 진짜다. 나도 가르치면서 놀랐다. '왜 그럴까?'라는 생각을 수없이 많이 했다.

전문대를 나오고 고졸이어도 책을 잘 쓰는 분들이 있다. 그러면 책을 잘 쓴다는 게 뭘까? 핵심 메시지를 잘 파악하고, 핵심을 군더더기 없이 이야기하는 것이다. 핵심부터 팍 치고 나가는 두괄식 집필을 잘하는 것이다. 즉, 첫 문장부터 핵심을 바로 이야기하면서 치고 들어가고, 그 후 설명을 군더더기 없이 논리적으로 하는 것이다. 또, 각 문단과의 연결이 논리적·유기적으로 잘 연결되는 것이다. 그래서 하나의 주제문 안에서 내용들이 모두 어우러져 있는 것이다. 즉, 목차를 중심으로 내용이 일관되게 나오는 것이다. 한마디로 핵심을 군더더기 없이, 쉽고 명쾌하게 이야기한다.

책을 못 쓰는 분들은 어떨까? 위의 내용과 반대 상황이다. 즉, 첫 문장부터 엉뚱한 이야기를 한다. 그래서 핵심 메시지는 놓아두고 빙빙 겉도는 이야기만 한참 한다. 서론이 너무 긴 것이다. 아니, 어떤 때는 서론만 이야기하다가 끝나는 경우도 많다. 엄밀히 말해 서론이 아닌 경우도 많다. 서론은 본론의 핵심에 대해서 이야기해야 하는데, 본론과 관계없는 이야기만 주구장창 하기에 뜬금포만 계속 날리고 끝난다. 즉, 글의 핵심내용인 본론이 없는 것이다.

읽어보면 논리성·타당성이 없어 전혀 이해와 납득이 안 되는 경우가 많다. 도대체 자기가 무슨 말을 하고 싶은 것인지, 타인에게 무엇을 줄 것인지, 타인에게 무엇을 설득하고 싶은지가 드러나지 않는다. 그냥 줄줄 말하고, 내용 없고, 중구난방이고, 그냥 끝이다. 당연히 각 문단 간의 연결이 잘 되지 않는다. 또, 주제문과 다른 내용을 말한다. 즉, 목차와 전혀 다른 내용을 쓰는 것이다. 실제 이런 분이 있을까? 당연히 있다. 정리해보면, 그들의 말을 듣고 있으면 도대체 무슨 말을 하고 싶은지 알 수가 없고, 엉뚱한 이야기만 계속하다 끝난다.

책을 쓰는 데 너무 부담을 느끼거나 자기 확신이 없으면 책을 못 쓴다. 이런 경우가 있다. 대기업에 다니는 수강생의 원고를 보니 분명히 잘 썼다. 그래서 문제없이 기획출판과 베스트셀러가 될 수 있을 듯 보였다. 나 역시 괜찮다고 말했다. 그런데 본인 스스로 확신을 하지 못하고 글을 계속 못 써가는 분들도 있다. 즉, 자기도 자기 글을 믿지 못하고, 전문가가 피드백으로 괜찮다고 말해도 자기 글을 신뢰하지 못하니, 앞으로 못 나가는 것이다. 그러면 결국 원고가 완성되지 않기 때문에 투고할 수 없다. 출판을 못 한다. 실제로 우리 수강생 중에도 이런 경우가 있었다. 그분은 원고 다 쓰는 데 시간이 엄청 걸렸다. 1년이 넘게 걸렸다. 그랬는데도 총 원고량의 20% 정도밖에 쓰지 못했다. 1년이 넘도록 뜸을 들이길래, 출판사에 투고하자고 했다. 내 생각은 그랬다. '출판계약을 하면 자기 글에 확신을 가지게 될 것이고, 그럼 원고 쓰는 속도가 붙을 것이다!' 실제 투고 이후 출판사로부터 연락을 많이 받았다. 그분은 너무나도 놀랐다. 자기 확신을 못한 원고였는데 계약하자고 직접 찾아온 출판사가 10곳도 넘었으니 말이다. 그 후 출판사와 출판계약을 했다. 일 년 동안 총 원고량의 20%밖에 못 쓰던 분이 출판계약 후 한 달도 안 되어 나머지 원고를 모두 다 썼다. 자기 확신이 붙은 것이다. 그 후 이분은 크게 성공했고(책은 베스트셀러가 되었고, 그분은 방송출연까지 했으며, 이후 대중강연도 많이 했다), 그다음 책도 좋은 결과를 냈다. 만약 내가 출판사에 투고부터 하자고 하지 않았다면 그냥 질질 끌다가 끝났을 수도 있다. 책쓰기를 시작했다면 자기 확신을 가지고 나가야 한다.

이런 케이스도 있다. 석사학위도 여러 개 받고 박사학위도 있다. 그런데 책을 못 쓰는 것이다. 자료수집에서부터 어려움을 겪었던 분이다. 그분은 자료수집 하려고 보니 자기가 쓰려고 하는 책의 주제가 너무 광범위해서 하나의 내용으로 초점을 못 좁히겠다고 했다. 물론, 그 주제가 광범위하거나 심오한 것은 전혀 아니었다. 결국 그분은 책을 완성하지 못했다. 아니, 원고를 한 글자도 쓰지 못했다. 자료수집이 되어야 목차를 잡는데, 자료수집이 안 되니 목차도 못 잡은 것이다. 목차가 없으니 당연히 원고 쓰기도 불가능하다.

이런 분도 있다. 그분도 박사였는데 자료수집을 굉장히 많이 했다. 그런데 책을 쓰는 것은 자료를 베끼는 게 아니다. 그것을 이해해서 자기의 말로 풀어내야 한다. 그런데 그분은 자기 말로 풀어내지를 못하는 것이었다. 자료를 보고 또 보아도 자기 말로 정리를 못 하는 것이다.

책쓰기란 심플하게 말하면 이런 것이다. 책 100권을 보고 핵심을 10권 분량으로 줄인다. 나중에 그것을 한 권 분량으로 줄이는 것이다. 그 후 그 한 권의 책을 한 개의 문장으로 줄이는 것이다. 그게 책이다. 즉, 방대한 자료를 보고 한 권의 책으로 담아내는 것이다. 또, 한 권의 책을 한 개의 문장으로 만드는데, 그 한 개의 문장이 책 제목이다. 그렇게 책쓰기가 완성된다. 그런데 이 줄이기가 안 되는 것이다. 고시 공부도 막판에는 단권화가 필수다. 핵심의 핵심만 줄여서 민법 기본서 1권을 몇 시간 내에 독파해야 한다. 그러려면 줄이기가 되어야 한다. 의대 공부도 마찬가지다. 이해를 한 후, 줄이기가 되는 것. 이것이 모든 공부의 시작과 끝이다. 책쓰기는? 역시 단권화가 거의 전부다.

자기만의 문장으로 많은 양의 자료를 한 권의 분량으로 줄일 수 있어야 하고, 그것을 한 개 문장으로 줄일 수 있어야 한다. 그게 책쓰기의 시작과 끝이다. 즉, 방대한 자료를 정독하며 모두 이해를 해야 한다. 그 후 그것을 자기만의 언어로 줄이기를 하는 것이 책쓰기다. 물론, 자기만의 언어는 많은 작가, 학자, 기자, 전문가들의 다양한 의견을 입체적으로 조망한 후, 나와야 한다. 그리하여 모든 측면에 대해서 모두 알고난 후, 그것을 써야 한다. 즉, 많은 자료를 본 후, 그것을 남에게 쉽게 설명할 수 없다면, 책은 절대로 쓸 수가 없다.

가끔 보면 문장 때문에 기획출판에 실패하는 분들도 있다. 기본적으로 문장은 무조건 짧아야 한다. 길면 절대 안 된다. 문장이 길면 독자가 이해를 못 하기 때문이다. 한 문장은 A4용지 한 줄 이내가 되도록 해야 한다. 그래야만 가독성이 높아진다.

1개 문단은 1개 내용으로 써야 한다. 그런데 1개 문단에서 2~3개 내용을 말하는 경우도 있다. 그러면 어떻게 될까? 당연히 출판 안 된다. 이럴 때는 어떻게 해야 할까? 1개 문단에서 핵심문장을 굵은 글자로 표시하는 것이다. 그렇게 원고를 다 쓰고 나서 각 문단을 모두 읽어보자. 그래서 1개 문단에서 핵심문장과 다른 내용이 있다면 모조리 제거하는 것이다. 왜? 1개 문단에는 1개 내용이 들어가야 하는데, 다른 내용이 들어있기 때문이다. 그래서 모두 제거하는 것이다. 그러면 1개 문단은 1개의 내용만 들어있게 되고, 출판이 된다.

전문대나 고졸인데도 책을 잘 쓰는 사람은 도대체 어떻게 된 걸까? 그것은 바로 책을 읽고 핵심을 잘 파악하고, 핵심을 잘 이야기하기 때문이다. 책을 잘 쓰나 못 쓰나는 그냥 대화를 해봐도 알 수 있다. 대화할 때 핵심부터 바로 이야기하고, 간단명료하게 정리하는 사람은 책을 잘 쓸 수 있다. 그런데 대화할 때 잡다한 말을 많이 하는 사람, 이 사람은 위험하다. 책도 그렇게 쓸 수 있기 때문이다. 물론 이것이 100% 다 맞는 것은 아니다. 실제 대화에서 잡다한 말을 많이 해도 책쓰기를 잘하는 사람도 아주 가끔은 나오기 때문이다. 또, 말은 잘해도 책쓰기에서는 엉뚱한 말을 하는 경우도 가끔은 있기 때문이다. 그러나 80% 정도는 맞다고 할 수 있으니, 참고하면 좋다. 전문대나 고졸인데도 책을 잘 쓰는 사람은 핵심을 이야기하고, 그 후 핵심에 대해 논리적으로 설명하고 풀어나간다. 그러면 출판된다. 베스트셀러가 된다.

베스트셀러는 뭔가? 독자가 만든다. 독자는 누군가? 대부분 지식의 왕초보다. 이들은 어떤 문제에 대한 해결책을 얻고 싶어 한다. 그러면 핵심 메시지로 해결책을 주면 된다. 그 후 그 해결책에 대해 차근차근 설명하면 된다. [핵심 메시지+설명]에 집중하고 그 외의 내용은 다 버리면 된다. 사례와 이론은 [핵심 메시지+설명]에 맞는 것만 넣고, 그 외엔 버리면 된다. 그러면 책쓰기는 만사 오케이다. 결국 전문대와 고졸인 분들도 이 법칙을 잘 지킨다면, 반드시 베스트셀러가 된다. 결국 책쓰기는 독자를 위한 것이기 때문이다.

책 마케팅의
방법과 한계를 모른다

출판시장에서 마케팅은 중요하다. 특히 요즘은 노출 빈도에 따라서 책이 팔린다고 해도 과언이 아니다. 과거 고려원북스에서 TV광고를 했던 이유도 그런 이유다. 예전에는 신간 홍보는 신문광고에 많이 의존했다. 요즘은 유튜브와 인스타그램 광고가 주효하다. 특히 유튜브의 힘이 강해졌다. 그래서 대형 유튜브 채널에 책을 노출하기 위해 고액의 돈을 주기도 한다. 조회 수 100만의 힘은 대단히 강력하기 때문이다. 가령, 100만 뷰가 나왔다면 그다음 1~2주간 책은 5,000~1만 부 정도는 팔린다고 보는 것이 맞기 때문이다.

초기 판매에 있어서 마케팅의 힘은 대단히 강하다. 마케팅한 만큼 팔리는 것이다. 그래서 유튜브에 출연을 많이 하는 것은 필요하고 중요한 일이다. 말보다 글이 강한 사람은 인스타그램에 책의 핵심을 편집하여 올려서 많은 호응을 받고, 책 판매로 이어진다. 요즘은 출판사를 그런 방식으로 운영하여 좋은 성과를 내는 곳도 있다. 즉, 인스타그램 계정을 많이 만든 후 책의 좋은 문구를 여러 곳에 올려서 '좋아요'를 10만 개 이상 받는 것이다. 즉, 인스타그램 계정 50개를 만들고, 그곳에 동시에 해당 콘텐츠를 올려서, 한 곳당 3,000개 정도의 '좋아요'를 받는 것이다. 그럼, 한 번에 15만 개의 '좋아요'가 나온다. 그러면 책의 판매가 빠르게 늘어난다.

다만, 이것도 시간과 막대한 에너지가 소요된다. 따라서 수위를 잘 조절해야 한다. 시간을 너무 빼앗기면 콘텐츠 연구를 잘 못 할 수 있다. 기가 많이 빨려서 체력이 소진되면 연구와 집필이 어려울 수 있다. 사람을 많이 대하면 그만큼 지치게 된다. 인스타그램에서 많은 사람의 반응을 살피면서 댓글로 대화하는 일을 반복하면 정신적으로 피곤하다. 결국 오래 하면 지친다. 만성 수면장애가 오게 된다. 악성 리뷰는 고민거리가 된다. 결국 피곤해진다.

많은 사람을 만나야 했던 인도의 간디 역시 그런 점을 잘 알았다. 간디는 매주 월요일을 침묵의 날로 정했다. 간디에게는 '침묵일'이 있었는데 이날은 하루 종일 말을 하지 않고 필요한 대화는 메모로 했다. 모든 회의, 미팅, 인터뷰도 거절하고 혼자 조용히 지냈다. 사람을 계속 만나서 말하면 기가 뺏기고 돌아버릴 수 있기 때문이다. 간디는 "침묵은 내 영혼의 영양분이다. 침묵 없이는 내 사상이 성숙할 수 없다"는 말을 했다. 그는 매주 월요일 침묵 속에서 심신 회복을 했다. 그때 편지 쓰기, 독서, 명상을 했다. 자기절제와 수련을 위한 방법이었다. 이것을 작가인 우리에게 적용해본다면 디지털 디톡스, 일기장 작성 및 사색 메모 작성, 산책과 명상을 하며 시간을 보낼 수 있다. 이를 통해 우리는 "나는 지금 어디로 가고 있고, 내가 원하는 삶은 무엇이며, 지금의 방향이 나의 진정한 소망이었는가?"를 묻고 답하며 단단하게 나아갈 수 있다.

유튜브에 계속 출연하거나 인스타그램에 계속 글을 올린다면 사람이 미쳐버릴 수 있다. 거기에 댓글까지 보고 그 댓글에 답글까지 모두 다 단다면 더 그렇다. 그러나 댓글을 아예 안 읽어보고 SNS를 운영한다는 것도 말이 되지 않는다. 결국 매일 피곤하다. 그렇다면 머리가 돌아버릴 수 있다. 그래서 지나치게 마케팅에 열을 올리는 것은 좋지 않다. 실제로 유명 연예인 중에도 공황장애나 수면장애를 앓고 있다고 고백한 사람이 여럿 있다. 미친 듯이 일을 계속하거나, 다른 사람의 반응을 계속 살피면 사람이 예민해지고 건강이 안 좋아질 수 있다.

특히 콘텐츠를 연구하고 지도를 해야 할 사람이 밖으로만 돈다면, 실제 연구력이 약해져 힘을 잃을 수 있다. 한마디로 내실이 약해질 수 있다. 그런 점이 리스크이다. 그러나 완전히 안 할 수는 없으니 적절한 균형이 필요하다. 때로는 조용하게 책을 쓰되, 한 달에 2~3회 강의를 하고, 유튜브 출연은 1년에 10~20번만 하는 것도 하나의 방법일 수 있다. 지나치게 활동하면 건강이 안 좋아지거나, 정신이 혼란스러워지거나, 콘텐츠의 질이 떨어질 수 있기 때문이다.

한번은 조용헌 작가님과 이야기를 한 적이 있다. 강의와 유튜브 개설에 대해서 말을 해보았다. 그랬더니 조용헌 작가님은 이렇게 말했다. "강의를 너무 많이 하면 어떻게 될까? 정신질환이 올 수 있다. 왜냐하면 연구도 너무 많이 하거나, 사람들 눈치를 많이 보거나, 계속 말을 많이 하면 너무 힘이 들기 때문이다. 유튜브도 개설해서 댓글 하나하나 보고 답하면 심신이 상할 수 있다. 조금 적게 벌더라도 안 하고 책을 쓰고 한 번씩 강의를 가는 것이 좋다."

나 역시 여기에 대해 공감이 갔다. 돈을 많이 버는 것도 중요하지만 건강, 지속가능성, 자기 삶을 지키는 것도 중요하기 때문이다. 너무 많이 외부로 돌면 사람이 미쳐버릴 수 있다. 계속 사람들 눈치를 보고, 휴식 없이 무리하게 계속 강연하고, 연구하면 그럴 수 있다. 유튜브 댓글을 하나하나 보다 보면 스트레스를 너무 많이 받을 수 있다. 마케팅은 필요하지만 적절한 균형이 반드시 필요한 것이다. 너무 과로하면 무리가 될 수 있고 죽을 수도 있기 때문이다.

실제로 인간이 가진 에너지 총량은 정해져 있다. 그것을 과도하게 쓰면 결국 에너지 고갈이 된다. 결국 과로사의 위험, 심장마비의 위험, 암 발병의 위험, 각종 질환의 위험이 커진다. 우울증, 공황장애, 불안 등도 함께 올 수 있다. 결과에 대해 눈치보며 계속 초조한 마음으로 살면 그럴 수 있기 때문이다. 그래서 마케팅은 중요하지만, 적절한 균형을 맞추면서 가야 한다.

(2부)

책쓰기에서 성공하는

힘은 따로 있다

책의 성공은 개인이 아닌 시대가 만든다는 것을 모른다

많은 사람이 착각한다. 내가 노력하면 베스트셀러 작가가 될 수 있다고. 그러나 이는 반은 맞고 반은 틀리다. 노력은 해야 한다. 당연하다. 그러나 노력한다고 해서 베스트셀러 작가가 될 수 있는 것은 아니다. 왜냐하면 대형 베스트셀러는 시대가 만드는 것이기 때문이다. 즉, 이미 베스트셀러가 될 주제는 정해져 있다. 또한, 베스트셀러가 될 콘텐츠도 정해져 있다. 독자들의 요구가 많은 분야와 내용은 이미 정해져 있기 때문이다. 물론, 그것은 그 타이밍이 맞아야 한다. 즉, 1997년에 성공하는 주제가 있고, 2025년에 성공하는 주제가 있다는 이야기다.

책을 쓰려고 한다면, 성공할 주제, 시장성이 높은 주제를 써야 한다. 자기가 주장하고 싶은 콘텐츠도 시대의 큰 호응을 받을 수 있도록 바꾸어낼 수 있는 지혜와 용기가 필요하다. 가령, 수강생 중에 자서전을 쓰고 싶어 하는 분이 있었다. 그러나 자서전을 쓰면 누가 볼 것인가? 얻을 콘텐츠가 아무것도 없는데 누가 볼 것인가? 물론, 대단한 연예인의 자서전이라면 읽겠지만, 평범한 사람의 책을 누가 읽겠는가? 아무도 없다. 그런데 그분의 이야기를 들어보니 하고 싶은 말이 있었다. 그것은 바로 "인생에서 안전한 선택을 하면 안 된다. 다소 리스크가 있더라도 언제나 도전을 해야 한다. 안 그러면 인생 망한다"는 것이었다.

그도 그럴 것이 그분은 안정된 삶만을 선택해왔다. 그러나 안정된 삶도 언제든 난파될 수 있다. 진정한 안정이란 안정 그 자체에서 오는 게 아니라, 수많은 도전과 돌파를 통해서만 만들어지기 때문이다. 삶의 안정은 오직 안주가 아닌 도전, 계속된 변화, 작은 성취를 통한 큰 성공 달성을 통해서만 만들어지는 것이다. 그 분 역시 안정을 선택하며 살아왔지만 그것이 결국 후회라고 하셨다. 그것보다는 도전과 모험을 하는 쪽을 선택하며 살아왔더라면 하는 생각이 많았다. 그래서 세상에, 젊은 이들에게 하고 싶은 말이 많았다. "결과가 어떻더라도 도전하고 모험하는 쪽을 선택해야 한다. 그것이 안정된 죽음보다는 낫다"고 말이다. 그래서 안정을 선택한 후 후회하고, 다시 태어난다면 도전하고 모험을 할 것이라는 자기 이야기를 하고 싶어, 자서전을 쓰고자 했다. 그러나 자서전은 판매 전망이 어둡기에 다른 방향으로 틀자고 했다. 그래서 "결과가 어떻더라도 도전하고 모험하는 쪽을 선택해야 한다. 그것이 안정된 죽음보다 낫다"는 메시지는 같지만 시장이 크게 반응할 주제로 바꾸자고 제안했다. 결국 주제를 바꾸었다. 그러나 실질적으로 그분이 책에서 하고 싶은 말은 거의 모두 다 했다. 주제만 바꾸었을 뿐 메시지는 동일하게 갔기 때문이다. 결국 그분의 책은 교보문고 종합 베스트셀러 10위권에 안착했다. 대형 베스트셀러가 된 것이다.

이렇게 주제는 같되 '포장'을 바꾸어준 수강생들이 많다. 그 결과 대부분 베스트셀러 작가가 되었다. 왜 이런 결과가 나왔을까? 성공하는 주제는 이미 정해져 있기 때문이다. 같은 메시지라도 포장만 바꾸면 독자들은 다르게 인식한다. 즉, "안정보다는 도전을 선택하고 가슴 뛰는 삶을 살아야 한다"는 메시지는 같지만 자서전에서 주제만 바꾸면, 즉 '포장'만 바꾸면 독자들은 완벽히 다른 책으로 인식한다. 그러면 자비출판 할 책이 대형 베스트셀러로 변신한다.

책을 쓰기 전 시대 상황부터 살펴야 한다. 즉, 시대의 요구와 내가 쓰고자 하는 콘텐츠의 교집합을 찾아내야 한다. 그 교집합에서 책을 써야 한다. 그러면 독자들이 원하는 메시지라는 포장을 씌우되, 실제로는 내가 말하고 싶은 메시지를 쓸 수 있다. 그러면 내가 하고 싶은 말을 뜨겁게 하면서도, 결과는 대형 베스트셀러가 된다.

가령 내가 미술 분야에서 일을 하고 있다고 해보자. 그래서 미술 관련 책을 쓴다고 해보자. 그럼 자기가 진행하고 있는 주제와는 별개로 베스트셀러가 될 주제로 책을 써야 한다. 그래야 베스트셀러가 된다. 미술 분야의 경우 '세계 유명 작가와 그의 미술작품에 대한 해설(한국 작가도 포함한다)'이 가장 핫한 주제다. 왜냐하면 이제 갓 미술에 관심을 가지고 미술관에 한번 가볼까 하는 사람들, 가족들과 함께 미술관에 가서 미술작품에 대해서 알고 보거나, 가족 및 애인과 함께 간 후 사람들에게 설명할 수 있기를 원하는 사람들이 독자층의 중심이기 때문이다. 늘 그렇듯 진짜 전문가는 적고, 왕초보는 많다. 그래서 이들이 가장 큰 독자층이 된다. 실제 이 분야의 책은 출판되어 수십만 부가 판매된 책이 있다. 우리 수강생들 역시 이러한 방향대로 책을 쓴 결과 베스트셀러가 되고, 세종도서에 선정되는 등 결과가 좋았다.

내가 아무리 원고를 잘 써서 감동적이고, 멋지더라도, 독자층이 없다면 책은 좋은 결과를 내기 힘들다. 이것은 시대의 트렌드, 흐름, 문화와 관계있다. 세네카의 말 "시대에 순응하면 업혀 가고 시대에 역행하면 끌려간다"는 말은 책쓰기에 있어 불변의 법칙이라고 보면 된다.

실제 시장성이 아주 큰 주세라면 저자의 유관 경력이 전혀 없더라도 책이 베스트셀러 1등까지 가는 것이 가능하다. 사람들은 그 사람의 프로필을 보고 구매하는 것이 아니라, 자기에게 도움이 되는 콘텐츠가 있는가부터 먼저 보기 때문이다. 관련 경력이 있으면 유리한 것이 맞다. 그러나 관련 경력이 없더라도 시장성이 큰 주제를 쓴다면 대부분 큰 승부가 가능하다. 즉, 사람들은 그의 유명세나 프로필 때문에 책을 사는 것이 아니라, 자기가 필요해서 책을 산다. 프로필이 약하더라도 자기가 필요한 주제에 대해 좋은 해결책을 준다면, 책을 산다. 그렇게 베스트셀러 작가가 되는 것이다. 베스트셀러 작가가 된 이후에는, 지속적인 집필과 강의 활동을 해서 확실한 인플루언서로 자리매김하면 된다.

대형 작가로 자리매김하기 위해선 지속적인 공부와 노력은 필수다. 지속적인 공부를 해서 신뢰성 있는 강의를 해야 팬덤이 형성되기 때문이다. 가끔 독자들이 경력에 딴죽을 건다면 책을 더 쓰거나, 중간에 박사학위를 받는 것도 방법이다. 요즘은 50대가 되어서도 대학원에 진학하는 케이스가 많다. 가면 된다. 책을 꾸준히 쓰면 된다. 물론, 확실한 자료수집을 통해서 제대로 된 책을 써야 한다. 인기가 있다고 해서 그냥 잡다하게 써서 책을 내면 안 된다. 결국 노력으로 모든 것이 가능한 것이 책쓰기다.

　책을 쓸 때 시장성은 절대적으로 중요하다. 내가 하고 싶은 메시지에 시장성 있는 주제만 씌우면 책은 반드시 베스트셀러가 된다. 그 점을 알고 시장성을 충분히 고민하고, 그 후 책쓰기 주제를 잡고, 책쓰기의 방향을 설계해야 한다. 그러면 반드시 길이 열리기 때문이다.

책 쓰는 능력보다 책 읽는 능력이
10배는 더 중요함을 모른다

책쓰기 수업은 쓰기 수업이 아니라 책 읽기 수업이다. 읽는 것이 절대적으로 중요하기 때문이다. 나는 책쓰기 수업에서 책 읽기에 가장 많은 시간을 할애한다. 왜 책쓰기는 쓰기가 아니고 읽기인가? 읽어서 콘텐츠를 확보하지 않으면, 콘텐츠를 만들어낼 수 없기 때문이다. 책쓰기는 자료의 편집을 통해서 독자의 입맛에 맞는 과자를 만드는 게임이다. 즉, 내 생각대로 아무렇게나 요리하는 것이 아니다. 철저하게 검증된 자료를 가지고 하나의 주제에 대해서 최정예 자료를 모아서 확실한 방법과 대안을 주는 것이다. 그렇게 인터넷 검색이나 챗GPT 검색으로 얻을 수 있는 정보와는 확실한 차별화가 되는 콘텐츠를 주는 것이다.

책을 쓰고 싶다면 무조건 읽어야 한다. 읽는 것에서 책이 나온다. 다만, 책을 무작정 읽는 것이 아니라, 내가 쓰고자 하는 주제에 맞는 책만 읽어야 한다. 책이 없다면 검색이나 기타 자료를 보아야 한다. 그렇게 해서 충분한 자료를 확보하고, 무엇을 어떻게 말할지에 대한 방향과 구조를 잡아놓고 책을 써야 한다. 그렇지 않으면 누구라도 책을 쓸 수 없다.

　　장기적으로 작가 생활을 계속하고 싶다면 읽는 것을 습관화해야 한다. 요즘은 유튜브가 활발하다. 그럼, 유튜브 시청만으로 책을 쓸 수 있을까? 안 된다. 왜냐하면 유튜브는 아주 협소한 테마에 대해서만 다룬다. 즉, 시청자가 크게 반응할 것에 대해서 엑기스의 엑기스만 보여준다. 특히 말로 하기 때문에 깊은 사색이 배제된다. 깊이 있는 내용은 곰곰이 생각한 후 나오는 경우가 많은데, 유튜브는 즉흥적 말하기를 촬영한 것이다. 결국 깊이 있는 콘텐츠가 나올 수 없다. 결국 유튜브만 보아서는 왕초보에서 어느 정도 아는 사람으로 갈 수는 있지만, 전문가로 가지는 못한다. 책은 전문가가 쓰는 것이다. 즉, 자료수집을 통해서 전문적 지식을 가지고 쓰는 것이다. 그래야 왕초보를 위한 전문서가 나온다. 결국 단행본 출판은 전문서 출판이며, 지식의 왕초보인 대중 독자의 눈높이에 맞추었을 뿐이다. 그렇기에 책을 쓰고 나면 저자는 전문가로 인정받는다. 결국 유튜브를 보는 것만으로는 전문성 확보에 한계가 있으므로 책을 쓰는 것은 불가능하다.

　　요즘은 유튜브, 넷플릭스가 활발해서 책 읽기에 방해를 많이 받는다. 이거저거 보다 보면 시간 다 가고 몸도 피곤하기 때문이다. 이거저거 보고 있으면 산만해져서 집중력이 떨어진다. 읽는 것이 어려워졌고 책을 쓰는 게 쉽지 않아졌다. 마음을 잘 다스리고 차분하게 책을 읽어야 한다. 장기적으로 작가가 되려면 도서관, 서점에는 매주 한 번은 반드시 가야 한다. 적어도 밀리의 서재 등을 통해 계속 책을 읽어야 한다. 그래야 책을 쓸 수 있기 때문이다.

책을 읽을 때는 어떻게 읽어야 할까? 책쓰기를 위한 독서는 이렇다. 해당 주제를 중심으로 핵심 콘텐츠가 무엇인지를 명확히 설정한다. 그 후, 핵심 콘텐츠를 수집한다는 생각으로 책을 읽어야 한다. 가령, 암에 대한 책을 쓴다고 해보자. 그러면 중요한 테마는 바로 이것이다.

1. 원인: 암의 원인은 무엇인가.

2. 해결책: 암을 낫게 하는 방법은 무엇인가.

3. 예방책: 암에 걸리지 않게 예방하는 방법은 무엇인가.

4. 기타: 그 외 암에 걸린 사람에게 도움이 되는 지식과 조언은 무엇인가.

이 4개 테마 위주로 책을 보고 밑줄을 그어야 한다. 그렇게 밑줄을 그으면 이 4개 테마에 대한 내용이 확보된다. 실제 이 4개 테마는 암 관련 책에 있어 대목차가 될 수 있으므로, 모은 자료를 가지고 목차를 잡으면 되고, 그것을 줄기 삼아 책을 쓰면 된다.

실제 위의 테마는 암에 관해 독자들이 가장 궁금해하는 것들이고, 이것이 책의 목차가 되어야 한다. 즉, 책을 읽고 밑줄 치는 것은 독자들이 가장 궁금해하고, 책의 목차와 내용이 되어도 손색이 없는 것이어야 한다. 그래서 독자들이 가장 궁금해하고 알고 싶어 하는 것을 책으로 담아내야 한다. 책을 읽는 것은 언제나 목적의식이 있어야 한다. 무엇을 얻고, 무엇을 해결하겠다는 생각을 명확히 가지고 책을 읽어야 한다. 그렇게 콘텐츠를 얻고, 이 콘텐츠들을 가지고 나의 콘텐츠를 만드는 것. 이것이 바로 책쓰기의 정수이기 때문이다.

그러면 책을 한두 권만 보면 되지, 왜 많이 읽어야 할까? 이유가 있다. 먼저 쉬운 책부터 어려운 책까지 보면서 이해도를 대폭 높일 수 있다. 쉬운 책을 읽으면 이해가 잘 된다. 이렇게 워밍업을 한 후, 어려운 책을 보면 확실하게 소화하고 갈 수 있다. 또, 다수의 책을 읽으면서 콘텐츠를 크로스 체크할 수 있다. 그러면서 보다 정교하고 정확하고 깊이 있게 이해할 수 있다. 이러한 힘을 바탕으로 책을 쓰면 왕초보도 쉽게 이해할 수 있는 책을 쓸 수 있게 된다. 동시에 깊이 있는 책을 쓸 수 있다. 즉, 왕초보도 쉽게 이해할 수 있되, 깊이를 가진 책을 쓰게 되어, 왕초보가 내 책을 읽고 순식간에 준전문가가 되게 된다. 또, 작가들은 하나의 사안에 대해서 다양한 관점으로 이야기한다. 그렇게 다양한 관점으로 보게 되면 이른바 입체적 시야라는 게 생기게 된다. 즉, 하나의 사안에 대해서 이렇게도 보고, 저렇게도 보는 걸 보면서 나만의 시야가 만들어지게 된다. 즉, 일종의 변증법으로 정반합正反合으로 해서 나만의 시야가 만들어지는 것이다. 즉, 어떤 사안에 대해서 하나의 시각으로만 볼 게 아니라 적극적인 반대의견도 봄으로써 하나의 사안의 문제점과 한계, 극복방법까지 알고 이야기해야 한다는 것이다.

작가는 자료수집의 시간을 소중히 여겨야 한다. 왜냐하면 이 시간이 아니면 공부할 시간이 거의 없기 때문이다. 강의는 기본적으로 아웃풋이다. 책쓰기가 인풋이다. 작가와 강사는 인풋이 있어야만 아웃풋을 낼 수 있다. 따라서 책을 쓰는 동안 인풋을 열심히 해서 내공을 쌓아야 한다. 이 힘으로 결국 강의도 하게 되고 컨설팅도 하게 되는 것이다. 그렇기에 이때 책을 열심히 많이 읽어야 한다. 또한, 정리도 잘 해두어야 한다. 이 자료들로 강의자료도 만드는 것이고, 컨설팅의 기초도 닦는 것이기 때문이다. 실제 작가 중에는 일부러 강의를 많이 안 가는 사람도 있다. 왜냐하면 콘텐츠가 휘발되기 때문이다. 했던 말을 또 하고 또 하고 할 수는 없기 때문이다. 결국 시간이 지나면 다른 말을 해야 하는데, 강의를 너무 많이 하면, 발전이 없는 것으로 보일 수 있다. 강의 없이 책 읽고 책쓰기를 반복하는 이유이다.

읽기는 대단히 중요하다. 한 권의 책을 쓰는 데도 절대적이고, 앞으로 꾸준히 책을 쓰는 데도 절대적이다. 읽어야만 쓸 수 있고, 강의와 컨설팅에서도 밀리지 않게 된다. 그렇다면 한 권의 책을 쓰고 나서 그다음부터 책을 읽지 않으면 어떻게 될까? 그럼 강의와 컨설팅을 제대로 못하게 된다. 실제 내가 책에서 다루는 내용은 내가 아는 지식의 10분의 1이 돼야 한다. 아무리 늘려 잡아도 3분의 1 이내여야 한다. 그래야 강의와 컨설팅에서 책과 다른 이야기를 할 수 있다. 강의와 컨설팅에서는 책과 다른 이야기를 해야 사람들이 반응하지, 똑같은 이야기를 하면 사람들은 "저 작가, 진짜 공부 안 하네"라고 말하게 된다.

결국 책 읽기는 책쓰기의 핵심이 된다. 계속 읽고 또 읽어야 한다. 책을 쓰는 데 드는 시간도 책 읽기에 가장 많은 시간을 할애하고, 앞으로 책을 계속 쓰기 위해서도 자료를 보는 것은 습관이 되어야 한다. 책쓰기의 원천은 오직 자료와 콘텐츠에서 나오기 때문이다.

멘탈 관리가 책쓰기의 거의 전부임을 모른다

나 역시 책쓰기를 시작한 이후 멘탈이 흔들린 적이 많았다. 작가라는 직업은 어떻게 보면 책쓰기보다 멘탈 관리가 처음과 끝인지도 모른다. 그만큼 멘탈이 중요하다.

책을 쓸 때 멘탈이 흔들리는 경험은 다음과 같다.

1. 책을 쓸 때는 이 책이 과연 기획출판이 될지 베스트셀러가 될지 두렵다.

2. 출판계약 요청이 많이 오면 어디와 계약하면 좋을지 불안하고 두렵다.

3. 출판계약을 하고 나면 책의 편집이 잘 될지, 제목이 잘 지어질지, 때맞춰 출판될지, 인세 정산이 제대로 될지, 책이 얼마나 팔릴지 등이 걱정된다.

4. 책이 출판되고 베스트셀러가 되면 순위가 더 오르지 못할까 조바심
   이 생긴다.

5. 책이 안 팔리면 '내가 이렇게 노력했는데 이런 결과라니!'라는 생각
   이 든다. 50만 부 이상 책을 판매한 어떤 유명작가는 책이 안 팔려
   병원에 입원하기도 했다.

6. 강의 제안이 많이 오면 앞으로도 많이 올 수 있을지 고민이 된다.

7. 강의 제안이 안 오면 '이렇게 해서 먹고 살 수 있을까? 우리 애 교육
   제대로 시킬 수 있을까? 앞으로 30년 키워야 하는데!'라는 생각이
   든다.

8. 다음 책을 쓸 때도 역시 힘들기에 여러모로 고민이 된다.

9. 센터 및 아카데미를 한다면 운영상 애로 때문에 고민이 한둘이 아니
   다. 모집도 힘들고, 가르치는 것도 힘들고, 문제제기를 하는 수강생
   과 싸우는 것도 힘들기 때문이다. 한 번씩은 이런 생각이 든다. '내가
   무슨 호강을 하려 이 ××을 하면서 살고 있나?'

10. 그 외에도 무수히 많은 일과 고민이 따른다.

실제 책쓰기는 멘탈 관리가 핵심이다. 멘탈만 바로 잡히면 그냥
실천만 하면 된다. 결과는 하늘이 주는 것이므로, 그냥 가면 된다. 어차
피 밥 굶을 일은 없다. 왜냐하면 실제로 밥을 굶을 정도까지 되면 정부에
서 도움을 주기 때문이다. 또, 알바만 해도 먹고는 살 수 있다. '똑똑한(?)
내가 알바까지 해야 돼? 내가 배달까지 해야 돼?'라는 생각이 들 수 있
다. 그러나 안 되면 해야 한다. 그렇게 해서 가야 한다. 유명 연예인도 일
이 잘 안 될 때는 알바를 하지 않는가? 무명시절 혹은 성공하고 난 후 사

기당해서 재산을 잃으면 계속 알바 혹은 온갖 일을 하지 않는가? 작가라고 다르겠는가? 결국 정신줄을 부여잡고 계속 가는 것만이 답이다. 가면 기회는 온다. 그런데 멘탈이 무너져서 아무것도 안 하면 아무 일도 일어나지 않는다.

즉, 책을 쓰고, 강의를 하고, 계속 그렇게 밀고 나가면 된다. 그러면 기회는 온다. 그러나 책이 성공할까, 강의가 성공할까 등 부정적인 생각을 하면 멘탈이 무너져 아무것도 못하게 된다. 그러면 앞으로 치고 나갈 수가 없다. 아무 생각하지 말고, 걱정하지 말고, 밀고 나가야 한다.

실제 책쓰기 지도를 해보면 충분한 역량이 있는데도 걱정 때문에 책을 쓰지 못하는 분들도 많다. 실력이 부족한데 책을 쓸 수 있을까라는 생각을 하는 것이다. 실제로 한 대기업 임원은 세상에 전문가들이 즐비한데 내가 쓰기에 부끄럽고 두렵다는 이야기를 반복했다. 결국 책을 완성하지 못했다. 그분은 알아주는 대기업에서 임원을 한 분이고, 한국인 모두가 알 만한 그런 광고를 만든 분이었다. 그런데도 걱정과 두려움이 커서 결국 책을 완성하지 못했다. 내가 볼 때 그분은 책을 쓰고도 남을 분이었다. 왜냐하면 내 수강생 중에는 20대들도 많은데 그들 대부분이 베스트셀러 작가가 되었기 때문이다. 20대 수강생은 대부분 커리어가 없다. 사회 경력도 없다. 박사학위도 없다. 그런데도 베스트셀러 작가가 되었고, 심지어는 교보문고 종합 베스트셀러 10위 내에 든 작가도 나왔다. 이것이 가능하다. 왜냐하면 20대여서 아무것도 모른다고 해도, 그 분야에 대한 자료수집을 충실히 해서 좋은 내용의 책을 쓰면 충분히 베스트셀러가 되기 때문이다. 이후에는 공부해서 지식을 키워나가면 된다.

아무 생각하지 말고 가면 된다. 만약 걱정이 된다면 최악의 상황을 생각해보면 된다. 최악의 상황에도 굶어 죽지는 않는다. 만에 하나 굶어 죽어야 한다면 죽으면 된다. 왜냐하면 어차피 사람은 한번은 죽지 않는가? 좀 더 빨리 죽고 늦게 죽고 차이지, 죽음은 모두에게 닥친다. 어차피 사람은 자기의 운명을 벗어나기란 어렵다. 그러나 알겠지만 굶어 죽는 일은 요즘 시대에 거의 일어나지 않는다. 정부에서 긴급 생계지원을 해주며, 기초생활 수급자 지정도 있다. 알바를 해도 먹고는 산다. 집에서 밥해 먹고 하면 돈도 그리 많이 들지 않는다. 자동차를 팔고 걸어 다니면 되고, 집도 저렴한 곳으로 가면 된다. 즉, 생활비는 문제가 없다. 실제 우리가 쓰는 돈의 대부분은 체면치레에 쓰이지, 생활비가 모자라지는 않는다. 차도 싼 차가 많다. 그런데 꼭 좋은 차를 타려고 하니 돈이 많이 든다. 여행도 근교에 버스 타고 가면 된다. 그런데 꼭 해외를 가려고 하니 돈이 많이 든다. 외식도 동네 한식뷔페를 가면 1만 원이면 된다. 5성급 호텔에서 먹으려고 하니 비싼 것이다.

책을 완성했는데 만약 기획출판에 실패하면 자비출판을 하면 된다. 그러나 두려워서 책을 안 쓰면 아무것도 없다. 책이 나와야 다양한 기회를 얻을 수 있다. 실제 내 수강생 중에는 자비출판을 했는데 문화체육관광부 세종도서에 선정된 분도 있고, 첫 책을 자비출판 한 후 4권의 책을 연달아 기획출판에 성공한 분도 있다. 자비출판이 어때서? 하면 된다. 한국에서 자비출판해서도 200만 부 이상 판매한 작가도 있다.

중요한 것은 두려움을 넘어서는 것이다. 최악의 경우는 없다. 막상 일어나보면 별거 없다. 책이 실패했다? 그럼 자비출판 하면 된다. 강의가 실패했다. 그럼 무료강의부터 시작해보면 된다. 안 되면 다른 사람 밑에 들어가서 강의를 하면 된다. 아무 문제 없는 것 아닌가? 그렇게 해서 다시 시작해서 올라가면 된다. 중요한 것은 올라가면 되는 것이지, 빨리 올라가는 것이 아니지 않은가? 만약 평생 실패한다면? 빈센트 반 고흐가 살아생전에 성공했나? 위대한 예술가도 살아생전에 성공하지 못할 수도 있다. 보통사람이야 말할 것도 없다. 그러면 그것을 받아들이고 가면 되는 것이지, 그것 때문에 걱정하고 있을 이유는 없다. 성공하지 못해서 가난한 것도 힘든데, 거기 더해 걱정까지 해야 하겠는가? 지금 할 수 있는 것을 하고, 길을 만들면 된다.

나 역시 책을 쓰기 시작하면서 멘탈이 붕괴되어 잠 못 드는 밤이 많았다. 밤 깊도록 아니 밤새도록 고민하고 또 고민했던 때가 많았다. 새벽 3시 대구 수성못을 거닐며 고민하고 또 고민하며 시간을 보냈던 때도 있었다. '책을 쓰느라 시간을 많이 보냈고, 돈은 못 벌었으며, 나이는 서른을 넘었다. 앞으로의 미래도 불확실하고, 인생의 모든 것이 불투명하다. 나는, 어떻게 살아야 하는가?' 나는 그런 생각을 하며 새벽 3시 수성못을 걷고 또 걸었던 것이다. 서울에서 강의를 론칭한 이후에도 잠이 오지 않아서 저녁 12시, 새벽 1시에 양평 두물머리에서 산책을 하기도 했다. 나 역시 굉장히 힘든 시간들을 지나왔다. 미래가 확실하지 않았기 때문이다. 그러나 별거 없었다. 다 욕심인 것이다. 있는 대로 받아들이고, 거기서부터 시작하면 된다. 호강하고 잘살고 있는데 욕심을 내니 괴로운 것이다. 당장 굶는 것은 아니기 때문이다. 그래서 마음을 편안하게 먹고 감사하며 하나씩 승부를 해나가려 마음을 먹었다. 그렇게 가면 된다.

나는 모든 것이 불확실하고 앞이 보이지 않을 때는 그 생각을 했다. '지금 당장 성공하려는 마음을 내려놓자, 마음을 비우자, 그리고 지금 할 수 있는 것에 최선을 다하자, 시간이 걸리더라도 나의 때는 올 것이다. 그렇게 믿고 가자. 만약 나의 때가 오지 않더라도 지금 내가 하고 싶은 일을 하며 행복한 시간을 보냈으니, 자유로운 시간을 보냈으니, 내가 하고 싶은 공부를 실컷 했으니 괜찮은 인생을 산 것이 아닌가? 즉, 영원히 실패해도 나쁜 인생은 아니다. 그러나 말이다. 세상은 정직하다. 노력한 만큼 보상은 돌아온다는 것이다. 그래서 내가 젊은 시절 진하게 노력한 시간들은 결국 보상이라는 이름으로 올 것이다. 믿고, 최선을 다해, 가보자.'

고민과 두려움은 베스트셀러 1위 작가가 되어도, 노벨상을 받아도, 재산이 100억 원이 넘어도 계속 들 것이다. 사람에게는 욕심이라는 것이 있고, 정상에 서면 계속 유지하고 싶은 마음이 들기 때문이다. 떨어질 것이 두려운 것이다. 그러나 떨어질 수도 있고, 올라갈 수도 있고, 그런 것이다. 처음에 책을 쓸 때는 그저 책 한 권만 내면 좋겠다고 생각했는데, 욕심이 커진 것이다. 마음을 편히 가지고 지금 할 수 있는 일에 집중하는 것, 그것이 정답이다.

때로는 돈 생각을 떠나 책을 써야 함을 모른다

책쓰기든 무엇을 하든 먹고는 살아야 한다. 그러니 책을 쓸 때 돈을 생각하는 것은 당연하다. 그러나 때로는 돈을 생각하지 않고 돈을 떠나서 책을 써야 한다. 특히 처음은 더 그렇다. 왜냐하면 첫 책부터 대박 나기란 쉽지 않기 때문이다. 빌드업 하는 시간이 필요한 것이다. 또, 책 인세보다는 강의나 코칭 프로그램, 상품판매를 통해서 돈을 버는 것이 더 많다. 따라서 시간을 투자해서 그 작업들을 해나가야 한다. 그럼, 강의, 코칭 프로그램, 상품판매를 하면 바로 돈을 벌까? 아니다. 역시 학습과 시행착오는 필수다. 즉, 시간이 걸린다.

그렇기에 돈을 떠나서 해나가는 작업이 필요하다. 예를 들어 5억 원 정도의 초기 자본을 투자해서 장사를 한다고 해보자. 그럼 초기 자본이 회수되는 데는 어느 정도의 시간이 걸릴 것이다. 책쓰기와 같은 무자본 창업은 초기 자본 회수가 곧 시간 투자라고 보면 된다. 즉, 책쓰기와 강의는 5억 원 정도의 자본투자는 없지만, 대신 시간이라는 자본을 투자한다고 보면 된다. 왜냐하면 확실한 수익을 내기까지는 어느 정도의 시간이 필요하기 때문이다. 물론, 10~20년 이상 책을 쓴다고 한다면 5억 원까지는 아니라도 1억 원 내외의 자료 구입비·수강료가 든다고 할 수 있다.

실제 많은 사람이 호기롭게 책쓰기를 하지만, 이것을 10년 이상 끌고 가는 사람은 드물다. 왜냐하면 곧바로 돈이 되지는 않기 때문이다. 엄청나게 노력했지만 돈이 안 되니 사람들이 떠난다. 그럼 오래 버티면 어떻게 될까? 그렇게 하면 경쟁자가 거의 없게 된다. 왜냐하면 경쟁자들이 곧바로 돈이 안 되니 포기하고 시장을 떠나기 때문이다. 시간이 지나면 독자와 수강생들은 나를 알게 된다. 결국 책과 강의에서 기회가 생기게 된다. 그러면 어떻게 될까? 가령 20년 정도 책쓰기와 강의를 해왔다고 해보자. 그럼 수입은 어떻게 될까?

수입은 이렇게 될 수 있다. 세전 수입 기준이다.

- 1년 차: 연 순수익 500만 원
- 2년 차: 연 순수익 500만 원
- 3년 차: 연 순수익 1,000만 원
- 4년 차: 연 순수익 1,000만 원
- 5년 차: 연 순수익 500만 원
- 6년 차: 연 순수익 2,000만 원
- 7년 차: 연 순수익 500만 원
- 8년 차: 연 순수익 2,000만 원

- 9년 차: 연 순수익 1억 원

- 10년 차: 연 순수익 5억 원

- 11~20년 차: 연 순수익 5억 원 내외(경우에 따라서 10억 원도 가능)

실제로 이렇게 될 수 있다. 무슨 말이냐 하면, 연봉 5억 원 내외가 되려면 반드시 어느 정도의 시간이 필요하다. 책도 여러 권 써야 하고, 강의에서 시행착오도 필요하며, 기타 학습도 필요하다. 마케팅에 대한 공부도 해야 하고, SNS 채널도 운영해야 한다. 이렇게 하는 데는 역시 시간이 걸린다. 실제 가수의 경우 별로 기대하지 않은 곡이 터져 돈을 상당히 많이 버는 것을 볼 수 있다. 영화배우의 경우에도 별로 기대하지 않은 영화에 관객이 몰려 돈을 상당히 많이 버는 것을 볼 수 있다. 여러분도 그럴 수 있다. 별로 기대하지 않은 책이 터질 수 있고, 생각하지도 못한 주제로 강의를 해서 큰돈을 벌 수도 있다. 그렇기에, 일단 많이 쌓고, 때를 준비해야 한다. 그래서 돈 생각하지 말고 책도 쓰고 강의도 해야 한다.

한 작가는 책이 많이 팔리지 않았다. 그래서 도서관에서 무료강의를 하기에 이르렀다. 그러다 자비출판 한 책이 200만 부 이상 팔리게 되었다. 사람 사는 것, 모른다. 이거저거 해보아야 한다. 그러다 어느 땐가 뭔가 터지는 날이 올 수 있다. 책이 터질 수도 있고, 강의가 터질 수도 있고, 사업이 터질 수도 있고, 상품판매가 터질 수도 있고, 유튜브 채널이 터질 수도 있다. 그것이 무엇이든 하나만 터지면 수십억 원의 매출을 내는 건 시간문제가 된다.

나 역시 초기 작가 생활을 할 때 생활은 무척 단순했다. 아침에 일어나서 헬스 가서 2~3시간 운동하고, 밥 먹고, 카페로 갔다. 그리곤 밤늦게까지 책을 썼다. 혹은 아침에 일어나서 헬스 가서 2~3시간 운동하고, 밥 먹고, 집에 가서 책을 보거나 다큐멘터리를 보았다. 그렇게 굉장히 단순하게 생활했다. 핸드폰을 3년간 끊은 적도 있다. 필요가 없고 오히려 방해가 되었기 때문이다. 그러면서 3년간 15권의 책을 썼다. 그 후 서울에서 책쓰기 강의를 할 때도 단순했다. 매주 일요일 책쓰기 특강을 했다. 서울에 있는 9년 동안은 거의 한 번도 빠지지 않고 했다. 월화는 쉰다. 이때는 주로 여행을 갔다. 수요일부터 일요일까지는 수업, 피드백, 코칭을 했다. 그 외 연구소의 행정업무 처리를 했다. 또, 중간중간에 내 책도 썼고, 유튜브 촬영도 했고, 외부 강의도 갔고, 블로그 글도 적었고, 페이스북 관리도 했다. 그렇게 하면서 11년간 책쓰기 강의를 했다.

스티브 잡스의 말은 명언이다. "Stay Hungry, Stay Foolish." 남들이 볼 때 바보처럼 보이더라도 우직하게 자기만의 길을 계속 가야 한다. 그러면 실력이 쌓인다. 실력이 쌓이면 어떤 식으로든 기회는 온다. 내가 생각한 방식이 아닌 다른 방식으로 성공이 올 수도 있다. 성공은 다양한 형태로 올 수 있기 때문이다. 즉, 전통적 인세 수입이 아닌 강의나 그 외 다양한 방식으로 성공할 수도 있다. 즉, 강의도 생각하지 못한 주제로 큰돈을 벌 수도 있다. 생각하지 못한 상품 제작 및 판매에서 큰돈을 벌 수도 있다. 유튜브 채널로 큰돈을 벌 수도 있다. 기회란 다양한 모습을 띠고 오는 것이다. 특히나 유튜브, 넷플릭스 등 매체가 다양화된 시대에는 세계 어디에도 인세 수입에만 100% 의존하는 작가는 거의 없다.

작가의 경우 성공의 길은 다양하다. 강연가로 성공할 수도 있고, 아카데미 센터를 차려서 성공할 수도 있다. 건강서를 썼다면 건강식품

판매나 개별 코칭으로 성공할 수도 있다. 대학교수로 갈 수도 있다. 대기업 임원으로 들어갈 수도 있다. 정치에 입문할 수도 있다. 이 모든 것을 연결해서 구독제 서비스를 제공할 수도 있다. 길은 무척 다양하다. 그 길을 가면 된다.

처음부터 너무 돈을 생각하면 힘이 빠질 수 있다. 의외로 돈은 잊고 그냥 승부하는 것이 더 빠를 수 있다. 왜냐하면 돈은 벌고 싶다는 생각이 아니라 진짜 실력과 시대의 흐름, 운에서 나오는 것이기 때문이다. 그렇기에 다양한 노력과 시도를 해야 한다고 당부하고 싶고, 때가 오면 받아들이면 된다고 말하고 싶다. 나 역시 책쓰기 강의를 할 것이라고는 평생 한 번도 생각해보지 못했다. 그러나 때가 왔고 받아들인 것이다. 그렇게 가면 된다. 책쓰기의 가장 큰 장점은 책을 쓰고 강의를 한다는 대전제하에 다양한 삶이 펼쳐질 수 있다는 것이다.

책을 낸 후 자기만의 수익 모델을 만들어내야 함을 모른다

책쓰기도 결국 장사고 사업이다. 그냥 고상하게 책만 써서는 먹고살 수가 없다. 왜냐하면 작가와 강사는 월급 받는 사람이 아니기 때문이다. 어쨌든 자기가 수입을 만들어내야 한다. 인세 수입이든, 아카데미 센터나 대중 강의 강의료든, 상품판매든 만들어내야만 한다. 책을 낸 후에는 자기만의 수익화 모델을 찾고 구축해야만 한다는 이야기다.

자기가 쓴 책의 주제가 대기업 강의에 적합하다면 적어도 3,000곳 이상의 대기업에 강의제안서를 돌려야 한다. 자기가 책을 쓴 주제가 공공기관 강의에 적합하다면 한국의 모든 공공기관에 강의제안서를 돌려야 한다. 강의를 제안받았다고 해서 끝나는 것이 아니다. 강의 준비를 해야 한다. 집에서 카메라를 켜놓고 강의 시연을 하도록 한다. 필요하다면 강남에 강연장을 빌리고 수강하는 사람들과 나이대가 비슷한 아르바이트생을 고용해서 앞에 앉혀놓고 강의를 해보도록 한다(실제로 이 방법은 한국에서 강의수입으로 세금만 100억 원 이상인 납부한 한 스타강사의 노하우로, 내가 직접 그에게 들은 말이다). 녹화도 하고 말이다. 녹화한 후에는 다양한 분석을 하고 스피치 전문가에게 피드백을 받아보는 것도 좋다. 그렇게까지 해야 하느냐고? 해야 한다.

　　오프라인 강의를 할 때 아는 지인들을 데리고 가서 피드백을 받아보는 것도 좋다. 그렇게 해서 업그레이드를 해야 한다. 대중 강의에서 오해는 단순히 말 잘하는 것을 명강의라고 착각한다는 것이다. 절대 아니다. 강의의 성공 여부는 말솜씨가 아니라, 철저한 콘텐츠가 좌우한다. 즉, 강의는 대본을 가지고 해야 하고, 그것을 암기해야 한다. 암기가 부담스럽다면 PPT를 잘 만들어놓고, 연습한 후 들어가면 된다. 처음 강의를 하면 당연히 못 할 수 있다. 그러나 처음 강의에서 못하면 절대 안 된다. 첫 강의부터 대박을 쳐야 한다. 왜냐하면 첫 강의를 못하면 다음에 안 부르는 것은 물론 주위에 추천도 안 하기 때문이다. 첫 강의를 잘하면 다음에도 부르고, 주위에 추천도 하기 때문에 첫 강의는 대단히 중요하다.

　　자기가 책을 쓴 주제가 센터 및 아카데미 강의에 맞다면, 아카데미를 세우고 바로 모집을 시작하고, 강의를 해야 한다. 일이 많아질 수 있다. 홈페이지도 만들어야 하고, 강의 목차도 만들어야 한다. 모집을 위해서 광고도 해야 하고, 광고문구도 작성해야 한다. 광고를 하면 매일 광고에 대한 분석도 해야 한다. 수강생을 모으기 위해선 영업도 해야 하는데 역시 다양한 책을 보면서 연구해야 한다. 수강 신청자들이 오면 수강 등록서도 작성해서 교부해야 한다. 수강생을 지도하면서 최고의 결과를 내야만 한다. 최고의 결과가 곧 모든 광고의 시작이자 끝이기 때문이다. 대중 강의나, 센터 및 아카데미 강의냐는 자기의 주제에 따라서도 결정되지만, 자기의 적성에 따라서도 결정된다. 수강생 모집 여부에 따라서도 결정된다. 그러니 일단은 다 해보아야 한다. 해보고 적성에 맞는 것, 모집이 잘 되는 것을 따라가야 한다. 원래 삶이라는 것이 자기가 하고 싶은 대로 다 되는 것이 아니라, 여건에 따라서 가는 것이 아닌가?

상품판매를 할 수 있다면 해보아야 한다. 자기가 제품을 만들어서 광고를 통해서 판매할 수도 있고, SNS 채널을 통해서도 판매할 수도 있고, 직접 영업을 할 수도 있다. 홈쇼핑 진출도 할 수 있다. 여러 가지 방법을 모두 동원해서 해보아야 한다. 그 후, 가장 자기에게 잘 맞는 방식으로 승부해야 한다. 역시 이것도 해보아야 한다. 타진을 해보는 것은 필요하기 때문이다.

전통적인 인세 수입도 무시할 수 없다. 자기가 다작多作을 하는 게 적성에 맞다면, 다작을 하는 것도 좋다. 즉, 매년 4~5권의 책을 쓰면서 승부를 하는 것이다. 경우에 따라서 일 년에 10권 정도의 책을 쓸 수도 있다면 그렇게 하면서 승부하는 것도 좋다. 강의는 발표를 하는 것이기에, 자기 생각과 콘텐츠가 옳다는 확신을 가지고 진행하는 것이다. 책을 쓰는 것은 자기의 생각과 콘텐츠가 옳은가를 의심하고 검증하며 진행하는 것이다. 즉, 성격이 전혀 다르다. 그래서 이 둘을 동시에 진행하는 것은 대단히 힘들다. 즉, 책을 많이 쓰는 사람은 책만 많이 쓰는 게 좋고, 강의를 많이 하는 사람은 강의만 많이 하는 게 좋다는 말이다. 그러나 여건상 한쪽만 선택할 수 없으므로 병행은 하지만, 확실한 무게추는 한쪽으로 쏠리게 된다. 자기 스타일이 책을 많이 쓰는 게 좋다면, 그쪽으로 가는 것도 좋다. 충분히 승부 가능하다. 다만, 이때도 SNS를 하는 것은 좋다. 유튜브를 하거나, 자기 책의 문구를 인스타그램이나 블로그에 올려서 홍보 및 광고를 하는 것도 책 판매에 도움이 된다.

요컨대 전부 다 해보고 자기 스타일에 맞는 걸 발견하고 그것으로 승부하면 된다. 모로 가도 서울만 가면 된다고 하지 않는가? 자기 스타일을 발견하고 그것을 추구하면 되는 것이다. 대중 강의가 맞다면, 대중 강의로 나서면 된다. 센터 및 아카데미 강의가 맞다면 역시 소수정예 수업을 하면 된다. 책 인세로만 승부하겠다고 하면 역시 그렇게 하면 된다. 상품판매가 맞다면 그쪽으로 승부하면 된다. 책의 인지도를 바탕으로 정치를 하겠다면 역시 하면 된다. 책에서 얻은 아이디어를 통해서 기타 사업을 하겠다면 하면 된다.

10년 전쯤 기업 CEO들에게 책을 요약해서 보내주는 서비스가 있었다. CEO들이 바쁘니 책을 요약해서 보내주는 서비스였다. CEO들은 적은 양의 글만 읽으면 책 한 권을 다 읽은 효과를 얻을 수 있어 환영했다. 이 서비스의 연 수입이 대략 10억 원쯤 되었던 것으로 기억한다. 요즘으로 치면 20억 원쯤 되는 것이다. 책을 10여 권 정도 써보았다면 자기가 책을 쓴 것을 바탕으로 논술교재를 만들어 사업할 수도 있다. 길은 다양하다. 밀리의 서재 등 새로운 형태의 서점을 만들 수도 있고, 글쓰기의 방향을 틀어서 넷플릭스 드라마를 쓸 수도 있다.

핵심은 자기만의 스타일로 승부를 해나가면 된다는 것이다. 그 길을 발견하는 과정이 지금 책쓰기와 강의다. 결국은 자기 식대로 가면 되는 것이고, 그렇게 해서 잘 살면 되는 것이다.

작가 생활은
신선놀음이 아닌 걸 모른다

다른 사람의 성공에 대해 진심으로 축하하기란 쉽지 않다. 누구든 그렇다. 그렇기에 내가 성공하고 나서 배 아파하고 중상모략하고 욕하는 사람이 나오는 건 당연하다. 내가 아무리 잘 해줘도 그렇다. 내가 성공을 하면 나를 질투하거나, 비난하거나, 욕을 하는 사람은 반드시 나온다. 크게 성공할수록 욕은 더 많아진다. 그래서 대통령과 재벌이 가장 욕 많이 먹고 있는 것 아닌가? 잘 되면 뒷소문이 따르고 욕하는 것은 당연하다고 보면 된다. 어쩔 수 없다.

내 책에 대해서 부정적인 리뷰를 다는 것도 마찬가지다. 어떻게 모든 독자가 내 책에 대해서 만족하겠는가? 그런 것이 당연하다. 너무 민감하게 생각할 필요가 없다. 경우에 따라서 아주 대놓고 욕을 하거나 심하게 한 부정적인 리뷰도 볼 수 있다. 나의 경쟁업체 혹은 경쟁자가 적었을 수도 있다. 댓글 조작은 정치·사교육에서만 있는 게 아니라 어디에나 있기 때문이다. 아무리 좋은 것을 줘도 갑질하고 엉망으로 이야기하는 사람은 어디에나 있다. 가볍게 무시하고 신경 쓰지 않으면 된다. 어차피 모든 사람을 만족시키는 길은 없기 때문이다.

실제 작가들이 많은 강의를 하게 되면 건강이 급속하게 나빠지는 경우가 있다. 심장이 멈추었다느니, 당뇨가 왔다느니, 혈압이 높다느니, 암이 왔다느니 등의 소식이 들린다. 당연하다. 대기업에서 강의를 계속하려면 대기업에서 강의 제안이 와야 한다. 그런데 그게 언제 올지 모른다. 안 올 수도 있다. 그러면 조마조마해지는 것이다. 늘 휴대전화와 메일만 보고 있는 것이다.

강의할 때 사람들이 만족해야 다음 강의를 부르고 다른 곳에 추천도 한다. 그러니 강의할 때 듣는 사람들 눈치를 볼 수밖에 없다. 그러면 예민해진다. 우울해지고 공황이 올 수 있다.

강의를 잘하려면 계속 강의 연구를 해야 한다. 노가다다. 계속 책을 보아야 하고 생각해야 하고, 연습해야 한다. 힘들다. 대중 강의가 잘 안 되면 본인이 직접 모객도 해야 한다. 여러모로 신경을 써야 한다. 광고도 해야 하고, 광고비도 써야 한다. 광고비를 썼는데 모집이 안 되면 돈만 날리는 것이다. 강의 목차도 짜야 하고, 강의 준비도 해야 한다. 장소 섭외도 해야 하고, 여타 해야 할 일들이 수두룩하다. 직원이 필요할 수도 있다. 월급이 나간다. 여러모로 신경이 쓰이는 것이다.

본인이 직접 모객을 해서 센터 및 아카데미를 운영하다 보면 또라이 같은 사람이 수강생으로 오는 경우도 있다. 어쩔 수 없다. 100명 중 1~2명은 당연히 또라이이고, 1,000명 중 1명은 무조건 감옥으로 가는 것은 통계로 증명된 것이다. 많은 수강생이 오게 되면 이런저런 일들이 생기게 된다. 경우에 따라서 법정소송을 할 수도 있고, 주먹으로 치고받고 싸울 수도 있고, 수강생이 나에게 사기를 칠 수도 있다. 그럼 스트레스를 받는다.

특히 1대 1 강의는 수강생과 계속 얼굴 보면서 이야기하기 때문에 관계가 중요하다. 그런데 관계가 틀어져 버리면 수업은 어려워진다. 그러면 환불 문제가 나오게 되고, 이슈가 된다. 환불이 문제가 되기 때문에 수강등록서에 수강규칙에 대해서 명시를 잘 해두어야 한다. 그렇게 해도 이런저런 말싸움이나 다툼은 있을 수 있고, 매년 혹은 수년에 한 번 정도는 문제가 생기게 된다. 그것도 스트레스다. 상품판매 역시 고민이다. 많이 만들었는데 안 팔리면 그냥 손해 보는 것이다. 홈쇼핑을 하게 되면 남는 것이 거의 없는 것도 고민이다.

혼자서 일하며 강의를 하다 보면 격무라서 힘들다. 이것저것 다 하려니 그렇다. 돈 이야기도 본인이 해야 하니 조금 민망하기도 하다. 대기업 담당자에게도 본인이 돈 이야기를 해야 하고, 센터 및 아카데미에서도 수강생에게 본인이 돈 이야기하고 받아야 한다. 미수금이 발생하면 그거 가지고 또 싸워야 한다. 그래서 직원을 둔다. 직원에게 대신 이야기하라는 것이다. 병원도 간호사나 원무과에서 수납을 대신하지 않는가? 그러자니 인건비가 만만치 않다. 요즘은 해고도 마음대로 하지 못한다. 직원은 인생을 걸고 온 것이다. 그래서 책임도 져야 한다. 부담이 된다. 특히 강의 사업이 아주 잘 되어서 직원이 300명씩 되면 추후 그것은 부메랑이 될 수도 있다. 장사가 안 되면 인건비와 임대료 부담이 대단히 크기 때문이다. 여러모로 힘이 든다.

어느 조직이든 최고 위치로 승진하려면 다툼이 필연적으로 발생

한다. 투서投書도 당연히 나온다. 자리는 1개이고, 그곳으로 가고자 하는 사람들이 100명이 넘으면, 무조건 싸움이 발생한다. 모함에 괴롭히기 등 다양한 걱정거리가 생길 수밖에 없다. 그것은 당연하다. 모두 잘 살고 자 하는 마음이 있고, 경쟁이라면 비겁한 방법을 써서라도 이기면 그뿐 이라고 생각하는 사람은 어디에나 있기 때문이다. 나와 대화가 잘 통하 지 않는 사람은 언제 어디서나 나올 수 있고, 이는 당연한 것이다. 그럴 때 스트레스를 받지만, 대처를 잘 해야 한다. 그냥 상대를 안 하는 것이 가장 좋다. 그러나 어쩔 수 없이 싸워야 한다면 최후까지 싸워야 한다. 전쟁이야 안 하면 좋지만 일단 발생했다면 무조건 이겨야 하는 것처럼 말이다.

사람 사는 세상 싸움과 다툼은 당연한 것이다. 시골에서 슈퍼마 켓을 해도 진상 고객이 나오고, 다양한 다툼이 발생한다. 대통령도 암살 을 당하기도 하고, 욕도 먹는다. 사람 사는 세상 어쩔 수 없다. 즐거운 명 절에 나와 피가 섞인 친척이 모여도 싸움이 난다. 때로는 살인도 벌어진 다. 큰 틀에서 보면 당연하다. 두 사람 이상 모이면 싸움은 필연이다. 필 요하면 싸움을 하면 되는 것이고, 끝까지 싸우면 된다. 안 싸우고 가면 좋지만, 불가능한 일이다. 불가능하다면 피하지 말고 맞서 싸워야 한다.

작가는 고상한 직업이 결코 아니다. 책을 읽고 쓰는 힘든 노동을 해야 하고, 많은 사람과의 마찰과 트러블도 피할 수 없다. 그 모든 것을 이겨내고 가야 하는 것이 작가의 숙명이다. 특히 건강관리가 중요한 과 제가 된다. 늘 규칙적인 생활을 하고, 스트레스 관리를 하고, 욕심을 줄 이려는 마음을 가지고, 자기 페이스를 유지하고, 운동을 하는 등 적극 관 리해야만 한다.

17

독자나 수강생들의
부정적 피드백을 무시해야 함을 모른다

책쓰기는 대중 앞에 나서는 것이다. 어떤 책이든 모든 사람을 만족시키기란 불가능하다. 반드시 반감을 가진 사람, 만족하지 못하는 사람이 나온다. 대부분은 그냥 넘어가지만, 악성 리뷰를 남기는 사람도 꼭 있다. 가장 논쟁적인 책이 되면 악성 리뷰가 많을 수 있다. 어찌 보면 가장 논쟁적인 책이 가장 좋은 책일 수도 있다. 찬성파와 반대파가 팽팽하게 맞선다는 것은 나의 주장과 콘텐츠의 색깔이 분명하다는 것이기 때문이다.

책을 쓰면 부정적인 리뷰는 반드시 나온다. 한국을 대표하는 작가가 되어도 나온다. 어쩔 수가 없다. 대통령이 되어도 대통령을 욕하는 사람은 나오지 않는가? 재벌 회사의 본사 앞을 가보면 항상 시위 현수막이 나부낀다. 확성기를 들고 시위하는 사람도 있다. 재벌이라면 한국에서 경영능력이 탁월한 능력자라 할 수 있지만, 이런 반대 세력은 어디에나 있기 마련이다.

책을 쓸 때 끊임없이 수정하고 보완해야 한다. 인간은 신이 아니므로 완벽할 수 없기 때문이다. 그러나 너무 완벽을 추구해선 안 된다. 모두를 만족시키려고 하다가는 정신병에 걸리거나, 평생 책을 쓰지 못하게 될 가능성이 크다. 인간은 신이 아닌 만큼 부족함은 필연이다. 모두를 만족시킬 수 없다는 것을 인정하고 책을 쓸 수밖에 없는 존재가 인간이다.

물론 베스트셀러 작가가 되려면 부정적 피드백도 눈여겨보아야 한다. 도움이 될 내용이 있을 수 있기 때문이다. 그러나 너무 눈치를 보면 안 된다. 그러면 나다운 책을 쓰지 못하게 된다. 즉, 내 고유의 색깔을 잃어버리게 된다. 동시에 정신병에 걸릴 수 있다. 즉, 작은 것 하나하나까지 신경 쓰면 신경쇠약에 걸리는 것이다. 그래서 어느 정도의 부정적인 리뷰는 무시해야 한다.

강의도 마찬가지다. 베스트셀러 작가인 내가 직강하면 강의에서 모든 사람이 만족할 것이라고 생각한다. 그러나 결코 그렇지 않다. 나는 조용헌 작가님에게 한 번 질문했다. "작가님, 강의를 듣고도 불만인 사람은 왜 그런 걸까요? 무엇이 문제인 걸까요?" 조용헌 작가님은 이렇게 말했다. "한국 최고 작가인 이문열 작가가 강의를 한다고 해보자. 그래도 반드시 불평이 나올 것이다. 왜 그럴까? 그것은 바로 수강생이 돈을 냈기 때문이다. 단 돈 1만 원이라도 내면 사람들은 불만을 이야기하고, 할 수 있다." 즉, 그가 아무리 한국 최고의 평판과 명성이 있더라도 돈을 낸 수강생 입장에선 이상 불만을 제기할 수 있다. 그런 사람은 나오기 마련이다.

강의도 너무 오래 하면, 사람들을 너무 살피면, 신경쇠약에 걸릴 수 있다. 그냥 이런저런 사람이 있어도 무시할 수 있어야 한다. 자기 페이스대로 갈 수 있어야 한다. 그렇지 않으면 강의를 못 한다. 모든 사람을 만족시키기란 불가능하기 때문이다. 그것은 오직 신만이 가능하다. 대통령이 되어도 불만을 제기하는 사람들을 많이 보지 않는가? 대통령이나 재벌도 아닌 베스트셀러 작가가 뭐라고 불만에 찬 피드백을 안 받겠는가? 당연히 받는다고 보아야 한다. 서울대, 하버드대를 나왔다고 불평을 받지 않을 수 있겠는가? 당연히 받는다.

조용헌 작가님의 말처럼 돈을 버는 것이 그런 점에서 도를 닦는 것이라는 말이 실감이 난다. 돈과 도道는 'ㄴ'자 받침 하나 차이이다. 즉, 돈과 도는 글자에서 차이가 거의 없다. 돈을 버는 것이 도를 닦는 것과 거의 차이가 없기 때문이 아닐까라는 생각도 해본다. 즉, 그만큼 돈을 버는 것은 힘들다.

자영업을 오래 한 사람들은 이구동성으로 말한다. "장사하면서 사람들에게 상처받은 것, 우여곡절 겪은 것, 그것 때문에 몸 아프고 약 먹고 한 것을 생각하면 치가 떨린다. 돈 한 푼 벌어서 살아보려고 한 것인데 이렇게 힘든 것인가?" 산다는 것이 우여곡절의 연속이고, 사람들의 간의 갈등과 싸움은 필연이다. 모든 사람의 만족은 애당초 불가능하기 때문이다.

열심히 해야 하는 것은 맞다. 그러나 모든 사람을 만족시키려고 해서는 안 된다. 반드시 만족하지 못하는 사람은 나오고, 싸워야 할 사람이 나오는 것이 숙명이다. 국가만 전쟁을 하는 것이 아니다. 기업만 전쟁을 하는 것이 아니다. 사람도 싸움과 전쟁을 한다. 그 전쟁은 피가 섞인 가족과도 한다. 하물며 남과의 싸움이 대수겠는가? 당연히 있다고 보아야 한다.

모든 사람을 만족시키려고 하는 사람은 반드시 정신병에 걸리게 된다. 불가능한 것을 하려고 하기 때문이다. 나를 괴롭히는 사람이 있다면 법으로 해결하면 된다. 내가 잘못했다면? 그럼 그에 대한 책임을 지면 된다. 그래서 죗값을 치르면 된다. 한국의 유명 정치인, 한국 최고 재벌도 죄를 짓고 감옥에 가는 세상 아닌가? 죄를 지었으면 법으로 책임을 지면 된다. 상대가 잘못했다면 법으로 책임을 묻고, 잘못을 뉘우친다면 용서해주면 된다.

부정적인 리뷰의 경우 경쟁사에서 다는 경우도 많다. 아무래도 책과 강의가 성공하면 자기들 역시 악영향을 받기 때문이다. 독자 중에는 심성이 뒤틀린 사람들도 있다. 그는 모든 책에 악성 리뷰를 단다. 그런 사람들도 있다. 정치색 때문에 악성 리뷰를 받는 경우도 있다. 수강생의 악성 피드백은 여러 오해 때문에 나올 수 있다. 수강 이후 자기가 원하는 결과가 나오지 않았을 때가 가장 많다. 그 사람이 정신적으로 문제가 있어서 그럴 수도 있다. 현대 사회에선 SNS · 비교 · 스트레스 등으로 정신적으로 문제가 있는 사람들이 크게 늘어났음도 기억해야 한다. 자기에 대한 실망감 때문에 그럴 수도 있다. 아직 어린 나이에 세상 이치를 모르기에 그럴 수도 있다. 인간이기에 모두 그럴 수 있다고 보아야 하고, 필요하면 대처하면 된다.

세상에 나서면 반드시 몸과 마음에 상처를 입게 된다. 그러나 그런 이유로 집에 있으면 산송장이 될 뿐이다. 몸이 썩어 없어져 버린다. 아무 의미도 못 낳게 된다. 결국 세상 밖으로 나가야 한다. 일단 집 밖으로 나가면 모든 것이 싸움이다. 나와의 싸움, 사람들과의 싸움, 병과의 싸움, 돌발변수와의 싸움, 사고와의 싸움, 경쟁사와의 싸움 등 모든 것이 싸움이다. 그러나 나가야만 한다. 결국 싸워야 한다. 책쓰기는 결국 용기가 있어야 한다. 필요하면 사람들과도 싸워야 하기 때문이다. 싸움을 피할 수 있는 세상이 올까? 나는 절대 오지 않는다고 본다. 피하면 피할수록 고통은 심해질 뿐이다. 갈등과 싸움과 전쟁은 결코 피할 수 없다. 피하면 오히려 더 큰 문제가 생긴다. 결국 용기를 가지고 싸워 승리해 나가는 것만이 유일한 해결책이다.

18

진짜 가난하고 힘든 사람은
책을 내서 성공하기 어려움을 모른다

가난에서 탈출하기란 여간 힘든 것이 아니다. 10년 이상 엄청난 노력을 필요로 한다. 젊은 시절에 가난하다는 것은 무엇인가? 20대와 서른 살즈음 부모님이 돈이 없어서 내가 가난한 것이 아닌가? 엄밀히 말해 내 잘못은 하나도 없다. 그러나 부모님이 가난하다는 이유로 어릴 때부터 힘들게 살아왔다. 못 먹고, 못 배우고, 여러모로 힘들게 살아온 것이다. 결국 대학도 좋은 대학을 가지 못했을 가능성이 크다. 여러 악조건을 가지고 지금 위치에 서 있는 것이다.

　　가난하고 힘든 사람은 책을 써도 왜 성공하기 힘들까? 사람이 힘들면 자기만 생각하기 쉽기 때문이다. 다른 사람을 생각하지 않고 자기 자신만 생각할 수밖에 없어진다. 남을 돌아볼 여유가 없는 것이다. 자기가 힘들기 때문에 그리된다. 즉, 자꾸 자기 안에 갇히는 것이다. 생각이 좁아질 수밖에 없다. 책쓰기란 무엇인가? 다른 사람이 읽도록 쓰는 것이다. 다른 사람의 고통과 문제를 해결해줄 때 반응이 나온다. 즉, 철저하게 다른 사람의 마음을 섬세하게 읽어야 한다. 그래야 독자의 문제를 해결해줄 수 있고 그들의 삶을 바꿀 수 있다.

가난하고 힘든 사람은 다른 사람의 마음을 살필 여유가 없다. 자기 코가 석 자이고, 자기 입장만 말하기에 바쁘다. 다른 사람? 그런 것에 신경 쓸 여유가 없다. 처음부터 끝까지 자기 힘는 이야기, 자기 힘든 것만 생각하고 갈 뿐이다. 그러니 성공은 점점 멀어진다. 성공은 오직 남이 시켜주는 것이고, 남의 마음을 얻을 때에만 가능하기 때문이다.

그들은 부자를 보고 아무 고생도 안 하고 돈을 번 걸로 생각한다. 작가? 그냥 편하게 돈 버는 사람일 뿐이라는 생각을 가지고 있다. 다른 사람에 대한 이해가 수박 겉핥기이다. 그들은 자기만 옳고, 자기가 힘든 것은 세상이 잘못되었다고만 이야기한다. 노력도 제대로 하지 않는다. 맨날 세상 탓하고 남 탓하고 노력은 하지 않는 가운데 시간만 속절없이 흘려보낸다.

그들은 생산적인 곳에 시간 투자를 하지 않는다. 불평불만 하는데, 다른 사람과 싸우는 데만 시간을 들인다. 자기계발? 자기발전? 그런 곳에 시간 투자를 하지 않는다.

내가 악조건에서 태어났다면 불리한 조건을 인정하고 받아들여야 한다. 그 후 전투적으로 노력해야 한다. 밑바닥에서 최소 10년 이상은 열심히 살아야 한다. 이것저것 즐기려고 하지 말고 열심히 살아야 한다. 일을 즐기는 수준까지 가면 가장 좋지만, 그것이 힘들다면 그냥 꾹 참고 열심히 해야 한다. 아무 생각하지 말고 해야 한다. 불평불만 하는 것도 사치다. 그럴 시간이 없기 때문이다. 고민하고 방황하는 것도 사치다. 그럴 시간과 여유가 있는 것이기 때문이다. 진짜 힘들면 그럴 시간이 없다. 일하느라, 발전적 방향을 만들어내는 걸 궁리하고 시도하느라 그럴 시간이 나지 않기 때문이다.

나는 책쓰기 지도를 할 때 너무 가난하거나, 너무 힘들거나, 지금의 삶에 문제가 있거나, 나이가 마흔이 넘었는데 경제적으로 너무 궁핍해서 돈 버는 데 많은 시간을 바쳐야 하는 사람은 어지간하면 책쓰기 수강 신청을 받지 않는다. 자기의 밑바닥부터 바로 서야 책을 쓸 수 있기 때문이다. 자기의 밑바닥이 바로 서고, 자기의 마음과 태도도 바로 서야 책쓰기가 된다.

지금 내가 아무것도 없고, 사회에서 존재감이 없는데도 세상을 원망하고, 열심히 일하지 않고, 머슴 마인드가 되어 있지 않고, 밑바닥에서 최선을 다하지 않는다면 희망이 없다. 그냥 해야 한다. 세상을 원망하지 말고 열심히 해야 한다. 내 안에 갇히지 말고 다른 사람을 만족시키는 데 온 힘을 기울여야 한다. 그들의 지금 마음이 어떤지? 그들의 고통이 무엇인지? 그들의 아픔이 무엇인지? 그것을 온 마음으로 느껴야 한다. 그 후 해결해줄 수 있는 방법을 강구해야 한다. 결국 비즈니스 세계는, 책쓰기의 세계는 그들의 고통을 해결해줄 때 성공이 오게 된다.

언제 어디서나 무엇을 하더라도 그들이 지금 생각은 무엇일지를 생각하고 느끼며, 그들을 만족시키기 위해서 온 힘을 기울여야 한다. 왜 그렇게 살아야 하느냐고 묻는다면, 지금은 그것이 전부이기 때문이기 때문이다. 그렇게 해서 우선 내가 서고, 사회에서 기회를 얻어야 한다.

부모가 부자인 사람을 부러워할 것이 없다. 그런 사람은 극소수이고, 그들도 역시 치열하게 일하고 있는 경우가 대부분이다. 많은 재산을 물려받은 후 그 재산을 지키는 것도 쉬운 일이 아니다. 일반인들도 어느 정도 재산을 모았다가 사기나, 사업 실패 등으로 망하는 경우가 얼마나 많은가? 부자라고 다르지 않다. 누구나 힘든 삶을 살아간다. 쉽고 만만한 삶은 어디에도 없다. 사설 도박장을 세워서 돈을 버는 등 범죄로 돈을 버는 것이야 쉽겠지만, 일해서, 사업해서 돈 버는 건 힘들다. 아니, 그냥 힘든 것이 아니라 너무 힘들다. 30대 중반에 1억 원을 모은 사람도 있고, 10억 원을 모은 사람도 있다. 1억 원 모은 사람이 덜 고생했다고 할 수 없다. 10억 원 모은 사람은 물론 힘들었겠지만, 다들 힘들었다는 것을 기억해야 한다.

내 마음을 잘 다스려야 한다. 원망의 마음에서는 아무것도 나오지 않는다. 수양하며 산다는 생각으로 노동과 사업을 일종의 수양의 자리로 삼고 열심히 해야 한다. 다른 사람을 위해서 내가 머슴처럼 사는 것에 대해서도 원망하는 마음을 버려야 한다. 헌신하고, 봉사하고, 주는 삶이야말로 가장 아름다운 삶이다. 성공하고 나서도 그런 삶을 살아야 오래갈 수 있다.

나는 지금까지 책쓰기 수강생을 많이 보았다. 실패하는 사람은 가난한 것도 문제지만 가장 큰 문제는 너무나도 자기중심적이었다는 것이다. 다른 사람에 대한 생각, 배려, 이해가 너무나도 부족한 경우가 많았다. 그들은 오직 자기 생각대로 자기만 생각하고 살았다. 그들의 기본적인 생각은 자기만 힘들고, 남들은 힘들지 않다는 것이었다. 자기만 힘들게 일했고, 남들은 일하는 것이 전혀 힘들지 않은 것으로 생각하는 것이었다. 책쓰기도 조금 하다가 힘드니 하지 않는 것이었다. 열심히 하라고 해도 말로만 한다고 하지, 하지를 않는 것이었다. 해봐야 잘 되겠냐는 생각에 사로잡혀 안 하고, 불평불만하고 그러다 끝났다. 자기반성은 없었다. 오직 남이 잘못해서, 세상이 잘못되어서 자기가 힘든 것으로 생각했다. 다른 사람과 세상에 대한 분노가 너무나도 컸다. 가난하고 일이 안 풀리니 화가 나겠지만, 그 화를 자기반성으로 돌리지 않고, 남 원망하는 데 시간과 에너지를 다 썼다. 그런 것이 너무 강했다. 처음부터 끝까지 자기, 자기, 자기였다. 다른 사람은 안중에도 없었다. 뜨겁고 치열한 노력, 오랜 시간 동안 고생을 해야 한다는 당연함에 대해서도 공감하지 못했다. 남 원망하다가 시간 다 갔다.

중요한 것은 마음 자세다. 세상은 원래 힘든 것이다. 불공평이 있는 것이다. 그러나 중요한 명제는 모두가 힘든 삶을 살아가고 있다는 것이다. 결국 돌파는 헌신의 자세와 뜨거운 노력뿐이다. 다른 사람을 이해하고, 그들을 위해서 최선을 다할 때 나에게 최소한의 기회가 옴을 기억해야 한다. 그럴 때 가능성이 열리고, 기회가 오며, 나만의 세상이 찾아오게 된다. 처음부터 너무 거창하게 생각하면 힘이 빠지게 된다. 아주 작은 것부터 하나씩 해나가면 된다. 그렇게 딱 10년, 20년만 죽은 듯이 해보는 태도가 필요하다. 나 역시 19년간 그런 마음으로 살아왔고, 책을 쓴 후 10년 차가 되었을 때부터 강의에서 빛을 보기 시작했다. 책을 쓴 후 12년 차가 되었을 때 한 해 세금을 3억 원 넘게 납부했다.

나도 죽기 살기로 책을 쓰고 강의를 하고 코칭을 하며 살아왔다. 언제나 더 많은 것을 주고자 노력했고 헌신적인 마음으로 최선을 다해 살아왔다. 대구에서 책만 쓰며 8년을 보냈을 때는 헬스장에서 운동하고, 카페에서 책을 쓰고, 그렇게 밤까지 보냈다. 혹은 헬스장에서 운동하고, 하루종일 집에서 책을 보거나 다큐멘터리를 보며 자료수집을 했다. 핸드폰도 3년간 끊고 생활루틴을 지키며 보냈다. 친구도, 여자친구도, 대화를 하는 사람도 없었다. 그저 책을 보고, 책을 쓰고, 운동하고, 밥 먹고, 산책하는 것이 삶의 전부였다. 그렇게 8년을 보냈다. 결국 서른 전에 3,000권의 책과 3,000편의 다큐멘터리를 섭렵했고 15권 내외의 책을 출판했다. 이후 서울에서 9년 동안 강의할 때는 매주 일요일 책쓰기 특강을 했고, 주중에는 책쓰기 강의와 피드백을 했으며, 아카데미의 경영 전반·마케팅·사무 전반·직원 회의 등을 했고, SNS에 글도 적었다. 그러다 한 번씩 책도 썼고, 외부에 대중 강의도 하러 갔다. 그 후 2024년 8월에 제주에 내려온 후에는 온라인 수업을 하며 최선을 다해 지도를 하고 있다. 나는 19년 동안 남이 보든 보지 않든 최선을 다해 살아왔다. 지금도 그렇고 말이다. 그래서 지금이 있는 것이다.

내가 그동안 살아온 삶에 대해 들은 조용헌 작가님은 이렇게 말했다. "그동안 고생 많이 했으니 몇 년간은 푹 쉬어도 된다. 그만큼 고생했으면 지금부터 평생 일 안 해도 저승 가서 염라대왕에게 할 말이 있으니 괜찮다. 쉬어라. 사람이 쉬면서 가야 새로운 연구와 콘텐츠가 나올 수 있고 한국 전체를 놀라게 할 큰 무언가가 나온다."

가난은 일종의 자기 수양을 할 수 있는 좋은 기회가 된다. 반드시 피와 땀과 눈물을 흘릴 수밖에 없기 때문이다. 그것이 내공을 쌓는 핵심이 된다. 가난할 때 남을 원망하지 말고, 놀지 말고, 일심으로 정진해보자. 10년 이상 맹렬하게 나아가야만 작은 빛이 보인다. 자기 자신과 최선의 힘을 믿고 가보자. 지독한 가난은 나의 마음 자세와 노력으로 충분히 극복할 수 있다. 중요한 것은 가난이 아니다. 마음가짐이고 행동이고 실천이고 노력이다. 충분히 가능하다.

19

큰 그림을 그리되 꾸준히
'지금'에 집중하며 가야 함을 모른다

내가 25세 때 처음 책쓰기를 시작하며 어떤 생각을 했을까? 나는 큰 그림을 그렸다. 책을 쓰고 강연을 하며 살겠다는 꿈이 그것이었다. 그 이상의 구체적 그림은 그리지 않았다. 책을 꾸준히 쓴다. 강연을 꾸준히 한다. 그것만 생각했다. 그러니까 총론만 세워놓고 각론은 세우지 않았던 것이다. 왜냐하면 각론은 어떻게 될지 전혀 예측할 수 없는 영역이기 때문이었다.

실제로 책쓰기를 하기 전 지나치게 구체적으로 꿈을 그리는 사람이 있다. 수입까지도 구체적으로 그리는 사람이 있다. 삶의 방식을 구체적으로 그리는 사람도 있고, 심지어 멀쩡하게 잘 다니던 직장을 그만두는 사람도 있다. 바람직한 선택은 아니라고 할 수 있다.

왜냐하면 책을 쓰고 나서 삶이 어떻게 흘러갈지는 전혀 알 수 없기 때문이다. 곧바로 잘 될 수도 있지만, 그렇지 않을 수도 있다. 잘 되다가도 안 될 수 있는 것이 책쓰기와 강의의 영역이다. 잘 안 되다가도 갑자기 잘 될 수도 있다. 그러다 또 안 될 수도 있다. 그래서 꿈을 너무 구체적으로 그리는 것은 좋지 않다. 구체적으로 그리면 마음대로 안 되는 것에 큰 실망을 할 수 있고, 조급증, 불안, 초조감 등이 나타날 수 있다. 큰 그림만 그리고 무계획으로 가야 한다.

무계획은 장점이 많다. 무계획의 좋은 점이 무엇일까? 첫째, 예상하지 못한 기회를 잡을 수 있다. 책을 쓰고 나서 예상치 못한 기회를 접하게 되는 것이다. 둘째, 유연성이 커진다. 실제 인생은 계획대로 안 된다. 그럴 때 궤도수정은 필수다. 구체적인 계획이 없으면 궤도수정을 편하게 할 수 있다. 셋째, 혁신적인 사고를 할 수 있게 된다. 계획이 없기에 새로운 시도와 도전에 부담이 적다. 그래서 창의적이고 혁신적인 사고를 하게 된다. 소위 흐름에 따르는 삶을 살게 되고 많은 영감과 기회를 얻게 된다. 넷째, 현재를 더 깊이 있게 살 수 있다. 예정된 목표가 없기에 현재의 기쁨을 우선시하게 된다. 과정을 즐기는 삶을 살게 된다. 다섯째, 실패에 대한 대미지가 덜해진다. 정해진 계획이 없으니 실패라는 것이 없다. 실패나 좌절도 다음으로 가기 위한 디딤돌로 생각하게 된다. 결국 도전 정신과 모험심이 살아나 전투적으로 나갈 수 있게 된다. 여섯째, 큰 그림과 균형을 맞추는 삶을 살게 된다. 책을 쓰고 강연을 하는 비전은 유지하되, 방법은 상황에 따라서 유연하게 바꾸는 삶을 살게 된다. 그래서 더 좋은 기회를 얻게 된다. 다만 자유로움은 있으나 안정감은 부족할 수 있다. 그래서 자유로운 삶을 즐기려는 마음을 가지고 가고, 변화에 유연함을 가지고 기회를 관찰 및 포착해야 한다.

나 역시 책을 쓰고 나서 곧바로 큰돈을 벌 수 있으리라 생각했다. 나의 첫 책은 전한길 뉴스의 대표 전한길 선생님과 함께 쓴 『창피함을 무릅쓰고 쓴 나의 실패기』였다. 그때 동시에 2권의 책을 썼는데, 그 책과 함께 쓴 다른 책(원고)은 다산북스와 계약을 했고 다산북스 김선식 대표님도 직접 챙길 정도였기에 기대감도 컸다. 그러나 상황이 여의치 않아 다산북스와 계약한 책은 출판되지 못했고, 타임비즈에서 출판한 『창피함을 무릅쓰고 쓴 나의 실패기』도 많이 팔리지 않았다. 이후에도 나는 책쓰기를 이어갔지만 대형 베스트셀러가 되지는 못했다. 당시 나는 20대였고, 책을 쓰면 곧바로 잘 되는 줄 알았다. 그랬기에 스트레스가 컸다. 힘든 시간을 보냈다. 결국 전업작가로 책쓰기 시작 후 8년이 되었을 때 앞으로의 방향에 대해 원점에서 다시 재점검할 필요가 있다고 판단했다. 그래서 선택한 것이 제주행이었다. 나는 제주도에서 1년간 있으며 아르바이트를 했다. 그러면서 어떤 식으로 승부를 해야 하는가에 대해 깊은 고민을 했다. 그러면서 '느리더라도 나만의 길을 계속 가자, 계속 가면 길은 나올 것이다'라는 생각을 하며 '계속 책을 쓰고, 다양한 강의를 하자'는 결론을 내렸다. 당시 제주에 있는 동안 나의 독서 경험담을 담은 『나이 서른에 책 3,000권을 읽어봤더니』가 출판되어 리디북스 베스트셀러 에세이 분야 1위가 되었다. 이후 대구로 올라와 1년 동안 책 2권을 쓴 후(그중 1권은 『독서자본』으로 출판 후 문화체육관광부 세종도서에 선정되었다), 그다음 해에 서울에 올라와 강의를 시작했다. 강의는 약 1년 후부터 불이 붙기 시작했고, 2017년부터 강의가 본격적으로 성공궤도에 진입했다. 그렇게 지금까지 온 것이다.

　　책쓰기 강의를 11년 동안 할 것이라곤 생각하지 못했다. 인생은 알 수 없이 흘러간다. 계획대로 가는 것도 아니고, 원하는 대로 가는 것도 아니며, 결과도 예측할 수 없다. 내가 생각한 재정계획이 있었다. 마흔까지는 이 정도의 돈을 모을 것이라는 계획이었다. 그때는 그때의 상황과 생각으로 판단을 하게 된다. 나는 그때 세웠던 계획보다 훨씬 더 많은 돈을 모았다. 그저 알 수가 없는 것이다. 그저 물 흘러가듯 온 것이 내 인생이었다. 왜냐하면 서울에서도 강의를 36개를 하려고 했는데, 그중 유대인·독서법·책쓰기를 하다가 책쓰기가 잘 되어 잠시 책쓰기 강의를 하자는 것이 11년이 되었기 때문이다. 나머지 강의들은 아직 시작도 하지 않은 채로 지금까지 오게 되었다.

나는 잘 되는 때에도 언제든 이 모든 것이 사라질 수 있다고 생각했다. 이번 책이 1위여도 다음 책은 망할 수 있고, 이번 강의가 성공해도 다음 달에는 망할 수 있는 것이다. 이번에 국회의원에 당선했다고 다음 선거에서도 당선된다는 보장은 없다. 변호사가 되었다고 해서 무조건 고액 연봉이 보장된다는 근거는 없다. 변호사로 올해 돈을 많이 벌었다고 내년에도 많이 번다는 보장도 없다. 세상만사가 그런 것이다. 그래서 마음을 비우고 최선을 다했으며 소비도 그렇게 많이 하지 않았다. 돈을 많이 벌 때도 내 소비는 언제나 같았다. 돼지국밥 먹고, 걸어서 출퇴근하고, 하루 종일 일하고(특강, 코칭, 피드백, 연구, 교보문고 방문 및 분석, 행정업무, 마케팅 진행 및 체크, 외부강연, 집필까지), 사무실 청소도 내가 하고 그랬다. 즉, 1년에 세금을 3억 원을 낼 때도 걸레 빨고, 밀대로 바닥을 밀고, 화장실 청소하고, 화분에 물 주는 등 허드렛일도 다 했다. 책쓰기 연구도 게을리하지 않았고, 시장조사를 위해 교보문고도 자주 방문했고, 내 책도 1~2년에 1권을 썼고, 서울은 기본이고 전북 전주, 경남 마산, 제주도에도 강연하러 갔다.

나는 최정점에 있어도 어깨에 힘을 빼고 생활은 같아야 한다고 생각한다. "권불십년 화무십일홍"이라고 하지 않는가? 권력은 10년도 가지 못 한다. 꽃은 열흘 이상 붉지 못한다. 즉, 권력이나 인기는 오래가지 못한다. 무엇이든 전성기가 영원하지 않기 때문이다. 오르막이 있으면 내리막이 있기 마련이다. 따라서 작가는 겸손한 자세로 살고 다음을 준비해야 한다. 작가는 언제든 내려올 수 있으며, 현실이 될 수도 있다. 즉 한 달에 1억 원을 벌다가, 한 달에 100만 원도 못 벌 수 있는 것이 작가의 삶이다. 그렇다면 어떻게 해야 할까? 작가와 강사는 자만하면 실패한다. 변화를 못 따라가면 실패한다. 그러나 막상 변한다는 것은 쉽지 않다. 새로운 경쟁자가 나오면 실패할 수 있다. 급성장은 오래가지 못하며, 과도한 인기는 관리하지 못할 때 역풍이 온다. 그래서 겸손하게 살아야 한다. 다른 사람에게 피드백도 적극적으로 구해야 한다. 플랜 B를 마련해야 한다. 지속 가능한 성장이 목표가 돼야 한다. 최정점을 목표로 잡지 말고, 의미 있는 영향력을 장기 목표로 잡는 것이 좋다.

계획은 세워도 의미가 없다. 계획이 통하지 않는 이유는 시장 상황이 계속 바뀌기 때문이다. 아무리 계획을 세워도 달라지기 때문이다. 예를 들어 내가 예전에 하지 않은 33개 강의도, 지금 하려면 지금의 시장 상황을 고려하여 론칭하거나, 바꾸어야 한다. 처음 책을 쓰는 사람이라면 마음을 비우고 최선만 다하겠다고 생각하고 가야 한다. 책을 쓰고, 다음 상황에서 최선을 다하며, 계속 가면 된다.

책을 썼는데 많이 팔린다면 강의를 하지 않고 책쓰기만 집중하며 갈 수도 있다. 책을 썼는데 책 판매는 잘 안 되고 강의가 잘 된다면 강의를 하면 된다. 책을 쓰고 나서 대중 강의 제안이 많다면 대중 강의 중

심으로 가면 된다. 이것도 저것도 아니라면 책을 쓴 타이틀을 가지고 유
튜브를 키워도 된다. 책을 쓰고 보니 모든 게 여의치 않다면 책을 쓴 타
이틀로 취업을 해도 된다. 그러다 기회가 오면 책을 쓰거나 강의를 하면
된다. 중요한 건 아무것도 보이지 않는 상황이라도 계속해서 앞으로 나
가야 한다는 것이다. 나 역시 책이 많이 팔리지 않을 때에도 책을 계속
썼고, 아무런 기약이 없지만 서울로 와서 강의를 시작했다. 서울에서 강
의할 때도 확실한 것은 아무것도 없었다. 내 나름대로 최선을 다했을 뿐
이었다. 강의를 어떻게 성공시켜야 할지도 모르니 이것저것 다 해봤다.
신문사에 인터뷰 제안을 했고『한겨레신문』과『서울경제신문』,『일요서
울』에서 인터뷰를 했다. 그 후 어떻게 하면 강의 성공을 할 수 있을지 알
아야 했기에 단기간에 이런저런 강의 300개 이상을 서울에서 오프라인
으로 수강했다. 광고를 해야 하니 페이스북에 대해서도 강의를 들었고
여러 시도를 해 보았고, 이후에는 전문가를 영입했다. 그 후에는 일본의
지식창업계에서 성공하고 있는 방식인 '특강, 코칭, 등록'이라는 순서로
해서 시작을 했고 좋은 결과가 나타나기 시작했다. 그 후엔 철저한 실력
으로 승부해서 수강생의 좋은 결과를 내면서 수강생이 폭발적으로 증가
했다. 결국 강의는 잘 되었고 좋은 결과를 냈다. 책을 쓰고 강의를 한다
는 큰 목표하에 그냥 꾸준히 걸어가는 것, 그것이 답이다. 그 상황 속에
서 최선의 선택을 해나가면 되기 때문이다.

　　내가 잘 되려면 사람을 잘 만나야 한다. 나를 도와주는 사람을
만나야 한다. 그런 사람들이 몇 명만 있다면 성공이 빠르게 된다. 나 역
시 그런 사람들이 있었으며, 도움을 받았다. 책쓰기를 이제 갓 시작할 때
라면 책쓰기 스승도 그런 사람 중 한 사람이다. 책을 쓴 후 강의를 한다

　　　　　　　　　　　　　　　　　　　　　　　　　　　　

면 강의를 잘할 수 있도록 다양한 조언을 주는 사람도 마찬가지다. 책을 쓴 후 아카데미 사업을 할 때 마케팅 전문가가 있다면 그도 마찬가지다. 즉, 사람들이 필요하다. 사람들의 도움이 있으면 성공이 훨씬 더 빠를 수 있다. 그래서 중간중간 사람을 만나도록 노력도 해야 한다. 물론, 나도 그에게 주는 것이 있어야 그도 나에게 도움을 줄 것이다.

인생을 바꾸는 건 노력이 아니다. 선택이다. 중·고등학교 다닐 때 중간고사와 기말고사를 준비하며 커피 한 사발을 마시며 공부한 것을 생각해보라. 노력을 얼마나 했는가? 뼈 빠지게 하지 않았는가? 그때 중간고사·기말고사 성적이 지금의 인생에 얼마나 도움이 되는가? 나도 고등학교 3학년 때 중간고사·기말고사에서 전과목 평균 97점을 받은 적이 있었다. 그러나 그것은 지금 내게 전혀 도움이 되지 않는다. 그것보다는 책쓰기를 하겠다는 선택, 그 선택이 내 인생을 바꾸었다. 인생을 바꾸는 건 노력이 아니다. 아주 훌륭한 선택이다. 그 선택을 잘해야 한다.

책을 쓰겠다는 선택이 인생을 바꿀 수 있다. 나 역시 그랬듯 말이다. 책쓰기 주제를 선택하는 것도 선택이다. 강의주제를 선택하는 것도 인생을 바꿀 수 있다. 책과 강의로 성공을 빌드업 하겠다는 선택, 잘 안 될 때 포기하고 다른 쪽으로 가는 것도 선택이다. 이 사람의 도움을 받겠다는 것도 선택이다. 노력과 학교성적보다는 그런 선택이 인생을 바꾼다. 노력이 아닌 선택, 선택의 방향대로 10년 이상 밀고 나가는 선택으로 인생이 결정되기 때문이다.

큰 선택 이후 나머지 사안들은 그때마다 결정하면 된다. 불확실하고 불안정하지만, 그것이 인생이다. 정해진 것은 없기 때문이다. 공무원을 해도 정해진 미래란 없다. 행정고시를 붙는다고 해서 모두가 1급

공무원이 되는 것은 아니고, 장관이 되는 것도 아니다. 일류 기업에 들어 간다 해서 모두가 대기업 이사나 부자가 될 수 있는 것도 아니다. 미래는 모른다. 그저 하나씩 해나갈 뿐이다. 시작점이 낮더라도 인생의 미래는 어떻게 될지 모른다. 중소기업에 입사했으니까 미래가 평범한 인생으로 끝난다? 아니다. 인생은 길고 전혀 알 수 없다. 내 노력으로 모든 것이 변 할 수 있는 것이 인생이다. 그렇게 그냥 최선을 다하며 가면 된다.

당부하고 싶은 것은 책쓰기를 하기 전 책을 쓰자마자 바로 성공 하는 장밋빛 미래를 꿈꾸지는 말라는 것이다. 희망은 가지되, 보수적으 로 가져야 한다. 그래서 직장을 그만두는 것도 바로 그만두면 안 된다. 어느 정도 성공이라는 걸 하고 난 후에, 시간도 5~10년 이상 지난 후에 그만두는 게 좋다. 보수적이고 신중하게 접근해야 한다는 소리다.

중요한 것은 큰 꿈을 그리되, 그저 최선을 다해간다면 분명 인생 의 희망이 보일 것이라는 점이다. 그렇게 느리게 하나씩 가는 길을 가길 권하고 싶다. 공짜로 빨리 된다는 것은 모두 사기이고 허상이기에. 그저 묵묵히 가다 보면 분명 큰 결과가 주어질 것이 분명하기에.

20

책쓰기 결실도 결국
적선과 복의 결과임을 모른다

나는 그런 걸 많이 느낀다. 책쓰기의 결과라는 것이 적선積善과 복의 결과물이라고. 실력만의 영역은 아니라고. 물론, 당연히 노력은 해야 한다. 그러나 노력이라는 건 거의 모두가 다 한다. 하지만 누구는 큰 결과를 얻고, 누구는 작은 결과를 얻는다. 이 차이가 어디에서 올까? 나는 적선이 많이 쌓인 사람이 이긴다고 본다. 복이 있는 사람이 이긴다고 본다.

무슨 말인가? 사회에 좋은 일을 많이 하고, 베풀어 둔 것이 많은 사람이 좋은 결과를 얻는다. 나만 잘해선 안 된다. 부모와 조부모가 중요하다. 우리 부모와 조부모가 사회에 좋은 일을 많이 하고, 다른 사람들을 많이 도왔다면 조상이 받을 복이 내게 오는 것이다. 그런 것이 분명히 있다고 본다. 기도를 절실히 한 사람은 혜택을 받는다고 본다. 교회에서 혹은 절에서 기도를 정말로 열심히 했다면? 100일 기도, 200일 기도라는 것이 있지 않은가? 그런 기도를 정성을 다해 한 사람은 복을 받는다고 본다. 선교 활동을 10년 넘게 했다? 그런 사람이 복을 받는다고 본다. 교회나 절에 가지 않더라도 적선을 많이 하고 기도를 많이 한다면 잘 된다고 본다. 나는 그런 걸 많이 목격도 했다.

즉, 그 사람이 알게 모르게 좋은 일을 많이 했다? 그러면 분명 좋은 결과를 얻는 것이다. 그 사람의 마음씨가 좋고 만날 때마다 기분이 좋다? 그러면 분명 좋은 결과를 얻는 것이다. 이른바 베푸는 기질이 있고 밥도 잘 사고 선물도 잘 사고 주위에 무언가를 주는 것이다. 돈을 줄 수도 있고, 아름다운 마음씨를 줄 수도 있고, 좋은 말을 줄 수도 있다. 그런 사람은 복을 받는 것이다. 물론, 이는 자기 당대의 문제는 아니고 부모·조부모도 걸쳐 있다. 그래서 내가 노력한다고 다 되는 건 아니라고 본다. 그럼에도 자기가 노력한다면 어느 정도 효과는 있다고 본다. 즉, 내가 세상에 좋은 기운을 줘서 좋은 기운을 받아야만 성공을 할 수 있다는 것이다.

재수 없게 행동한 사람, 다른 사람에게 상처를 많이 준 사람, 사회에 하등 좋은 일을 한 것이 없는 사람이 성공한다? 이것은 어떻게 보면 말이 안 되지 않는가? 물론, 잘 된다고 해도 초심을 잃으면 중간에 무너질 수도 있는 것은 당연하다. 처음에는 많이 베풀고 겸손하고 열심히 했어도 중간에 마음이 흐트러진다면 망하는 것이다.

나는 책쓰기를 해서 좋은 결과를 얻은 사람을 보며 분명 눈에 보이지 않는 신이 도왔다고 생각했고 그렇게 믿어왔다. 그 근거는 분명 있었다. 그 사람이 뿌린 밑밥이 확실했기 때문이다. 하다못해 기도라도 했기 때문이다. 하다못해 그동안 앞이 보이지 않는 역경 속에서 자기 수행을 하고 겸손과 노력, 선행, 베풂을 배운 사람이기 때문이다. 물론, 자기가 잘했음에도 책쓰기가 잘 안 되는 분들도 있다. 그런 분들은 때가 되지 않았다고 생각했다. 무언가 좋은 기운이 없는 때라는 것이다. 사람이 재수 없으면 사고가 나서, 죽기까지 한다. 사람이 재수가 좋으면 복이 굴러 들어오는 것이다. 책쓰기도 같은 맥락인 것이다.

나는 태어나서 죽을 때까지 고생하다가 죽을 운명으로 태어난 사람도 있다고 본다. 그 사람은 그 운명을 짊어지고 살면 된다. 조금 힘들게 살다가 가면 되는 것이다. 어떤 사람은 스포츠카 타고 편하게 살 운명도 있다고 본다. 그럼 조금 편하게 살다가 가면 된다. 자기 처지를 원망하고 남의 처지를 부러워할 게 아니라 객관적으로 그런 것이 있다고 여기면 마음이 편하다. 가령, 어릴 때부터 집이 가난하거나 문제가 있어 지원을 제대로 받지 못해 여러모로 부족한 스펙을 가지게 되었다면, 짊어지고 가야 한다. 장애인으로 태어나도 그것을 받아들이고 살아가야 한다. 가령, 어릴 때부터 집이 넉넉하거나 건강한 신체를 물려받아 좋은 스펙을 가지게 되었다면, 잘 가지고 가면 된다. 분명 훌륭한 조건을 가지고 태어난 사람도 있다. 상황과 여건이 좋지 않아 마음이 뒤틀려 있어 세상을 비딱하게 보거나 열심히 하지 않는 것도 크게 보면 자기 운명이다. 상황과 여건이 좋아서 마음이 부드럽고 세상을 긍정적으로 보는 것도 자기 운명인 것이다.

자기가 책을 썼는데 그 주제가 책을 낼 때쯤 더 크게 빵 터지는 경우도 있다. 그럼 책이 대박이 난다. 자기가 책을 쓸 때는 분명 대박 주제였는데 다 쓰고 나서 관심이 꺼진 경우도 있다. 그럼 책이 쪽박난다. 책을 잘 쓰기 위해서 책쓰기 기간도 길게 잡고 썼는데 시장이 식어버린 경우도 있다. 이런 사람은 책쓰기뿐만 아니라 이 일, 저 일 벌이지만 대부분 잘 안 되고 성과를 못 내는 경우가 많다. 이것이 눈에 안 보이는 운이고 복이다. 분명 이런 것이 있다. 상대적으로 책을 평범하게 썼지만, 운이 맞아떨어져서 대박이 터지는 경우도 있다. 이것이 복이다.

이것은 적선, 복, 기도 이런 것들이 작용한다고 본다. 자기의 절실함, 간절함, 겸손함, 착한 마음 이런 것들이 종합적으로 쌓여서 나온다고 본다. 다만, 이것도 초심을 잃으면 무너질 수 있다고 본다. 복을 못 받았던 사람도 마음을 바르게 가져서 성공할 수도 있다고 본다.

착하게 살아야 한다. 많이 베풀며 살아야 한다. 겸손한 마음으로 최선을 다해 살아가야 한다. 그런 기운이 쌓여서 좋은 기운이 내게 오기 때문이다. 어떻게 보면 미신일 수도 있지만, 적선하고 기도를 많이 한 사람은 대부분 좋은 결과를 얻었기에 나는 믿는다. 대형 베스트셀러 작가들이 책을 출판할 때 좋은 꿈을 많이 꾸었다고 이야기하는 걸 들은 적도 있다. 사실 책 한 권을 펴내 인세와 강연료를 수십억 원 버는 게 예삿일은 아니다. 그렇다면 눈에 보이지 않는 신들도 도움을 줘야 하지 않겠는가?

너무 구두쇠 같은 사람이 있다. 남에게 베푸는 걸 하지 않는 사람이 있다. 자기에게도 돈을 너무 쓰지 않는 사람이 있다. 그런 사람은 복을 받지 못한다. 적선이 없기 때문이다. 작은 것 하나에도 시비를 걸고, 사소한 일로 다른 사람과 싸움을 즐기는 사람도 재수 없는 사람이다. 다른 사람에게 은혜를 입고 배신이라는 칼을 꽂는 사람도 재수 없는 사람이다. 도움을 받고도 인간의 도리를 하지 않고 배은망덕한 사람도 재수 없는 사람이다. 마음에 여유가 없어 늘 까칠하고 불만을 제기하며 싸움을 즐기는 사람도 재수 없는 사람이다. 이런 사람이 복을 받는 것은 거의 불가능하다고 본다. 관용과 인자함이 넘치는 사람, 마음의 여유가 넘치는 사람, 자기도 힘들지만 다른 사람을 위해서 한 뼘을 내어줄 수 있는 사람 그런 사람이 복을 받는다고 본다.

　　　결혼하기 전에도 꿈으로 예시를 받는다. 자기가 꿈을 안 꾸면 다른 사람이 꾸기도 한다. 큰 사고로 위험에 처할 상황이라면 본인이 꿈을 꾼다. 가령, 조용헌 작가님은 일본여행 약속이 있었다. 골프도 치고 관광하는 여행이었다. 그런데 여행 가기 전 꿈을 꾸었는데 수많은 사람이 머리에 피를 흘리고 있고, 병원에 몰려가는 모습이 보였다. 그래서 무언가 불길해서 공항으로 가는 택시 안에서 결정을 번복하고 가지 않았다. 그때 일본에서는 '동일본 지진'이 발생해서 1만 5,000명이 죽고 2,000명이 실종되었다.

　　　크게 보면 자기 운명은 있는 것 같다. 그것을 느끼고 받아들이며 사는 것이 삶이란 생각이다. 나 역시 그런 운명을 느낀다. 자기 운명에 100% 만족하는 사람은 지구상에 한 명도 없으리라 본다. 받아들이고, 최선을 다하고, 조금씩 자기 운명을 좋은 방향으로 끌고 가야 한다고 본다. 가령, 사주에서 재성이 약한 사람은 돈과 배우자 복이 약하다. 그러나 재성이 약한 사람도 부자가 될 수 있다. 전략을 잘 세우고, 절약을 한다면 말이다. 재성이 약하면 쉽게 돈 버는 법이 없다. 죽도록 노력하고, 자린고비라는 소리 들을 만큼 아껴야 부자가 된다. 즉, 대한민국 상위 1~5% 정도의 부자가 된다. 그러나 사주에 재성이 있으면 편하고 쉽게 돈을 번다. 뭘 해도 돈이 되는 쪽에 선다. 투자를 해도, 사업을 해도, 회사생활에서도 승진이 비교적 쉽게 된다. 책을 써도 잘 될 가능성이 크다. 그것도 비교적 쉽게 말이다. 노력이라는 걸 아주 진하고 독하게 안 해도 그렇다. 그러나 재성이 없는 사람도 죽도록 열심히 하면 부를 얻을 수 있다. 즉, 재성이 약한 사람도 노력하면 부자가 될 수 있는 것처럼, 자기 운명이 안 좋은 사람도 노력하면 좋은 방향으로 끌고 갈 수 있다. 그렇기에 좋은 마음으로 노력해야 한다.

적선을 했고 복이 있어 잘 된다면 감사하게 생각하고, 세상에 좋은 것을 베풀면서 가면 된다. 초심을 잃지 않고 계속 겸손하게 다른 사람들에게 베풀면서 살면 된다. 그럼 계속 복을 가져간다. 그렇지 않다면 적선하고 기도하며 복을 쌓으며 가면 된다. 또, 자기에게 복이 적은 것도 자기 운명이고 자기 그릇이 그런 것이라고 받아들이면 공부가 된 삶이다. 그도 적선과 기도와 복을 쌓아가면서 계속 승부하면 느리더라도 반드시 좋은 결과는 온다고 본다. 세상은 눈에 안 보이는 기운이라는 게 분명히 있고 신은 있기 때문이다.

나 역시 지금 여기까지 온 것은 적선을 했기 때문이라고 본다. 나는 그동안 책쓰기 무료 코칭을 많이 해왔고, 책쓰기 정규과정에 합류한 분들에게도 수업시간이 지나더라도 무료로 보아 드린 분들이 100명이 넘는다. 원래 책쓰기 정규과정은 4개월에 휴학 2개월 해서 총 6개월이면 수업이 완전 종료된다. 그러나 수강생들의 편의를 보아 드리며 1년까지 무료로 봐 드린 분들이 100명이 넘는다. 수강료로 환산하면 10억 원이 넘는 돈이다. 그런 것들도 알게 모르게 적선이 쌓였다고 본다. 무엇이든 베푸는 것이 적선이고, 적선하면 복을 받기 때문이다.

지금 전한길 뉴스의 대표 전한길 선생님도 그렇다고 본다. 전한길 선생님은 자기가 월세 살 때도 많은 어려운 학생들에게 장학금을 주었다. 나도 전한길 선생님에게 대학 4년 생활비와 등록금 전액을 후원받았다. 그 돈이 8,000만 원에 이른다. 나는 그 돈을 얼마 전에 갚았다. 전한길 선생님은 이후 공무원 시험 학원에서 강사로 일할 때도 후원한 학생들이 많은 것으로 안다. 얼마 전 출판한 책『네 인생 우습지 않다』도 인세 전액을 기부했다. 나는 전한길 선생님이 1타 강사가 된 게 그런 것이 있다고 본다. 적선이 있는 것이다. 자신의 수강생 중 합격생 전원에게는 합격패와 책도 선물로 보냈다. 그 비용이 엄청난 걸로 안다. 그것도 적선이다. 안 보내도 되는 걸 매년 많은 돈을 들여서 보낸 것이기 때문이다. 즉, 밑밥을 많이 뿌린 것이다. 그러면 어떻게 되는가? 밑밥을 받아먹은 사람은 자신의 동지가 된다. 밑밥 먹고 배신 못 한다. 사람이라면 말이다. 그렇기에 전한길 선생님의 지지층이 두터운 것이다.

경주 최부잣집이 오랫동안 부자였던 것도 많이 베풀어서 그런 것이다. 많이 베풀면 사회에 자신의 우군을 많이 둘 수 있게 된다. 눈에 안 보이는 신들도 작용한다. 세상에는 강력한 신도 있고 잡신도 있고 귀신도 있다. 그들 모두가 적선 많이 하고 기도 많이 한 사람에게는 고개를 숙일 수밖에 없는 것 아니겠는가? 적선은 곧 배려다. 돈으로만 적선하는 것이 아니다. 돈이 없는 사람도 남을 도와주고 배려하면 그것이 적선이다. 그런 것이 결국 강력한 힘으로 작용한다고 본다. 돈 잘 벌고 성공하고 싶지 않은 사람은 없다. 그러나 성공이라는 것이 뭔가? 남을 도와줘야만 성공이 오는 것이 아닌가? 적선만큼 강한 것이 없다.

눈에 안 보이는 신은 있다. 내 운명? 아무리 잘 난 사람도 비행기 타고 떨어지면 죽는다. 교통사고 한 방이면 재산 다 내놓고 가야 한다. 서울대 졸업이고 판사고 그런 거 없다. 재산 100억도 다 소용없다. 죽어야 하면 죽어야 한다. 성공과 실패도 그렇다. 내가 결정하는 것처럼 보이지만 눈에 안 보이는 것이 많이 작용한다. 운이라 부르지만 신의 결정으로 볼 수 있다.

책쓰기도 결국 신의 결정으로 되는 것이 아닐까? 나는 책쓰기의 결과를 보며 그런 걸 많이 느꼈다. 눈에 안 보이는 신의 작용으로 모든 것이 되고 있구나 하는 생각이 든 것이다. 나는 적선, 기도, 겸손, 노력을 강조하고 싶다. 그러면 결국 좋은 날이 올 수 있다고 믿기에.

21

안정된 수입이 있어야
책쓰기에 집중할 수 있음을 모른다

호기롭게 책쓰기를 시작하는 사람은 책을 한 권도 쓰지 않았으면서도 직장을 그만둔다. 20대에는 그래도 된다. 실패해도 리스크가 적기 때문이다. 나중에라도 얼마든지 승부를 할 수 있기 때문이다. 20대의 실패를 디딤돌 삼아서 30대에 얼마든지 치고 나갈 수 있다. 20대의 실패는 자산이다. 시행착오는 성공을 위한 필수코스다. 미리 몽둥이로 맞는 것도 나쁘지 않다. 맷집을 키우고, 30대에 본 승부를 해서 가는 것도 좋은 방법이라 본다. 그러나 30대와 40대라면 직장을 그만두고 책을 쓰는 건 절대적으로 신중해야 한다. 왜냐하면 잘못하면 망할 수도 있기 때문이다.

책을 써서 일반 대기업 사원의 연봉만큼 매년 꾸준히 버는 것은 쉽지 않다. 물론, 본인이 죽기 살기로 노력하고, 전략이 좋다면, 연봉이 5천만 원이 아니라 5억 원도 벌 수 있다. 그것도 첫해에 가능할 수도 있다. 그러나 확률적으로 쉽지는 않다. 나 역시 작가 생활을 하고 10년이 훌쩍 넘어서야 억대 연봉의 벽을 통과할 수 있었다. 나 역시 죽기 살기로 살아왔다. 노력을 진하게 했다. 그러나 오랜 시간이 필요했다. 또, 성공은 예상하지 못한 곳에서 왔다. 결국 성공에는 변수가 많고, 시행착오가 있으며, 시간도 많이 걸린다.

책쓰기에서 가장 중요한 것은 마음의 안정이다. 마음이 안정되어야 책을 계속 쓸 수 있기 때문이다. 강의 연구도 계속 할 수 있기 때문이다. 그래서 일정한 수입은 반드시 필요하다. 요즘으로 치면 최소 월 300만 원 이상의 수입, 적정 소득은 500만 원 내외의 소득이 필요하다. 먹고 살아야 하기 때문이다. 일정한 수입이 들어오지 않으면 불안해서 책을 쓸 수가 없다. 나 역시 경험해봐서 잘 안다. 안정된 수입이 없으면 계속 쫓기는 듯한 기분이 든다. 불안해지고, 잠이 오지 않고, 그렇게 된다. 그 생활이 30년이 된다고 생각해보라. 만만치 않다.

항산항심恒産恒心, 맹자가 말한 개념이다. 경제적 안정이 되어야 정신적 안정이 있다는 뜻이다. 경제적 기반이 있어야만 마음이 편안할 수 있다. 경제와 정신은 연결된 하나의 개념으로 보아야 한다. 즉, 돈이 있어야 마음이 편안하고, 마음이 편안해야 돈을 벌 수 있다. 결국 일정한 고정급 혹은 일정한 생활비가 어딘가에서 나와야만 책쓰기에 전념할 수 있다. 즉, 직장 생활을 하면서 책을 쓰든, 월세 수입을 받으면서 책을 쓰든, 성공한 작가가 되어 책을 써서 안정된 인세 수입이 나오든, 강의가 잘 되어서 고소득을 올리든 여유있는 상태에서 책을 써야 한다.

30대에 직장을 그만두고 책을 쓰는 것은 정말 신중해야 한다. 40대라면 더 그렇다. 나는 직장을 그만두고 책을 쓰는 것은 책을 쓰고 자리를 잡았을 때 즉 책 인세와 강연료 수입으로 저축이 최소 5억 원 이상이 되었을 때라고 본다. 또, 어쩔 수 없이 해고되었을 때, 재취업이 절대 안 될 때라고 본다. 그럴 때 직장을 그만두는 것은 좋다. 경제적 안정기에 접어들었기 때문이다. 직장에 도저히 갈 수가 없을 때는 선택지가 없다. 그때는 전업 작가를 해도 좋으나, 전업 작가를 계속하기가 쉽지 않을 수 있다. 그래서 아르바이트를 하면서 책을 쓰는 것이 좋다.

작가로 승부해서 돈을 꽤 벌기까지는 시간이 제법 걸릴 수 있다. 최소 10년의 시간이 필요하며, 저축을 넉넉하게 하려면 거의 15년 이상이 걸릴 수 있다. 결국 이 기간 동안 직장에서 일을 해서 돈을 벌도록 한다. 그래서 마음의 안정을 유지하며 계속 책을 써나가야 한다.

20대로 아직 혼자이고 부모님께 생활비를 드리지 않아도 되고, 부모님의 생활비 지원을 3~5년간 받을 수 있다면 전업 작가도 괜찮다고 본다. 즉, 지금 위의 조건들은 교집합이다. 20대이고, 솔로이고, 부모님이 노후대비가 되어 있다, 부모님께 생활비 지원을 5년 정도 받을 수 있다는 전제가 있다면 전업으로 시작도 좋다. 즉, 늦어도 서른까지 지원받으며 하는 것은 좋다. 그러나 부모님께 완벽히 손을 벌리는 것이 어렵기 때문에 아르바이트를 하면서 하거나, 2~3년 직장생활을 해서 돈을 조금 모은 후 전업 작가를 하는 것을 권하고 싶다.

직장에 다닐 때는 다양한 책도 쓰고 다양한 강의도 미리 다 해보아야 한다. 성공하지 않아도 좋다. 시행착오가 곧 자산이다. 어차피 직장 그만두고 나와서 해도 실패할 수 있다. 즉, 시행착오는 필수다. 시행착오가 없이 성공하는 것은 거의 불가능하다. 그래서 직장을 다니면서 다양한 실험과 도전을 해보아야 한다. 그 후 직장을 그만두는 걸 권하고 싶다.

생각해보면 모든 직장인이 힘들다. 의사도 힘들다. 이번에 나는 오토바이를 타다가 한라산에서 사고를 당해 팔과 다리가 부러졌다. 그래서 병원 입원도 하고 수술도 2번이나 했다. 그때 의사분을 보니 하루종일 일이었다. 상담을 했는데 아침 9시 30분부터 오후 2시인가 3시까지 거의 150명을 상담하는 것이었다. 그것을 매주하고, 또 다른 날에는 수술을 하고, 회진도 하는 식이었다. 중간에는 미국에 연수도 받으러 다녀와야 했다. 즉, 의사를 해도 힘든 것이다.

내가 20대인 집필 초기에 책을 쓸 때는 연간 수입이 1,000만 원이 안 될 때도 있었다. 왜냐하면 그때는 강의도 하지 않고 책만 썼기 때문이다. 인세의 경우에는 바로바로 정산이 안 될 때도 많다. 즉, 책이 팔리고 나서 수개월 있다가 돈이 들어오는 경우가 많다. 결국 20대 후반까지 돈다운 돈을 써보지를 못했다. 차도 없었고, 오토바이도 없었고, 노트북도 좋은 걸 쓰지 못했다. 책을 읽고 책을 쓰는 8년 간 친구도 만나지 않았고 연애도 하지 않았다. 돈을 거의 쓰지 않았다. 정확히 말하자면 쓸 돈이 없었다. 당연히 저축도 불가능했다. 수입 자체가 적었으니 말이다. 곧바로 전업 작가를 하자면 그런 시간이 필요할 수 있다. 결혼을 했다면, 30대라면 이 생활을 당연히 견딜 수 없고 버틸 수 없다. 20대라면 헝그리 정신으로 버틸 수 있으나, 쉬운 삶은 아니다. 언제쯤 성공한다는 보장도 없고, 기약은 없다. 마음속에 확신만 있을 뿐, 미래는 모른다. 그럼 불안할 수 있고, 불안하면 책쓰기에 온전한 집중을 하기가 어렵다.

안정된 수입이 나오는 상태에서 책을 써야 한다. 그렇기에 직장 생활을 해야 하거나 장사를 하면서 책을 써야 한다. 그렇지 않고 전업 작가를 할 때는 작가로 성공을 했거나, 월세나 이자 수입이 있을 때 해야 한다. 20대라면 예외이기는 하나, 쉬운 삶은 아니다. 견디는 삶, 버티는 삶으로 들어가야 하기 때문이다. 때로는 아르바이트를 하면서 책을 써야 할 수도 있다.

안전하게 승부해야 한다고 말하고 싶다. 나 역시 전업 작가를 하면서 몸과 마음의 고통을 많이 받았다. 제주에 있을 때는 아르바이트도 했다. 중간에 힘들어서 잠시 직원 300명 규모의 대구의 중견기업에서 일하기도 했다. 여러모로 회의와 갈등이 많았다. 이것은 한국 최고의 작가들 대부분이 겪어야 하는 일종의 통과의례라고 보아야 한다. 그러나 나의 길을 끝까지 가야만 한다고 생각했고, 내 길을 걸어왔다. 그러나 나는 안전한 삶을 권하고 싶다. 그것이 여러모로 좋기 때문이다. 경제적 안정이 있어야 마음의 안정이 있다는 말은 진리다.

3부

책쓰기의 본질을 이해해야 한다

22

아무것도 모르는 분야에 대해서도
책을 쓸 수 있음을 모른다

책은 아무것도 모르는 분야에 대해서도 쓸 수 있다. 왜일까? 공부하면 알게 되기 때문이다. 즉, 자료수집을 통해서 충분히 좋은 내용의 책을 단기간에 집필할 수 있다.

다만, 어느 정도의 능력은 필요하다.

1. 먼저 책을 읽을 수 있어야 한다. 한글을 읽을 수 있어야 자료를 읽을 수 있기 때문이다.

2. 책을 읽고 이해하는 능력도 필요하다. 적어도 중학교 1~2학년 정도의 지적 능력은 되어야 한다. 즉, 책을 읽고 무슨 말인지는 알아야 한다. 그래야 읽은 책을 남에게 설명할 수 있고, 이 설명이 바로 책쓰기의 핵심이 된다.

3. 하루에 적어도 3시간 이상은 책상 앞에 앉아 있어야 한다. 약 4~6개

월 정도 일주일에 6일은 책상 앞에 앉아 있을 수 있어야 한다. 의외로 책상에 앉아 있지 못하겠다는 사람도 적지 않다. 책상에 앉아 있어야 책을 쓸 수 있다. 만약 그렇지 않다면 하루에 3시간 정도를 서서 자료를 보고 쓰는 것을 4~6개월간 할 수 있어야 한다.

이 정도의 능력이 있다면 책을 쓸 수 있다. 이 정도의 능력이 되는 사람은 한국인 중 80~90% 정도가 될 것이다. 결국 한국인 대다수가 책을 쓸 기본적인 준비와 능력은 된다고 할 수 있다.

여태까지 아무것도 몰랐던 분야에 관한 책을 수십 권 읽고, 다큐멘터리와 논문, 기사 등을 많이 읽는다면 충분한 자료수집이 된다. 그러면 하나의 좁은 분야에 대해서 깊고 정교한 눈을 가지게 되고, 이 힘으로 책을 쓰면 된다. 실제 한국인은 1년에 얼마나 책을 읽는가? 1년에 4권도 채 읽지 않는다. 즉, 한국 성인의 연간 평균 독서량은 3.9권이고, 종이책으로만 한정하면 1.7권이다. 더군다나 한 분야의 책을 10권 이상 읽는 사람은 거의 없다. 그렇다면 일반인의 연평균 독서량을 기준으로 볼 때, 내가 2~3개월 정도 한 분야의 자료를 집중적으로 본다면, 적어도 일반인이 5~10년 정도 읽은 것과 같은 독서량에 도달할 수 있다는 결론이 나온다.

물론, 아무것도 모르는 사람이 2~3개월 공부해서 해당 분야에서 10년 정도 종사한 사람과 같은 수준에 설 수는 없다. 그러나 책 한 권을 출판하기에는 충분하다. 또한, 아무것도 모른다고 하더라도 1년, 2년, 3년, 10년 이렇게 계속 공부를 하면 된다. 그러면 해당 분야의 10년, 20년씩 일한 사람보다 더 많이 알게 되고, 결국 최고의 전문가가 되게 된다.

어떤 분야든 처음에는 아무것도 모르는 것이 당연하다. 누구나 공부하고 경험해서 전문가의 반열에 오른다. 그러니 지금부터 하면 된다. 책은 한 분야를 정교하게 파고드는 것이다. 그 후 책을 써서 해당 분야의 전문적인 지식과 콘텐츠를 보여주는 것이다. 그래서 사람들의 삶에 이로움을 주는 것이다. 공부를 하면 충분히 좋은 책을 쓸 수 있다.

일본의 다독가 다치바나 다카시는 책 한 권 집필하는 데 500권 정도의 책을 발췌독하는 것으로 유명하다. 당연히 이 모든 책을 다 정독精讀할 수는 없다. 그러나 가볍게 훑어보면서, 해당 분야의 핵심을 모두 모은다면 어떻게 될까? 일본 일등 작가가 되는 것이다. 이 원리는 당연히 한국에서도 통용되며, 충분히 가능하다. 일인당 연평균 독서량이 극히 적은 한국은 일본보다 훨씬 더 유리한 상황이다. 자료가 모자란다는 생각이 든다면 유튜브, 다큐멘터리, 신문기사, 논문, 기타 자료 등을 활용하면 된다. 그렇게 책을 출판하고 강연을 시작한다. 그 후에도 지속적으로 공부하면서 해당 분야의 지식을 쌓아가면 된다. 그렇게 10년이 지난다면 거인이 된다. 한 분야에 대해서 5,000권 정도의 독서를 한다면 한국에서 주류 작가가 될 수 있다.

다만 책쓰기는 단발성 게임은 아니다. 적어도 20년, 30년씩 들여야 하는 싸움이다. 따라서 책을 읽고 연구하는 걸 기본적으로 좋아하는 사람이 하는 것이 좋다. 책 한 권 쓰고 그냥 대박 나고 그런 게 아닐 가능성이 크기 때문이다. 그 분야를 좋아하고, 연구에 미치고, 그러면서 자연스럽게 책과 강연을 하게 되는 방향으로 가야 한다. 그렇게 한 분야의 전문적인 능력을 보여주고, 계속 연구하고 노력해서, 성장해나가는 것이 무엇보다 중요한 분야다.

처음 책을 쓸 때는 큰 부담을 가질 필요는 없다. 그저 공부하면 되기 때문이다. 그렇게 해서 한 권의 책을 쓰는 것은 "누워서 떡 먹기"보다 쉽다. 지금 단기간에 100권의 책을 쓰라는 게 아니지 않은가? 지금 노벨상 받으라는 게 아니지 않은가? 3개월 만에 고시 합격하라는 게 아니지 않은가? 3개월 만에 박사학위 받으라는 게 아니지 않은가? 그저 책 수십 권 읽고, 그 외 자료를 두루 많이 보고, 그에 대해서 독자들이 궁금한 것들만 쏙쏙 뽑아내고, 그것에 대해서 정확한 답을 A4용지 100~150매 분량으로 쓰면 된다. 그렇게 전혀 겁먹을 필요가 없고, 시간도 적게 걸리고, 노력도 4~6개월만 하면 된다.

여기에는 하겠다는 용기와 실천만 있으면 된다. 다만, 한글은 읽을 수 있어야 하며, 읽고 이해는 해야 한다. 하루에 3시간씩 시간을 내야 하고, 최대 6개월까지 낼 수 있어야 한다. 그러면 충분히 가능하다고 말하고 싶다.

23

책쓰기가 스펙도, 돈도 없는 사람에게 희망이 됨을 모른다

책쓰기의 가장 큰 장점은 스펙이나 돈이 없는 사람에게 희망을 만들어 주는 것이다. 그것이 가장 큰 장점이다. 사람이 가장 무서운 것이 희망이 없는 삶이다. 어제도, 오늘도, 내일도 같다? 그러면 선택은 죽음뿐이다. 가장 견디기 힘든 것이 희망이 없는 것이다. 아주 느리더라도, 조금씩이라도 인생이 변화하고 성장한다면, 사람은 기꺼이 현재의 고통을 견딜 수 있다. 내일의 희망이 있기 때문이다. 한국 사회에서 스펙과 돈이 없는 사람에게 가장 필요한 건 희망이다. 나는 그 희망이 책쓰기로 만들어질 수 있다고 본다.

책을 쓴다는 것은 결국 공부한다는 것이다. 공부한다는 건, 그 분야에서 전문가가 된다는 것이다. 전문가가 되면 결국 기회는 온다. 회사에서 승진할 기회, 내 사업을 할 기회, 강의할 기회, 오피니언 리더가 될 기회, 다양한 상품을 팔 기회, 내 말에 권위가 실리는 기회 등을 얻게 된다. 책 1~2권, 책쓰기 한 지 1~2년 정도 만에는 만족할 만한 성과는 없을 수 있다. 그러나 10년 이상 꾸준히 노력한다면 만족할 만한 인생의 변화는 반드시 온다.

책쓰기의 장점은 돈이 거의 들지 않는다는 점이다. 카페나 식당을 차리더라도 돈이 많이 든다. 편의점을 차려도 돈이 많이 든다. 대학원을 가더라노 돈이 낳이 든다. 그러나 잭쓰기는 돈이 거의 들지 않는다. 책쓰기를 위해 필요한 자료수집 비용이 50만~100만 원 정도 든다고 할 수 있다. 책쓰기를 전문적으로 배우기 위해 아카데미에 등록한다면 500만~1,000만 원 정도의 돈이 필요하다. 결과적으로 1,000만 원 내외의 돈이 있다면 책쓰기를 제대로 해볼 수 있다.

한국 사회에서 1,000만 원으로 창업을 할 수 있는가? 1,000만 원으로 박사학위를 받을 수 있는가? 1,000만 원으로 변호사가 될 수 있는가? 1,000만 원으로 의사가 될 수 있는가? 아무것도 안 된다. 책쓰기는 시간도 거의 들지 않는다. 변호사, 의사가 되는 데에는 시간이 오래 걸린다. 그러나 작가는 3~6개월이면 될 수 있다. 비용도 1,000만 원이다. 한국에 이런 것이 있는가? 없다. 3~6개월 만에, 돈 1,000만 원을 써서 대기업에서 대중 강의를 할 기회, 언론과 인터뷰를 할 기회, 방송에 출연할 기회, 유력인물을 지도할 기회, 10대 재벌의 총수를 만날 기회, 정치에 입문할 기회 등을 얻을 수 있는 채널은 책쓰기 외에는 없다고 해도 과언이 아니다.

서울이 아닌 수도권에서 카페 창업을 하더라도 돈이 많이 든다. 월세만 해도 월 500만 원 정도 드는 곳이 많다. 어지간한 식당을 차려도 수억 원이 든다. 석박사학위를 받는 데에도 돈도 1억 원 내외의 돈이 들고, 시간도 아주 많이 걸린다. 책쓰기는 단기간에 효과가 강력하다.

나 역시 '희망'이라는 단어가 가슴 뜨겁게 다가온다. 나 역시 희망이 보이지 않는 삶을 살아왔기 때문이다. 내가 3살 때 아버지는 재생불량성 빈혈이 왔다. 경북대병원으로부터 6개월 시한부 생명을 선고받았다. 아버지는 이대로 죽을 수 없다며 새마을금고를 창립했다. 32살의 나이에 새마을금고 이사장이 되어 전국 최연소 이사장이 되었고, 그 후 10년 이상 새마을금고 이사장을 했다. 그러나 아버지의 병원비가 막대했기에, 결국 내가 고1 때 기초생활 수급자가 되었다. 그러면서 모든 게 불투명하고 불확실하게 되었다. 대학도 가지 못할 상황이었다. 그때 [전한길 뉴스]의 대표 전한길 선생님이 대학등록금 전액과 생활비 전액을 후원해주셨다. 덕분에 대학을 무사히 졸업할 수 있었지만 그후로도 많은 고민이 있었다.

내가 희망을 가질 수 있었던 것은 독서와 책쓰기였다. 지식사회에서 책을 많이 읽는다는 것은 '많이 아는 것', '지식의 거인', '전문가'가 되는 것이었다. 책을 많이 읽는 것은 모든 기회와 연결될 것으로 보았다. 그러나 책을 보는 것만으로는 아무것도 될 수 없었다. 왜냐하면 증명이 안 되기 때문이다. 책을 보았는지, 놀았는지, 단지 독서를 많이 한 것으로는 증명이 안 된다. 결국 책을 써서 사람들과 나누는 걸로 승부하기로 정했다. 그러면서 책을 썼다. 본격적인 강의는 책을 쓴 지 9년 차부터 했다. 독서와 책쓰기에 온전히 집중하면서 내공을 쌓아야 한다는 생각이 강했기 때문이다. 결국 독서법, 책쓰기, 유대인 등의 강의를 시작했다. 그러다가 책쓰기 강의에 많은 사람이 몰리면서, 이 일을 11년간 해온 끝에 성공이라는 것을 할 수 있었다. 30대 중반에 한 해 3억 원의 세금을 내

보기도 했다. 현재는 서울 잠실권에 아파트 1채, 제주도에 아파트 1채를 빚 없이 가지고 있다. 매월 월세와 은행이자로만 생활이 가능한 수준이 되었다. 나이 마흔에 소위 경제적 자유를 달성한 것이다. 파이어족이 된 것이다.

내가 서울대를 나왔거나, 고시에 합격했거나, 유학파이거나, 거대 기업의 창립자이거나, 연예인이거나 그렇지 않다. 나는 그저 책을 많이 보았고, 책을 썼고, 강의를 했을 뿐이다. 그런데 성공이라는 걸 하게 되었다. 나는 20대 시절 굉장히 가난하고 힘들었지만, '희망'이라는 단어를 놓아본 적이 없었다. 책을 보고 있었고, 책을 쓰고 있었기 때문이다. 소위 "책이 나를 구원하리라!"라는 믿음을 가지고 뜨겁게 나아간 덕분에 오늘의 내가 있는 것이다.

희망이 없는 것은 정말 무서운 일이다. '내 인생이 달라지지 않을 거야!'라는 말보다 무서운 말은 없다. 감히 말하건대 독서를 많이 하고 책쓰기를 하면 인생이 달라질 수 있다. 가능성은 극대화된다. 어떤 점에서 작가는 연봉이 1억 원만 되어도 충분하다. 연봉이 1억 원만 되어도 자유로운 시간을 보내며, 내가 하고 싶은 분야의 공부를 하면서 인생을 보낼 수 있기 때문이다. 이게 이른바 상팔자 아닌가? 또한, 사는 장소 또한 내가 선택할 수 있다. 왜? 직장생활에 매인 게 아니라 책을 쓰고 강의를 하는 삶이기 때문이다. 강의는 장소 구속이 있는 것 아닌가 생각할 수 있다. 그러나 요즘 강의는 인터넷으로도 충분히 가능하다. 실시간 강의는 화상통화로 할 수 있다. 나 또한 실시간 강의를 많이 하는 데 화상통화를 통해 수업을 한다. 그래서 지금 제주도에 살고 있다. 2024년에 제주도로 내려왔고, 이제 내려온 지 1년이 넘는다.

이른바 기초생활 수급자 1급으로 군대 면제가 된 국가공인 '가난한 자'에서 독서와 책쓰기로 '자유롭고 행복한 삶'으로 삶의 지평선이 이동했다. 이제 돈은 벌고 싶으면 벌고 안 벌고 싶으면 안 벌어도 되는 삶이 된 것이다. 또, 내가 하고 싶은 공부를 하며 살 수 있다. 돈이야 더 있으면 좋지만 나는 앞으로는 돈보다는 내가 하고 싶은 것을 하며 살기로 했다.

물론, 나는 이것만은 말하고 싶다. 책을 읽고 책을 쓴다 해도 100명이면 100명 모두가 성공할 수 있는가에 대한 대답은 'NO'다. 적어도 10년 이상 노력을 해야 하기 때문이다. 어느 정도의 운도 따라야 한다. 그러나 분명한 건 성공의 가능성은 기하급수적으로 올라간다. 성공은 많은 사람이 나를 도와줘야 가능하다. 책쓰기는 세상에 나의 내공과 능력을 보여주는 것이다. 그래서 많은 사람을 내 편으로 만드는 것이다. 내 편이 많으면 성공자가 되는 것이다. 그 숫자가 적으면 적은 대로, 많으면 많은 대로 가면 되는 것이다. 그렇게 성공이 되는 것이다.

물론, 나 또한 고민의 시간, 뜨거운 노력의 시간이 길었다. 무려 19년이었기 때문이다. 독서를 많이 하고 본격적으로 책쓰기를 한 시간이 19년이다. 그 시간 동안 나는 20권이 넘는 책을 썼고, 다양한 주제의 강의를 했으며, 책쓰기 강의를 통해서도 200명이 넘는 베스트셀러 작가가 탄생하는 데 일조했다. 분명 힘든 시간들이었다. 그러나 그냥 아무 생각 없이 직장생활을 했더라면, 그냥 아무 생각 없이 안정적인 직장을 얻었더라면 어땠을까를 생각해본다. 그렇다면 지금도 그저 회사와 세상에 따라가면서 정신없이 살고 있지 않을까? 인생의 희망이라는 단어에 대해서 회의적이지 않았을까? 책을 읽는 삶, 책을 쓰는 삶을 선택하고 행동했기 때문에 오늘이 있다는 생각이 든다. 그래서 책쓰기는 희망을 낳는 거위라는 말을 하고 싶다.

스펙과 돈이 없는 것이 고민이다? 그렇다면 책을 한번 써보자. 분명 새로운 전환점이 올 수 있을 것이다. 모든 기회는 사람으로부터 오고 책은 사람과의 만남을 만들어주기 때문이다.

24

책쓰기는 왕초보를 위한 전문서 집필이 본질임을 모른다

책쓰기의 본질은 왕초보를 위한 전문서 집필이다. 즉, 타깃 독자는 결국 지식의 왕초보다. 왜일까? 어쨌거나 책은 많이 팔려야 한다. 그래야 작가도, 출판사도 산다. 책이 많이 팔리기 위해선 대중 독자들이 많이 읽어야 한다. 즉, 많은 사람이 책을 읽어야 베스트셀러가 된다. 그 많은 사람이 바로 대중 독자다. 절대다수를 차지하는 독자는 자기 분야가 아닌 다른 분야에 대해서 지식이 거의 없다. 아니, 특정 분야에 종사하는 사람도 80% 이상의 사람들은 그 분야에 대해서 잘 모른다. 즉, 대중 독자는 거의 100% 지식의 왕초보이며, 그 분야에 종사하는 사람들도 80% 이상은 지식의 왕초보다. 그렇기에 우리 책의 독자는 대부분 지식의 왕초보가 된다. 그래서 우리가 타깃 독자를 잡을 때는 지식의 왕초보를 겨냥해야 한다.

그런데 책은 전문적인 내용이 들어 있어야 한다. 그래야 독자의 문제를 해결해줄 수 있기 때문이다. 즉, 독자는 대부분은 그냥 읽는 게 아니다. 자기가 필요하기 때문에 읽는다. 필요하다는 말은 자기 문제를 갖고 있다는 것이다. 즉, 책으로 자기 문제를 해결하고자 하는 것이다. 가령, 현재 번아웃인데, 번아웃을 탈출하고자 책을 읽는 것이다. 해법을 책으로 얻고자 하는 것이다. 지금 당뇨병 환자라면, 당뇨병에서 탈출하거나 잘 관리하고자 책을 읽는 것이다. 자기 아이가 ADHD가 있어서, 해결하고자 책을 보는 것이다. 영업을 하고 협상을 하는 사람이 설득력을 높이기 위해서 설득에 대한 책을 읽는 것이다. 자기가 지금 SNS 때문에 너무 산만해지는 것 같아서 SNS 디톡스에 대한 책을 읽는 것이다. 자기가 회사에서 일을 잘하고 싶어서 일 잘하는 법에 대한 책을 읽는 것이다.

독자는 자기의 문제를 해결하기 위해서 책을 읽는다. 따라서 문제를 해결할 수 있는 전문적 지식 혹은 전문적 콘텐츠가 있어야 한다. 책을 쓸 때 너무 어렵게 쓰면 안 된다. 전문적 내용이라고 하니 무작정 어려운 책을 생각하기 쉽다. 그러나 책은 절대 어렵게 쓰면 안 된다. 타깃 독자가 지식의 왕초보이기 때문이다. 책은 언제나 "읽고 이해하기 쉽되, 내용은 깊이가 있어야 하는 것"이다. 이것이 책쓰기의 핵심 법칙이 되어야 한다.

전문적인 지식을 다룬다고 하지만 모두 다루면 안 된다. 분량상 불가능하기 때문이다. 전문적인 지식을 모두 다루는 책이 있기는 하다. 어떤 책인가 하면 대학 교재다. 심리학 기본서, 민법 기본서, 경제학 기본서가 바로 그런 책들이다. 이런 책들은 해당 분야의 전문적인 지식을 모두 다루고 있다. 즉, 빠짐없이 모두 다룬다.

우리가 쓰는 책은 달라야 한다. 대학 교재는 완벽한 전문가 양성을 위한 책이다. 그 책으로 공부하고, 추후 석·박사를 받으면서 전문가가 된다. 우리가 쓰는 책은 일반 대중 독자를 위한 책이다. 일반 대중 독자의 문제를 해결하기 위한 책이다. 그러니 그에 맞게 써야 한다. 즉, 모든 영역을 다루는 것이 아니라 대중 독자가 가장 궁금해하는, 가장 핫한 부분만 다뤄야 한다. 그것에 초점을 맞춰 집중적으로 다뤄야 한다. 즉, 독자들에게 가장 인기 있는 것으로 영역을 좁히고, 그 영역에 대해서 자세하고 쉽게 쓰는 것이다.

책은 지식의 왕초보들이 가장 궁금해하는 것에 대해서 쉽고 명쾌하게 써야 한다. 또, 자세히 써야 한다. 자세히 써야만 쉽게 이해가 되기 때문이다. 완벽한 전문가는 모든 영역을 다 다루고, 알고 있다. 단행본을 쓰는 작가는 책에서 독자들의 가장 크게 반응할 부분만 깊이 있게 다루어야 한다. 최대한 쉬운 말로, 자세히 풀어서 말이다. 그래야 쉽게 이해하기 때문이다. 작가는 책에서 다루는 것만 알고 있으면 될까? 안 된다. 작가가 그 분야의 책을 썼다면 결국 전문가가 된 것이다. 결국 그 분야의 전문가들과 경쟁을 해야만 한다. 독자들이 내담자로 방문했을 때 모든 문제에 대한 해결책을 줄 수 있어야 한다. 책에서 다룬 것을 넘어 다른 영역에 관해서도 내담자들이 물을 수 있다고 보아야 한다. 따라서 그에 대한 답도 모두 알고 있어야 한다. 작가는 책은 쓰되, 공부는 책에 담기는 것보다 더 많이 해야 한다. 계속하기도 해야 한다.

책 분량이 얼마인가? 책 한 권은 대체로 A4용지로 100페이지 분량이다. 실제 작가는 이 분량보다 수십 배, 많게는 100배 이상 책이나 기타 자료를 보아야 한다. 이것으로 멈추면 안 되고, 지속적으로 계속 공부를 해나가야 한다. 그 분야의 책을 500권 이상 보았을 때 전문가로 칭

한다. 그러나 500권에서 멈추지 말고 적어도 그 분야의 책을 1,000권 이상 읽는다고 생각하고 나가야 한다. 즉, 1,000권의 책을 3번 정도 읽는 것이다. 한 번만 읽으면 잘 모를 수 있으니, 3번을 보면서 완전히 숙지하는 것이다. 그렇게 하면 전문가가 된다.

궁극적으로는 자기 분야뿐만 아니라 다른 분야의 책도 많이 보아야 한다. 모든 분야는 연결된 특성이 있기 때문이다. 가령, 자기 분야가 심리학이더라도 경제, 사회, 정치, 역사, 소설 등의 책을 본다면 인간의 마음을 더 넓고 깊이 이해할 수 있게 된다. 그래서 작가는 공부가 생활이 되어야 한다. 계속 책을 보고, 사색하고, 정리하고, 발표하는 삶을 살아가야 한다. 그래야 진정한 작가, 전문가가 된다.

그러니까 작가는 궁극적으로 해당 분야를 샅샅이 알고 있는 전문가이되, 책에서는 독자들이 가장 크게 반응할 부분을 다룬다. 그러나 실제 강의나 코칭에서는 모든 것을 커버할 수 있어야 한다. 이것이 작가의 궁극적 목표가 되어야 한다. 그렇기 위해선 계속 공부하는 것이 정답이다.

25

책이 수익원이라기보다는 사회적 명함이라는 사실을 모른다

많은 사람이 작가의 수입은 책 판매액이라 생각한다. 그래서 인세 수입이 곧 작가의 모든 수입으로 생각하는 경우가 많다. 그러나 요즘은 이 생각을 완벽히 버려야 한다. 과거 매체가 거의 없던 40년 전은 다르다. TV 채널도 공중파밖에 없고 케이블도 없던 시절, 영화 보기도 만만치 않던 시절, 즐길 거리가 없던 시절에 책과 지금의 책은 다르다. 책 인세로 살아가려면 책이 굉장히 많이 팔려야 한다. 적어도 2억 원의 인세(세후 인세 기준)를 얻기 위해선 20만 부 이상 판매되어야 한다. 그런데 20만 부 이상 팔리는 책은 1년에 100권도 채 안 된다.

작가는 고정월급을 받지 않는다. 그래서 벌 수 있을 때 많이 벌어두어야 한다. 그래야 안 벌릴 때를 대비하고 살아갈 수 있다. 영화배우도 작품 섭외가 안 들어올 때가 보통 1~2년씩 될 때가 있다. 작가도 그런 시기가 반드시 있다. 그래서 많이 벌릴 때는 1년에 5억 원 이상을 벌어야 한다. 5억 원을 벌어도 실제 저축 가능한 돈은 2억 원 정도다. 세금도 내야 하고 생활비도 써야 하기 때문이다. 1년에 2억 원을 모은다 치면 5년이면 10억 원을 모을 수 있다. 10년을 모으면 20억 원이다.

1년에 5억 원의 인세를 10년간 유지한다? 한국에서 거의 불가능한 일이다. 세전 기준 5억 원의 인세를 벌려면 책이 적어도 30만 부가 판매되어야 한다. 이것을 10년간 유지해야 한다. 누적 판매량은 300만 부가 되어야 한다. 절대 쉽지 않은 수치다. 한국에서 300만 부 이상 판매한 작가 숫자를 보면 100명도 채 되지 않는다. 해외에서 책을 많이 판매한 것은 큰 의미는 없다. 가령 중국 수출을 했다고 해보자. 중국에서 책이 100만 부가 판매되어도 큰돈은 안 된다. 중국에서 저자 인세는 8~10% 선이다. 외국 작가는 직접 계약하는 것이 아니라 저작권 에이전시를 통해서 계약을 진행한다. 그렇다면 책 정가를 30위안(5,500원)으로 잡고 책이 100만 부가 판매된다면, 총 매출은 3,000만 위안(55억 원)이 된다. 중국 내 인세는 300만 위안(5.5억 원)이다. 저작권 에이전시를 통해서 인세를 받는다. 대개는 한국 출판사와 계약한 인세율로 작가에게 돌아간다. 인세는 보통 10%다. 그러면 5,500만 원 선이 된다. 그래서 중국에서 300만 부가 판매된다고 해도 저자에게 돌아가는 인세는 1억 7,500만 원 선이다. 거기에서 세금도 40% 이상 납부해야 한다. 그러면 저자가 버는 돈은 1억 원이 채 안 된다.

인세 수입이 아닌 다른 수입을 보고 책을 써야 한다. 즉, 책을 쓰고 나서 강의를 하거나, 고가의 코칭을 하거나, 아니면 저렴한 강의를 온라인 강의로 제작해서 많이 팔거나, 상품 제작을 해서 팔거나 하는 등을 해야 한다. 아니면 방송으로 진출해서 출연료, 광고로 돈을 벌고 인지도를 활용해서 책 판매량을 더 늘리는 방식을 생각해보아야 한다. 유명작가 중에 TV에 계속 출연하는 경우를 볼 수 있다. 이때 출연료는 많지 않다. 하지만, 이 출연으로 인해 책이 팔리고, 무엇보다도 강연 제안을 많이 받을 수 있다. 이렇게 해서 강연료 수입으로 연간 3억~5억 원 내외의 수입을 올리는 것이 가능하다. 그래서 TV 출연을 한다고 보아야 한다.

책으로 쌓은 인지도를 바탕으로 독서법 아카데미를 열거나, 초중고 독서 논술 교재를 만들어서 파는 것도 방법이다. 교육법 책을 썼다면 학부형 상담센터를 만들어 돈을 벌거나, 고가 혹은 저가의 강의를 만들어서 판매하는 것이다. 대기업에서 코칭을 많이 하는 주제로 책을 썼다면 대기업에서 강의를 하는 것이다. 강의 제안을 한 후 강의를 하거나, 강의를 주선해주는 에이전시와 함께하며 강의를 많이 하는 것도 방법이다. 대기업에서 코칭을 하는 것도 방법이다.

결국 책 인세로 돈을 벌겠다는 생각은 바람직하지 않다. 거의 불가능하기 때문이다. 만약 책 판매에 자신이 있다면 오히려 자비출판을 해서 책을 판매하는 것도 좋다. 그럼 인세가 10%가 아니라 50%에 육박하기 때문이다. 물론, 이 50% 안에서 책 제작비와 홍보비, 물류비, 보관비, 직원 인건비, 세금 등을 빼야 한다. 그렇다고 해도 출판사와 계약해서 받는 인세 10%보다는 훨씬 많다. 출판사 몫을 모두 자기가 받을 수 있기 때문이다. 책이 10만 부 이상 판매된다면 자비출판(전문 자비출판사에 맡기지 않고, 자기가 제작 및 유통을 다 하는 방식을 말한다)을 하는 편이 수익이 훨씬 많다. 물론, 10만 부 이상 책을 판매하는 저자의 경우에도 자비출판을 하지 않는 이유도 있다. 일이 너무 많기 때문이다. 출판사는 편집, 출판, 마케팅도 하지만 판매 및 정산도 대신해 주고 있다.

이제 책 인세로 돈을 버는 시대는 저물었다. 과거 이문열 작가님과 이외수 작가님 시절에는 인세 수입이 많았다. 그러나 지금은 쉽지 않다. 이것은 기회다. 책 인세 외에 다른 것을 통해서 나아가면 되기 때문이다. 실제로 책을 많이 읽지 않는다고 하지만 작가는 전혀 걱정할 필요가 없다. 인세 외의 시장이 급격히 성장했기 때문이다. 책을 출판하고 유튜브를 해서 돈을 벌 수노 있다. 모든 걸 연계해서 갈 수도 있다. 책과 유튜브를 홍보 채널로 활용하고, 강의 및 상품 제작 및 대규모 세미나를 실질 수익원으로 밀고 갈 수도 있다. 작가의 인지도를 활용하여 투자를 받아서 [밀리의 서재]와 같은 새로운 형태의 서점을 만들 수도 있다. 즉, 길은 많다. 어쩌면 여기에서 길을 잘 발견하는 사람은 준재벌이 될 수도 있다.

책은 사회적 명함이다. 이것으로 큰돈을 많이 벌겠다는 생각은 좋지 않다. 물론, 책이 많이 판매될 수도 있다. 인세 수입이 수억 원이 될 수도 있다. 우리 수강생 중에도 세전 인세 수입이 5억 원이 된 분이 있다. 그러나 이것만 보고 가면 안 된다. 다른 것이 더 크기 때문이다.

요컨대 책을 쓰고 나서 모든 것을 다 해보아야 한다. 어느 것이 터질지는 해보기 전까지는 모르기 때문이다. 그래서 책을 쓰고 나서 책의 브랜드 파워로 다양한 도전을 해보아야 한다. 그렇게 하면서 자기만의 길을 가는 것, 그것이 지금 시대에는 정답이다.

26

책을 쓸 때 자신감을 가지고 말해야 함을 모른다

책을 쓸 때는 계속 의심이 든다. '이 말을 하는 것이 맞는가? 옳은가?' 이런 생각이 계속 든다. 자료수집을 해보면 서로 반대되는 의견도 등장한다. 어떨 때는 팽팽하게 대립하는 경우도 있다. 학계의 의견이 5대 5로 나뉘는 것도 있기 때문이다. 모두가 옳다고 말하는 것도 '아무리 생각해 보아도 안 맞는 것 같은데?'라는 것도 있을 수 있다. 예를 들어, '천동설'은 무려 약 1,000년 간이나 진리로 받아들여졌다. 그러나 그것은 틀린 것이었다. 그러나 천동설은 관측이 잘 맞았기 때문에 사람들이 반론을 잘 하지 않았다. 지동설이 맞다는 증거를 제시하기가 힘들었기 때문이다. 당시에는 지구 자전의 증거를 찾는 측정이 불가능했다. 당시의 물리학과 세계관이 천동설 편이었다. 아리스토텔레스 물리학은 무거운 것은 지구의 중심으로 가고 하늘은 완전한 원운동을 한다는 것이었는데, 아무도 그 권위에 도전하지 못했다.

그러나 결론적으로 '지동설'이 맞는 것이었다. 그때도 훌륭한 학자들이 있었을 것이다. 그러나 모두가 틀린 학설에 맞다고 손뼉을 치고 난리를 친 것 아닌가? 그게 무려 1,000년 간이나 이어진 것 아닌가? 그런 것은 지금도 있을 수 있다. 노벨상을 받은 사람부터 각 대학의 석좌교수, 일류 기업가들이 모두 손뼉을 치는 그 이론과 내용이 실제로는 완전 엉터리일 수도 있다. 그래서 의심을 하고 생각해보는 것은 필요하다. 필요하다면 모두가 찬성하는 것에 내가 반대한다고 말할 수도 있다. 물론, 근거는 있어야 하고, 어느 정도의 용기도 필요하다. 주류의 반대편에 서는 것이기 때문이다. 그러나 자기가 옳다는 생각이 들고 확신이 든다면 그 방향으로 가는 것이 마땅하다.

자료수집을 하면서 검증을 하는 것은 필요하다. 의심도 필요하다. 그러나 책을 쓸 때는 확신을 가지고 써야 한다. 즉, 자료수집 과정에서 충분히 검증해서 의심을 걷어내야 한다. 그런 후에, 자신감을 가지고 책을 써야 한다. 그래야 독자들이 저자인 나를 믿고 따라온다.

한편으로는 이런 생각도 들 것이다. '이거 틀린 내용을 말하는 거 아냐? 앞으로 이 내용이 틀린 것으로 밝혀지면 어쩌지?' 이런 생각이 들면 고민되는 것이 당연하다. 그러나 지금의 의견을 토대로 발표를 해야 한다. 그 후 만약 틀리다고 판명되면, 그때 가서 의견을 수정하면 된다. 인간은 신이 아니지 않은가? 모든 것을 다 맞게 이야기할 수는 없지 않은가? 이 세상 모든 전문가들이 모두 맞는 이야기만 하던가? 절대 그렇지 않지 않은가? 사람은 신이 아니기에 당연하다. 그렇기에, 지금 맞다는 생각이 들고 여러 각도에서 검증한 결과 그런 판단이 든다면 주장해야 한다. 나중에 진실이 아니라고 판명된다면, 그때 가서 또 다른 이야기를 하면 된다. 필요하다면 사과도 하면 된다. 그런데, 이런 고민 때문에 책을 쓰지 않는다? 비즈니스 세계에서 일하지 않는다? 학계에서 일하지 않는다? 그것은 말이 안 된다. 완벽함을 추구하느라 인생을 포기하는 것과 뭐가 다른가? 우선 발표 후 추후 바꾸면 되고, 사과하면 되고, 발전하면 된다.

지금은 지금의 연구를 토대로 자신감을 가지고 이야기하면 된다. 건강서도 보면 정말 주장이 다양하다. 극과 극의 주장도 많다. 들어보면 이 이야기도 맞는 것 같고, 저 이야기도 맞는 것 같다. 서로 다른 이야기를 하고 있고, 전혀 다른 이야기도 있다. 어쩔 수 없는 일이다. 건강 분야에서는 아직 밝혀지지 않은 것이 많다. 현재 의학은 해부학, 생리학, 감염병, 외과 기술, 영상 진단, 유전학은 어느 정도 안다. 그러나 뇌와 의식, 암, 노화, 자가면역 질환, 희귀 질환, 복합질환은 아직 잘 모른다. 현재 의학은 우리 신체의 해부·생리적 구조는 80~90%를 이해하고 있다. 질병의 원인과 치료는 50% 정도 이해하고 있다. 뇌와 의식, 노화는 아직 10~20%밖에 모른다.

실제 인간의 학문과 과학이 아직 부족한 게 많고, 미지의 영역도 많다. 바다만 해도 인간이 들어가 본 깊이가 얼마 되지도 않는다. 인간은 바다의 표면만 조금 알고 있을 뿐이다. 스쿠버 장비를 착용하면 40미터까지만 안전하게 잠수 가능하다. 300미터 이상 들어가는 것은 극한 위험이 따른다. 잠수함의 경우 약 4,500미터까지 들어갈 수 있다. 지금까지 인간이 바다 밑에 최대한으로 들어간 깊이는 11km 수준이다. 즉, 1960년에 돈 월시와 자크 피카르가 약 10,910미터까지 들어갔다. 2012년에 제임스 카메론이 약 10,908미터까지 들어갔다. 바다 깊이 들어가는 것은 수압, 저온, 어둠과 시야 제한, 산소 등 기술적·경제적 제약으로 쉽지 않다.

　　그래서 세계의 많은 것들을 아직 미지라고 보고 공부하되 학문적 의심은 계속해야 한다. 주류가 틀릴 수도 있고 내가 틀릴 수도 있기 때문이다. 그러나 책을 쓸 때와 강의할 때는 확신을 가지고 이야기해야 한다. 그래야 적어도 해당 영역에 있어서 독자들이 나를 믿고 따라오기 때문이다. 다만, 출판 후, 강의 후에도 공부와 연구는 계속 해야 한다. 그리하여 계속 성장해야 하고, 경우에 따라서 원래 내가 이야기했던 것과 다른 이야기도 필요하다면 해야 한다. 아직 인간이 아는 것은 빙산의 일각이고, 잘 모르는 것이 많으며, 잘못 알고 있는 것도 많기 때문이다.

　　우주만 해도 그렇지 않은가? 우주의 크기를 두고 관측 가능한 우주 반경이 465억 광년이니, 무한대이니 이야기를 하고 있지 않은가? 안 보이고 모르기 때문이다. 실제로 간다고 하더라도 빛의 속도로 465억 년을 어떻게 가겠는가? 50년 정도 가는 것도 무리다. 30살에 출발해서 80살이 된다? 인간은 아직 모르는 게 너무나도 많고, 이는 당연한 것이다. 그렇기에 확신을 가지고 이야기하되, 의심과 검증은 공부를 통해서 계속해나가야 한다.

27

다른 사람의 처지를 이해할 수 있을 때 책이 성공함을 모른다

책쓰기도 결국 인간관계다. 독자들이 읽고 반응을 보이는 것이 책쓰기의 핵심이기 때문이다. 책을 썼는데 독자 반응이 없다? 그럼 안 된다. 책을 썼으면 독자 반응이 있어야 한다. 독자 반응이 크면 베스트셀러가 된다. 더 크면? 사회에 파장이 생긴다. 더 크면? 사회의 체제, 시스템, 국가원수가 바뀔 수도 있다. 더 크면? 새로운 국가를 세우거나 전 세계의 변화가 나타나게 된다. 나아가 그를 통해 과학기술이 발전하면 우주의 다른 별까지 영향을 주게 된다.

결국 인간관계다. 사람들의 반응이다. 그것이 책이다. 결국 이러한 반응을 끌어내려면 사람들의 처지, 마음, 상황, 고통, 진심을 이해하는 것이 필요하다. 즉, 그들의 반응을 이끌려면 그들을 알아야 한다. 실제 책쓰기를 지도해보면 대기업에 다니는 분들이나 많은 사람을 상대하는 분들이 책을 잘 쓰는 걸 볼 수 있다. 많은 사람을 상대한다는 것은 무엇인가? 그들을 살피고 배려한다는 것이다. 그들의 마음을 안 다치게 하고, 그들을 만족시킨다는 것이다. 사회생활을 오래했다는 것은 그런 트레이닝을 오래 받았다고 할 수 있다. 즉, 내가 이렇게 하면 그 사람은 이렇게 느낄 것이라는 것, 내가 이렇게 배려하면 이렇게 느낄 것이라는 것, 그가 나에게 원하는 것은 이것이라는 것 등을 잘 알고 그에 맞게끔 말과 행동을 하는 것이다. 그러면 그들의 좋은 반응을 이끌어낼 수 있고, 소위 사회생활을 잘하게 된다.

책쓰기도 같다. 세심하게 독자를 살펴야 한다. 즉, 아래와 같은 것들을 해본다.

1. 그들의 현재 문제가 무엇인가?

2. 그들은 현재 이 문제로부터 어떤 고통을 느끼고 있는가?

3. 그 고통은 구체적으로 어떤 것인가?

4. 그 고통을 겪을 때 심정은 어떤 것인가?

5. 그들의 감정을 문장으로 표현한다면 어떤가?

6. 나는 그 고통을 어떻게 해결해줄 수 있을 것인가?

7. 해결책과 대안을 제시했을 때 그들의 반응은 어떨 것인가?

8. 왜 그런 반응일 것인가?

9. 더 나은 해결책과 대안은 없을까?

10. 이것이 더 나은 해결책 혹은 대안이라는 이유는 무엇인가?

11. 실제 해결책과 대안이라면 독자들이 실제로 그렇게 받아들이고 느껴야 하는데, 그들은 어떻게 받아들이고 느낄까? 그것에 대해서 문장으로 써보자.

사람의 마음을 섬세하게 읽는 것이 필요하다. 그 핵심은 바로 역지사지易地思之다. 내가 그 입장이라면 어떻게 느끼고 생각할까를 생각해보는 것이다. 그 후, 그 느낌을 글로 적어보는 것이다. 결국 해결책과 대안에 대해서도 독자들의 반응을 생생하게 그려보고 책을 쓰는 것이다. 그러면 독자들이 크게 반응할 책을 쓸 수 있을 것이다.

나는 대기업에 다니거나 의사를 오래 한 소위 사회생활을 오래 한 분들을 많이 만났다. 그들은 기본적으로 역지사지와 배려에 강하다. 왜냐하면 상사, 후배, 동료, 고객, 자기 직원 등 많은 사람을 만나보았기 때문이다. 그 결과 사람에 대해서 깊이 알게 된 것이다. 배려, 역지사지에 대해서도 간접적으로 배운 것이다. 실제 기업은 사장·상사가 나를 끌어줘야 하고, 후배들도 나를 지지해야 한다. 그래야 내가 올라갈 수 있다. 의사와 같은 자영업도 마찬가지다. 결국 고객·직원들을 위해 거의 모든 것을 할 수 있어야 한다. 지식만으로는 감동을 못 준다. 배려의 태도와 자세가 중요하다. 그들은 많은 사람을 만나면서 트레이닝을 받았기에 좋은 책을 쓸 준비가 되어 있는 것이다. 실제 책을 잘 못 쓰거나 성공 못 하는 사람은 다른 사람을 일절 생각하지 않는다. 다른 사람이 자기에게 돈을 주고 성공시켜주는 것인데, 그들에 대한 생각은 일절하지 않는다. 오직 자기 힘든 것만 주구장창 이야기하고 실천도 안 한다.

민감함, 섬세함, 감수성은 책쓰기에 있어 정말 중요하다. 결국 독자의 마음을 터치해야 하기 때문이다. 이는 사업이나 승진에 있어서도 절대적으로 중요한 것이다. 사업은 고객이 만족해야 하는 것이다. 승진도 역시 모두의 지지를 받아야 한다. 결국 사람들의 지지를 받아야만 성공할 수 있다. 책쓰기도, 사업도, 승진도 그렇다.

책을 잘 쓰는 것은 어떻게 보면 쉽다. 타깃 독자를 계속 생각하면 되기 때문이다. 그의 문제와 어려움, 고통, 지금의 상황, 처지 등을 계속 생각하고 도움을 주면 되기 때문이다. 그래서 책쓰기의 질문은 이래야 한다. "그는 지금 무엇이 힘들지? 내가 어떤 도움을 주면 되지? 그게 뭘까?" 그것을 계속 생각하고 생각해보는 것이다. 그런데 생각만 하면 답이 잘 안 나올 수 있다. 무언가 아는 게 있어야 답이 나오기 때문이다. 그래서 관련 도서를 읽는 것이다. 책을 읽으면서 독자를 계속 생각하면 독자의 문제와 해결책이 선명하게 보인다. 나만의 생각도 더해지게 된다. 결국 "자료+나의 콘텐츠가 결합된 책"을 쓰게 된다.

독자에서 시작해서 독자로 끝나는 것이 책쓰기다. 즉, 독자의 문제에서 시작해서, 독자의 문제를 해결해주고 감동을 주는 것에서 끝나는 것이 책쓰기다. 독자의 고통을 내 가슴으로 느낄 때 좋은 책이 나온다. 머리가 아니라 가슴으로 느끼고 나부터가 뜨겁게 반응할 때 독자의 반응을 이끌어낼 수 있다. 책쓰기는 결국 사람이 답이기 때문이다.

책쓰기도 사회생활, 인간관계의 일환이다. 결국 다른 사람들의 만족에서 모든 것이 결정된다. 그래서 항상 사람을 생각하고 그를 섬세하게 느끼고 배려해주는 것이 필요하다. 그러면 결국 책쓰기도, 강의도, 사업도, 관계도, 인생도 성공으로 갈 수 있을 것이다. 성공은 내가 아니라 남이 만들어주는 것이다. 성공은 그 사람의 마음이 만들어주는 것이다.

(4부)

책을 잘 쓰려면

마음 자세가 달라야 한다

28

적어도 6개월 동안은
책쓰기에 전념해야 함을 모른다

책을 쓸 때는 적어도 책쓰기에만 집중해야 한다. 즉, 직장생활이나 사업을 한다면 일을 하되, 그 외의 시간은 책쓰기에 몰입해야 한다. 하루에 적어도 3시간은 책쓰기에 투자해야 한다. 적어도 3~6개월은 이렇게 매달려야만 책 한 권을 쓸 수 있다. 최소 투입시간은 300시간 내외다. 그 정도를 해야만 책을 쓸 수 있다. 따라서 책을 쓸 때는 책쓰기 외에는 다른 것은 하지 않아야 한다. 책을 쓸 때만큼은 저녁 술 약속이나 기타 여흥을 하지 않거나 줄여야 한다.

책을 쓸 때는 하루종일 책쓰기 주제 하나만 계속 생각해야 한다. 그래야 책을 잘 쓸 수 있다. 좋은 생각이 떠오르면 메모도 해두어야 한다. 그렇게 하면서 책을 쓰면 좋은 책을 쓸 수 있다. 물론, 그 분야의 최고 베테랑이면 다소 편안하게 써도 좋은 내용이 나오지만, 그렇지 않은 경우가 대부분일 것이다. 그렇다면 결국 '준비=결과'다. 미치고 또 미치는 것이 필요하다.

책을 쓸 때는 주위에 선포를 해야 한다. 몇 개월간은 시간을 내지 못한다고 말이다. 아니면, 책을 쓴다는 말은 하지 않더라도 약속을 거절할 수 있어야 한다. 그래야 책을 쓴다. 대부분 직장생활 혹은 사업을 하면서 책을 쓴다. 백수인데 책을 쓴다? 그런 사람은 별로 없다. 대부분은 시간이 없다. 그래서 시간 할애를 잘해야 한다.

나의 경우에는 초기 책을 쓸 때 하루종일 책쓰기만 생각하고, 자다가도 새벽에 생각이 나면 뛰어가서 노트북에 메모를 했다. 그러다 거실에 있는 탁자에 부딪혀서 탁자 위에 있던 컵이 깨지는 사고가 나기도 했다. 핸드폰의 경우 3년간 끊었다. 자꾸 자잘한 연락을 하는 것은 책쓰기에 큰 방해가 된다는 생각 때문이었다. 출판계약 후 출판사와 연락을 해야 하는 일이 생겨서 다시 핸드폰을 개설하기는 했지만, 3년간은 완전히 끊고 살았다. 실제 작가로 큰 성공을 한 분들을 보면 저녁 약속을 하지 않는 것을 흔히 볼 수 있다. 계속 루틴하게 자료수집과 책쓰기를 밀고 나가야 하기 때문이다. 흐름이 깨지면 안 되고 시간도 없기 때문이다.

책쓰기는 언제 하면 좋을까? 가능하면 아침 시간에 책을 쓰는 게 좋은데, 저녁 시간이 자기에게 맞다면 저녁에 써도 좋다. 그러나 최대한 아침을 권하고 싶다. 아무래도 아침에 집중력이 높기 때문이다. 그러나 저녁 시간이 자기 체질에 맞다면 저녁에 써도 좋다. 저녁은 감수성이 높은 글이 잘 나온다. 아침은 이성적인 글이 잘 나온다. 집중적이고 전투적으로 쓰기에는 아침이 좋고, 자기가 올빼미 체질이라면 저녁도 잘 맞다. 그러나 일하는 사람은 저녁엔 피곤하기 때문에 책을 잘 못 쓰는 경우가 많다. 그래서 종합적으로 보자면 아침이 더 좋다.

우리 수강생 중에도 대기업에 다니는 분들을 보면 새벽 일찍 일어나서 회사로 출근을 했다. 새벽 6시에 회사의 대회의실에 간다. 그곳에서 혼자서 책을 2시간씩 쓰는 것이다. 그 후, 퇴근 후 1시간을 쓰는 것이다. 그렇게 하면서 하루 3시간을 썼다. 대부분 보면 저녁보다는 아침이 많았다. 그러나 현재 퇴사를 하고 책을 쓴다면 저녁 시간도 좋으며, 하루종일 책을 쓰는 것도 좋다. 자기 상황과 여건에 맞게 유동적으로 결정을 하면 된다.

첫 책을 쓰고 나서 퇴사를 하고 전업 작가 혹은 전업 강사를 한다면 자기만의 시간을 가지는 것이 대단히 중요하다. 저녁에 친구 모임이나 취미모임 등을 할 수는 없다. 왜냐하면 집필도 집필이지만, 연구시간을 계속 가져야 하기 때문이다. 사람들과 어울려 놀다 보면 루틴이 깨지기 때문에 어어 하다가 며칠이 그냥 날아갈 수 있다. 전업으로 하면 책도 쓰고 연구도 하지만 외부 출장이나 아카데미 강의 일정도 있다. 그렇기에 이거저거 다 할 수는 없다. 결혼했다면 남자든 여자든 집안일도 함께 해야 하기에 더 힘들다. 그래서 시간 관리를 잘해야 한다.

실제 20년 이상 작가 생활을 한 분들을 보면 저녁 모임을 하지 않는 분들이 많다. 별다른 취미가 없고 매일 산책을 하는 분들이 많다. 그들을 보면 규칙적인 생활을 한다. 늘 책을 본다. 그러나 작가 생활 초기에 책을 많이 본 분은 의외로 현재는 책을 많이 보지 않는다. 그보다 사색을 많이 하고, 다양한 프로그램에 관심을 가진다. 드라마, 다큐멘터리, 신문, 유튜브 등 말이다. 왜냐하면 작가 생활을 20년 이상 하고 있는 분들을 보면 책을 5,000권 이상 본 분들이 많다. 그분들은 이제는 젊을 때처럼 책을 전투적으로 읽지 않는다. 읽은 책들을 곱씹고 현실에 적용

해보면서 지금의 삶을 어떻게 살아야 하는가를 더 생각한다. 그래서 현재 독서량은 적다.

내 수강생 중에 한 의사분-그분은 의학박사까지 한 분이었다-은 책을 쓰기 전에는 의욕이 넘쳤다. 그분은 친구들에게 당분간 모임을 못 한다고 다 말했다고 했다. 실제 취미생활도 하지 않았다. 결국 6개월 내에 책쓰기를 모두 끝냈다. 병원을 운영하면서 6개월 만에 책을 쓴 것이다. 진짜 최선을 다했다. 그분은 다 끝나고 나서 이런 말을 했다. "책쓰기, 생각보다 장난이 아닌데요? 이것, 실패하는 사람들도 제법 있겠는데요?"

책을 보고 이해하고 쓰는 것이 어려운 게 아니라, 6개월 동안 자기 관리가 힘든 것이다. 시간을 책쓰기에 투자해야 한다는 것이 어렵다. 그것을 한다면 충분히 책을 쓸 수 있다. 책을 읽고 이해하는 것은 누구나 하며, 그것을 가지고 소화해서 쓰는 것은 대다수가 할 수 있는 일이다. 물론, 많은 책을 읽고 그것을 통합해서 정리하고 이야기하지 못하는 분이 가끔은 있다.

한마디로 책쓰기는 시간과의 싸움이다. 책 한 권을 쓰는 데 필요한 시간은 최소한 300시간이다. 사람에 따라서, 책의 주제에 따라서는 더 필요할 수도 있다. 시간을 내야 한다. 그럼 이렇게 질문할 수도 있을 것이다. "그럼 하루 10시간씩 하면 한 달 만에 책쓰기가 끝나는가요?" 당연히 하루 10시간씩 하면 한 달 만에 책쓰기가 끝난다. 실제로 그렇다. 그러나 다소 숙고를 해야 하는 주제의 경우에는 하루 10시간씩 하더라도 2개월 정도가 소요될 수 있다. 단순히 자료를 많이 읽는다고 내 것이 되지 않는 주제도 있기 때문이다. 그렇다면 시간이 더 소요될 수 있다. 그러나 우리 수강생 중에는 실제로 1개월 만에 책을 다 쓴 분도 있다.

그분의 경우 매일 책쓰기를 새벽 2시까지 하면서 하루종일 집필에 매달렸다. 직장을 그만둔 상태였기 때문에 가능한 일이었다. 즉, 하루 10시간 이상씩 들여 1개월 만에 책을 다 쓴 것이었다. 또, 책의 주제가 철학적이거나 고차원적인 주제는 아니었다. 그래서 단기간에 집필이 가능했다.

책쓰기, 결국 시간을 내야 하고, 생활루틴을 만들어야 한다. 이것은 첫 책쓰기에도 대단히 중요하지만, 이후 전업 작가 및 전업 강사 생활을 하는 데 있어서도 꼭 기억해야 할 부분이다. 책을 쓰고 강의하는 시간은 짧다. 그러나 그것을 준비해야 하는 시간은 적어도 3~4배가 필요하다. 연구가 안 되면 책도 못 쓰고 강의와 컨설팅은 더 할 수 없기 때문이다. 실질적으로 수입이 강의와 컨설팅에서 나오는데 내공이 없다면 절대로 불가능하다. 그래서 매일 시간 관리를 잘해야 하고, 시간 투자를 해야만 한다. 이것은 처음부터 끝까지 지켜야 할 자세다.

29

연수입 5억 원이 넘더라도
삶의 기복이 있을 수 있음을 모른다

작가의 삶은 작두 타는 삶이다. 기복이 장난이 아니기 때문이다. 기복이 높은 직업은 어떤 것이 있을까? 정치인, 연예인, 사업가가 있다. 작가도 이 범주 안에 들어간다. 돈의 기복, 인기의 기복이 장난이 아니기 때문이다. 돈과 인기가 없을 때는 완전 0이 될 수 있다. 그러다 어느 순간 수입과 인기가 하늘 높은 줄 모르고 솟아오른다. 그야말로 돈방석이고 인기방석에 앉게 된다. 그렇게 승승장구한다. 그러다 예고도 없이 돈과 인기가 0이 된다. 이때 심리적 공백을 메우지 못하는 사람은 자살을 선택하기도 한다. 정치인, 연예인, 사업가들이 그렇게 자살한 사람들이 많지 않은가? 작가를 하면 한 달에 1억~2억 원씩 벌다가 100만 원도 못 버는 때가 반드시 온다. 강연장에 사람들이 구름처럼 몰려들다가 아무리 모객해도 안 모이는 때가 온다.

내가 생각할 때는 전업 작가나 전업 강사를 바로 하는 것은 좋지 않다. 정신적으로 너무 힘들다. 경제적으로도 당연히 힘들다. 특히 20대부터 시작하면 모든 게 늦어질 수도 있다. 성공도, 결혼도 남보다 늦을 수도 있다. 심리적으로도 굉장히 힘든 시절을 보내야 한다. 나 역시 20대 중반부터 작가 생활을 했기에 이 점에 대해서 누구보다도 잘 안다. 첫 책을 쓰고 바로 벼락스타가 되는 경우도 있지만, 일반적으로는 그렇지 않다. 나름대로 성공을 하는 데는 10년, 아니 그 이상이 걸릴 수도 있다. 그렇다면 그 기간을 버텨야 한다. 어떻게 버틸 것인가? 직장인이라면 직장에서 주는 월급으로 버틸 수 있고, 그 기간에 결혼도 할 수 있다. 전업 작가 혹은 전업 강사라면 버티기 쉽지 않다. 수입이 없기 때문이다. 그래서 연예인들 상당수가 온갖 아르바이트를 하지 않는가? 카페 서빙 알바, 배달 알바, 빌딩 유리 청소 알바, 도로 바닥 껌 떼기 알바, 대리운전 알바, 세차장 세차 알바 등 다양한 부업을 한다.

13년 전 내가 제주에서 1년간 여행을 할 때 우연히 제주 신라호텔에서 『태백산맥』을 쓴 조정래 작가님을 만났다. 그래서 전업 작가 생활에 대해서 물어본 적이 있다. 조정래 작가님은 "처음부터 전업 작가를 하는 경우는 거의 없다. 나도 그랬다"는 이야기를 하셨다. 조정래 작가님은 자신의 책 『황홀한 글감옥』에서 "평생 가난하게 살 것을 각오하고 책을 썼다"는 이야기도 한 바 있다. 전업이라는 것은 그런 위험성이 분명히 있다.

나는 처음에는 인세 수입으로만 살리라 다짐했다. 작가라면 전통적인 작가들처럼 살아야 한다고 생각했다. 그러다 작가 생활 8년 차에 시대의 변화를 절감했다. 인세가 아닌 다른 수입으로 승부를 하지 않으면 안 되는 때가 왔음을 절감한 것이다. 그러면서 9년 차에 서울에 올라와서 강의를 시작했다. 첫해부터 좋은 조짐이 많다가 그다음 해에 폭발했다. 즉, 작가 생활 10년 차부터 강의가 폭발적 인기를 모으면서 경제적 안정을 이뤘다. 25살 때 첫 책을 쓴 이후 34살 때부터야 경제적 안정 궤도에 오른 것이다. 안정 궤도 위에 올랐다고 해도 실질적 안정이 아니다. 언제든 꺼질 수 있다. 그래서 위기의식을 가지고 최선을 다해 강의했다. 덕분에 11년간 좋은 흐름이 이어졌다. 그러나 남들이 볼 때 안정적이고 좋은 흐름이 이어진 것이지, 나는 언제든 꺼질 수 있다고 보았다.

나는 서울에 아파트를 살 때 대출이 0원이었고, 제주도에 아파트를 살 때도 대출이 0원이었다. 왜? 현금 부자라서? 아니다. 대출을 1억 원이라도 받으면 못 갚을 수도 있다고 느꼈기 때문이다. 나는 작가이자 강사이기에, 책 인세와 강의료 수입이 없으면 소득이 없다. 이 수입은 크게 올랐다가도 언제든 추락할 수 있다. 대부분 연예인이 그렇듯이 말이다. 그래서 아파트를 살 때 대출을 10원도 하지 않았다. 그만큼 위기의식이 있었다.

한 해에 3억 원의 세금을 냈던 내가 그런 생각을 했다면 다들 못 믿는 분위기다. 그러나 나는 언제나 칼날 위에 서 있다는 생각을 하며 살았다. 돈과 인기가 한순간에 사라질 수 있는 것이 작가의 운명이기 때문이다. 그래서 돈을 잘 벌 때도 돈을 많이 쓰지 않았다. 돈을 펑펑 쓰는 타입도 아니었고 시간도 없었기 때문이다. 한 번은 사귀던 여자친구가 "왜 돈을 많이 벌면서 월급 150만 원인 사람처럼 입고 다니냐?"고 물었다. 그래서 그날 백화점에 가서 200만 원어치 옷을 좀 샀다. 그 후 몇 년간 그 옷들을 입고 다녔다. 그러다 다시 옷이 낡아서 잠실 롯데백화점에서 옷을 많이 샀다. 백화점에서 옷을 산 이유는 비싸지만 시간이 없었기 때문이다. 잠실 롯데백화점은 내 사무실에서 걸어서 10분 거리였으므로 그랬다. 지금도 돈을 그리 많이 쓰지 않는다. 검소한 생활이 좋으며 이제는 그것이 습관으로 자리잡았기 때문이다.

전업으로 한다면 기복의 높고 낮음을 필연으로 받아들여야 한다. 꽤 큰 성공을 한 이후에도 돈과 인기가 떨어질 수 있다고 생각해야 한다. 가령, 종합 베스트셀러 1위로 50만 부씩 책을 판매해도 몇 년 뒤에 책이 전혀 안 팔릴 수 있다. 강의료 수입이 1년에 5억~10억 원씩 되어도 불과 몇 년 뒤에는 1,000만 원도 안 나올 수도 있다. 왜? 새로운 작가와 강사가 계속 나오고 있기 때문이며, 유행은 바뀌며, 콘텐츠가 식상해질 수도 있기 때문이다. 그래서 현금이 지속적으로 나올 수 있는 투자도 중요하다. 예를 들면 월세처럼, 돈이 안 벌리더라도 돈이 나올 수 있는 구조를 만드는 것이 필요하다. 이것을 빨리 만드는 것이 필요하다.

전업으로 한다면 오르고 내림을 진리처럼 받아들여야 한다. 기복이 큰 것을 당연히 받아들여야 한다. 인생 자체가 일종의 승부라고 생각하고 가야 한다. 열심히 할 때는 열심히 해서 어느 정도 돈을 모아야 한다. 나중에는 저축한 돈으로 살아야 할 수도 있다. 한편으로는 마음을 비우면서 가야 한다. 돈이 많이 벌릴 수도 있지만 안 벌릴 수도 있기 때문이다. 돈이 벌리는 것은 능력도, 운도 있어야 한다. 극단적으로 운이 없다면 돈을 못 벌 수도 있다. 돈을 많이 벌었다고 해도 교통사고가 나서 한 방에 죽을 수도 있는 것이 삶이다. 나도 작년 어느 저녁에 오토바이를 타고 가다가 한라산에서 사고가 났다. 팔과 다리가 부러졌고, 이빨이 깨졌고, 얼굴이 찢어졌다. 그때 만약 기절해서 깨어나지 못했다면 어떻게 되었을까? 뒤에 따라오던 차가 치고 나갔다면 어떻게 되었을까? 그동안 쌓아온 모든 것을 놓고 세상을 떠나야 한다. 즉, 아무리 성공과 출세를 누려도 언제든 죽을 수 있는 것이 사람의 운명이다. 그것은 누구든 예외가 없다. 현대그룹 정주영 회장의 장남도 교통사고로 사망하지 않았는가? 미국의 농구선수 코비 브라이언트도 헬기 사고로 사망하지 않았는가? 돈이 많아도 한 방에 죽을 수 있다.

마음을 비우고 가야 한다. 돈이 안 벌리는 때가 오면 그럴 때도 있는 것이라고 생각할 줄 알아야 한다. 이 기간이 길 수도, 평생 갈 수도 있다는 것도 받아들여야 한다. 동시에 기회가 올 수도 있음도 믿어야 한다. 기회가 왔을 때는 최선을 다해 잡되, 너무 부여잡으려고 해선 안 된다. 그러면 건강을 잃을 수도 있고 무리수를 많이 두기 때문이다. 그러면 건강을 잃거나, 감옥에 가거나, 부도가 나게 된다. 모두 욕심을 컨트롤하지 못해서 생기는 일이다. 작가 생활을 하면서 기복을 당연하다고 받아들이고, 마음을 비우고, 그저 할 수 있는 한 최선을 다해서 가야 한다.

그래서 처음에는 직장을 다니면서 책을 쓰는 것이 좋다. 전업으로 하는 건 적어도 5억~10억 원의 저축을 하고 나서 하는 것을 권하고 싶다. 인생을 안전하게 살아야 하기 때문이다. 나는 안전한 선택이 아닌 20대 중반부터 전업 작가의 세계로 뛰어들었다. 그것은 내가 자신이 있었기 때문이다. 그러나 지나 보니 자신감만으로 되는 세계는 아닌 것 같다. 지금은 결과적으로 운명이라는 생각이 든다. 결과적으로 성공은 했지만 우여곡절이 많았다. 다시 20대로 돌아간다고 해도 나는 똑같은 선택을 할 것이다. 만약 성공하지 못했더라도 이 선택을 했을 것인가라고 묻는다면, 그래도 선택했을 것이라고 답하고 싶다. 가난해도 자유로운 삶이기 때문이다. 내가 하고 싶은 걸 할 수 있는 삶이기 때문이다. 시간이 걸리겠지만 콘텐츠를 쌓아나가면, 희망이 쌓이는 직업이기 때문이다. 그래서 나는 선택했을 것이다.

나는 돈을 떠나 혼자서 자유롭게 살고, 가게를 운영하며, 내가 하고 싶은 공부를 하며 살고 싶다. 동시에 내가 살아보고 싶은 곳에서 살고 싶고, 여행을 많이 가고 싶다. 읽고 싶은 책을 마음껏 읽고 싶고, 글로도 끄적이고 싶다. 돈을 떠나서 그렇게 살고 싶다. 물론, 최선을 다한다는 전제하에 이런 시간을 쌓아나간다면, 반드시 대가도 주어질 수 있다고 본다.

그러나 일반적으로 추천하지는 않는다. 그래도 자유가 좋고, 하고 싶은 걸 하는 것이 좋고, 오랫동안 가난한 걸 감수할 수 있다면 전업으로 바로 하는 것도 좋다고 권하고 싶다. 결국 인생은 선택과 책임이다. 책임만 진다면 되는 것이다. 누가 뭐래도 자기가 즐겁고 행복하면 된다. 즐기면 되는 것이다. 기복이 높고, 불안정함을 즐기면 되는 것이다. 마음을 어느 정도 비운다면 충분히 행복하게 잘 살아갈 수 있는 삶이다. 나도 그렇게 살아가고 있다.

30

책쓰기는 절박한 마음에서 시작되고 완성됨을 모른다

책쓰기는 절박한 마음에서 시작하는 것이다. 마무리도 절박한 마음이 있어야 할 수 있다. 마음이 너무 편하면 책을 못 쓴다. 책을 쓰는 것은 고통스럽기 때문이다. 그러나 왜 이런 고통스러움을 기꺼이 겪으려 할까? 현실의 고통이 더 크기 때문이다. 현실의 고통을 책쓰기를 통해 넘어보고자 하는 것이다. 마키아벨리도 취업을 위해서『군주론』을 집필했듯이 말이다. 그래서 작가는 기꺼이 고통스러운 책쓰기를 하는 사람이다. 그걸 통해 현실의 고통을 파괴하려고 하는 사람이다. 즉, 책쓰기는 책을 쓰는 것이지만 실제로는 인생의 반전 드라마를 쓰는 것이다.

실제 마키아벨리는『군주론』을 메디치 가문에 헌정하며 자신의 "재취업용 자기소개서"로 활용했다. 벤저민 프랭클린은『가난한 리처드의 달력』을 출판했다. 그는 인쇄소 사업이 어려워지자 이를 극복하기 위해서 달력 형식의 책을 발간했다. 사무엘 스마일즈는『자조론』을 출판했다. 그는 의사와 기자로 성공하지 못했다. 그러나 자조와 근면을 강조하는 책을 쓰면서 강연과 출판으로 경제적 안정을 이뤘다. 카를 마르크스는『자본론』을 출판했다. 그는 오랫동안 생활고에 시달리면서 런던도서관에서『자본론』을 완성했고 혁명 사상가로 자리매김 했다. 나폴레옹 힐은『Think and Grow Rich』를 출판했다. 대공황 시기, 모두가 힘들었고 그도 힘들었다. 그는 이 책으로 세계적 명성을 얻고 부자가 되었다. 빅터 플랭클은『죽음의 수용소에서』를 출판했다. 그는 이 책을 쓰면서 자신의 트라우마를 치유했고, 사회적으로 큰 성공을 거두며 명성을 가진 의사가 되었다.

조지 오웰은 가난과 병에 시달렸다. 그는『파리와 런던의 밑바닥 생활』에서 자신의 빈곤 체험을 바탕으로 가난의 실상을 보여주고자 했다.『동물농장』과『1984』에서 전체주의와 파시즘의 위험에 맞서 이를 경고하려 했다. 출판 이후 사회적 불의를 고발하는 저항의 아이콘이 되었고 세계적 명성을 얻었다. 일본의 안도 다다오는 정규 건축 교육을 받지 않은 비전공 건축가이다. 그는『건축을 생각하다』를 출판하여 자신이 왜 건축을 하고, 어떤 철학을 가지고 있는지를 세상에 보여주었다. 즉, 학력도 돈도 그야말로 아무런 스펙도 없는 자신을 증명하기 위해서 자신의 건축 철학을 담은 책을 출판한 것이다. 이후 그는 자수성가한 독학 건축가로 주목받게 되었다. 이후 그는 교토의 '빛의 교회', 오사카의 '아즈마 주택' 등으로 세계적 명성을 얻고, 건축계의 노벨상으로 불리는 프리츠 건축상을 받기에 이르렀다. 책쓰기를 통해 그는 건축계의 반골에서 세계적 거장으로 발돋움하게 된 것이다.

스티븐 킹은 가난했다. 그는 술과 약물 중독에 빠졌다. 초기에는 출판사 투고를 해도 거절만 당했다. 그는 생계를 해결하기 위해 장편을 쓰기 시작했다. 결국 『캐리』가 성공하며 베스트셀러 작가가 되었다. 이후 책들로 세계적 명성을 얻었다. 그는 책쓰기를 통해 중독과 불안을 이겨내고자 했고, 공포문학의 제왕으로 불리는 명성을 얻게 되었다. 엘리자베스 길버트는 『먹고 기도하고 사랑하라』를 출판했다. 그녀는 이혼과 실패로 힘든 처지에 처했을 때 책을 썼고 이후 세계적인 베스트셀러 작가가 되었다. J. K 롤링은 『해리포터』 시리즈를 출판했다. 그는 이혼, 생활고, 우울증을 겪었다. 결국 카페에서 책을 써 세계적인 베스트셀러 작가가 되어 인생의 전환점을 맞이했다. 결국 책은 가난·무명·중독·건강문제·취업과 생계를 위해 혹은 극복하기 위해서 쓰거나, 상실과 고난을 극복하고 자기 존재를 회복하기 위해서도 쓰며, 삶의 위기상황을 돌파하고 명성을 얻기 위해서 쓰기도 한다. 그냥 놀이 삼아 쓰는 경우는 없다.

기본적으로 책쓰기는 등 따시고 배부르면 못한다. 왜? 사람은 필연적으로 힘든 것을 피하고 싶기 때문이다. 그래서 경제적으로 너무 부유해지면 책을 못 쓸 수도 있다. 물론, 경제적으로 아주 부유해지면 자기를 돌아보고 정리하고 싶은 마음이 커지게 된다. 또, 자기의 역사를 정리하고 남기고 싶은 욕망이 생긴다. 그러면 역으로 책을 쓰게 될 수도 있다.

빌 게이츠는 마이크로소프트 창업 이후 세계적인 부자가 되었다. 그러나 『생각의 속도』, 『빌게이츠, 기후 재앙을 피하는 법』을 출판했다. 왜? 기술적인 비전을 제시하고 사회의 핵심의제를 선점하려는 목적 때문이다. 즉, 기업가를 넘어 사회적 리더로 이미지를 확장하고자 하는 것이다. 스티브 잡스는 그의 공식 전기인 『스티브 잡스』를 출판했다. 그는 이미 애플의 대표로 충분한 성공을 했다. 그는 죽음을 앞두고 자신의 철학과 스토리를 기록으로 남기기를 원했다. 결국 그는 기업가를 넘어 혁신의 상징이 되었다. 하워드 슐츠는『온워드』,『스타벅스, 감동을 팝니다』를 출판했다. 그 역시 스타벅스를 키운 사람으로 이미 부자다. 그러나 그는 출판을 통해 브랜드 가치와 신뢰도를 높이고자 했다. 필 나이트는『슈독』을 출판했다. 역시 그는 나이키의 창업자로 이미 부자다. 그러나 은퇴 후 자기반성과 초기 고난을 기록하여 진짜 기업가의 리얼 스토리를 보여주었다. 이를 통해 그는 감동 있는 기업가가 되었다. 일론 머스크는 공식 전기를 비롯해 자서전이 다수다. 그 역시 이미 부자다. 그는 책을 통해 인류를 위해 미래 비전을 제시하고자 했다. 그를 통해 기업가를 넘어 철학자·선구자로의 이미지를 만들었다. 워렌 버핏은『워렌 버핏 주주 서한』을 출판했다. 그 역시 이미 부자다. 그러나 돈이 아니라 후대에 남길 투자 철학과 지혜를 공유하기 위해 출판했다. 책을 통해 그는 지혜의 상징이 되었다. 넬슨 만델라는『자유를 향한 머나먼 길』을 출판했다. 그는 남아공 대통령을 지냈다. 그는 자신의 투쟁과 용서를 기록해 역사적 유산으로 남기기 위해 출판했다. 이를 통해 그는 단순한 정치인을 넘어 세계적 도덕 지도자로 자리매김되었다. 결국 이미 큰 성공을 거둔 그들이 책을 쓴 이유는 명쾌했다. 브랜드 확장, 비전 제시, 리더십 전수, 역사적 기록, 사회적 영향력 유지가 그 이유다. 즉, 사회적 명성과 평판이 대단히 높은 그들 역시 책쓰기의 목적이 분명하다.

그러나 대개는 절실하고 절박해야만 책을 쓴다. 그래야 쭉쭉 밀고 나갈 수 있다. 사람이 배가 부르면 자꾸 엉뚱한 생각을 하게 되고 게으름을 피우게 된다. 자꾸 놀려고 한다. 아무것도 안 하려고 한다. 소위 파이어족이 되어 그냥 쉬려고만 한다. 그것이 보통 사람이다. 우리나라에서 장사 좀 한다는 사람은 기업을 몇천억 원에 팔고 그냥 쉬려고만 한다. 세계적인 리더는 수십조의 매출을 기록한 후에도 혁신을 거듭한다. 그것이 장사꾼과 기업가의 차이다.

그릇이 큰 사람은 재벌이 되고 나서도 기업을 계속 운영한다. 삼성전자 이건희 회장이 돈을 많이 벌었다고 기업을 팔고 쉬려고 한다는 것을 우리는 상상하기 어렵다. 그들은 왜 계속 기업을 운영할까? 돈을 더 많이 벌기 위함도 있지만, 국가를 위한 마음, 다른 사람을 위하는 마음이 크게 작용하기 때문이다. 재산이 1조 원이 넘는데, 자기와 가족이 다 쓰고도 남는데 왜 최선을 다해서 일할까? 돈 벌기보다는 국가와 민족, 가문 등을 생각하기 때문일 것이다. 그들은 진정한 기업가이자 애국자이다. 대다수 장사꾼은 장사가 되면 몇천억에 팔고 장사를 하지 않으려고 한다. 엑시트 후 편하게 살려고 한다. 그것이 보통 사람이다.

지금 힘들고 절실하고 절박한 이유가 있는 사람이라면 오히려 책을 잘 쓸 수 있다. 사람은 구석으로 몰려야만 열심히 하는 경향이 있다. 여유가 있으면 오히려 만사태평으로 지낸다. 지금 힘들다면 이것을 극복하기 위해서라도 열심히 하는 것이다. 책을 열심히 보고, 책을 열심히 쓰고, 일을 열심히 하는 것이다. 그렇게 하면서 성장하고 변화하는 삶으로 나가는 것이다.

지금까지 많은 수강생을 지도해왔는데 너무 편한 환경에 있는 분들은 결국 책을 완성하지 못했다. 그러니까 투고에 실패한 게 아니라 원고 자체를 완성하지도 못한 것이다. 열심히 할 필요성을 느끼지 못하는 것이다. 이것은 재산이 많은 것과 별개다. 그냥 마음이 너무 편하고 늘어지면 책을 쓰지 않게 된다. 즉, 좋은 환경에 살거나, 지금 힘든 삶이어도 만족하고 산다면 책을 쓰지 않게 된다. 뜨거운 노력의 필요성을 못 느끼기 때문이다.

그러나 절실하고 절박한 환경에 있다면 죽기 살기로 책을 쓰게 된다. 책도 첫 책부터 좋은 결과를 내면서 나아갈 수도 있다. 이후, 강의와 상품 판매도 죽기 살기로 해서 어쨌든 기회를 살려 나간다 책도 연달아서 쭉 낸다. 직원을 많이 뽑아서 사업을 하기도 하는 등 죽기 살기로 밀고 간다. 그래서 몇 년 만에 기반을 잡는 경우도 있다. 절실하기 때문에 가능한 일이다.

노력하는 것은 귀찮고 힘들다. 안 하고 싶은 것이 사람 마음이다. 그러나 하는 사람은 왜 할까? 해야만 하기 때문이다. 대부분은 그렇다. 돈이 많은데도, 마음이 편안한데도 새벽부터 죽기 살기로 일하는 사람은 드물다. 그래서 워렌 버핏도 말하지 않았는가? "자기 회사인 버크셔 해서웨이의 임원들은 모두 돈이 많은 부자인데, 이 사람들을 어떻게 죽기 살기로 일하게 만드는가, 새벽에 출근하게 만드는가, 이게 과제다"라고 말이다. 나는 돈이 많은 사람들이 일을 열심히 하는 이유가 국가와 민족을 위하려는 것도 있고, 일이 재미있어서이기도 하다고 본다. 왜냐하면 그냥 노는 것도 미칠 노릇이기 때문이다. 사람 바보되기 딱 좋기 때문이다. 노후에 돈이 많은 사람들이 가장 큰 고민이 외로움이라고 한다. 또, 독립적으로 할 일이 없는 것이라고 한다. 나아가 독립적으로 할 일이 없을 때를 이제 죽어야 할 때로 여긴다는 것이다. 아무것도 안 하고 휴양지에서 계속 놀고 있다? 젊은 나이에? 미치고 돌기에 딱 좋다. 책을 읽고 책을 쓰거나, 일을 하거나, 몸을 쓰는 일을 하거나, 하다못해 운동을 열심히 하거나, 청소를 열심히 하거나, 자원봉사를 하거나 해야 한다. 안 그러면 미친다. 그래서 일하는 이유도 있다고 본다.

절실한 사람이 열심히 한다. 그런 사람이 책쓰기에서 좋은 결과를 낸다. 그런 마음은 늘 가지고 있어야 한다. 만약 경제적 기반을 잡아서 그런 마음을 가질 필요가 없다면? 그래도 그런 태도는 필요하다. 노는 것을 계속하는 것도 미칠 노릇이기 때문이다. 성공한 이후에는 죽기살기로 하지 않아도 하루 3~4시간 정도의 책 읽기와 책쓰기를 해도 된다. 그래도 계속하는 것이 필요하고, 일단 한다면 최선을 다해 최고를 만들어야 한다.

제주도에 여행 가서 책을 쓰겠다는 사람, 프랑스 파리에 여행 가서 책을 쓰겠다는 사람을 본 적이 있다. 결국 책을 완성하지 못했다. 마음이 너무 편하기 때문이다. 적절한 긴장감은 반드시 필요하다. 특히 책을 쓰는 일은 그렇다. 절박함, 절실함, 뜨거움, 적절한 긴장감은 책을 쓰는 데 반드시 필요하다. 지금 힘든 삶을 살고 있다면 저절로 이것들을 받았으니 축복이라 생각하고 열심히 하면 된다. 성공했다면, 이후에도 이런 마음을 유지해야 한다. 그래야 계속 즐거운 일을 할 수 있고, 성장하고, 변화하고, 의미를 남길 수 있기 때문이다.

31

성공한 작가 대부분이
탄탄대로를 걸었다고 착각한다

성공에 있어 탄탄대로는 없다. 특히 작가는 더 그렇다. 다들 화려한 면만 본다. 우여곡절은 안 본다. 월급이 없는, 안정적이지 않은 작가. 책을 읽어도 책을 쓰지 않으면 독서에 대한 증명은 없다. 책을 써도 베스트셀러가 안 되면 경제적 안정은 없다. 강의를 해도 모객이 안 되면 끝이다. 강의를 잘해도 다음 수강생 모객이 안 되면 끝이다. 대기업 강연도 마찬가지다. 불러줘야 한다. 안 불러주면 끝이다. 지금 인기 강사라도 똑같은 콘텐츠만 말한다면 강연 제안이 줄어들 수밖에 없다. 새로운 콘텐츠를 계속 개발한다는 것도 쉬운 일이 아니다. 결혼을 했다면 아내, 자식, 노후 대비까지 생각해야 한다. 부모님 용돈도 드려야 한다.

책이 처음부터 대박이 날 수도 있지만, 그렇지 않은 경우가 훨씬 많다. 결국 10년 정도는 버텨야 한다. 그래서 자기 본업이 있는 게 좋다. 직장에서 나오는 돈이 있다면, 그 돈으로 버티면서 책을 쓰고 강의를 하면서 넥스트 스테이지를 준비할 수 있다. 그러나 그렇지 않고 전업으로 한다면, 거센 바람을 온몸으로 맞으면서 10년을 보내야 한다. 풍찬노숙風餐露宿의 세월을 보내야 하는 것이다.

요즘은 책 홍보를 인스타그램으로도 많이 한다. 자기 얼굴은 올리지 않고 책의 문구만 편집해서 올려서 '좋아요'와 '공유'가 많으면 책의 판매와 연결된다. 블로그도 마찬가지다. 철저히 자기보다 콘텐츠 중심으로 올린다. 왜? 아직 개인적 인기는 없기 때문에 콘텐츠만 올리는 것이다. 연예인이 아닌 이상 작가 개인에 대해 궁금해하는 경우가 드물다. 그래서 콘텐츠만 올리는 것이다. 유튜브도 마찬가지다. 철저한 콘텐츠 중심으로 올린다. 그것도 일이 많다. 계속 시간을 투자하고 올려야 하기 때문이다. 인스타그램과 블로그는 단순 글이지만, 유튜브는 영상이기에 여러모로 신경도 많이 써야 한다. 즉, 그런 시간을 보내야 한다.

그렇게 해서 책을 띄워야 한다. 책이 출판되기 전, 출판된 후 모두 그런 일을 해야 한다. 즉, 유튜브, 블로그, 인스타그램에 모두 홍보를 해야 하는 것이다. 일이다. 강의의 경우에도 의뢰를 받고 싶다면 가만히 있으면 안 되고, 제안서를 많이 돌려야 한다. 적어도 수천 곳에 돌려야 한다. 대기업, 공공기관 등에 말이다. 그래서 강의 제안서의 경우에도 계속 업데이트를 하면서 돌려야 한다. 출판 초기에 바로 강의를 따야 하고, 강의를 잘해야 한다. 그래야 다음 강의도 받을 수 있다. 그렇게 승부해 나가야 한다.

센터 및 아카데미를 운영한다면 해야 할 일이 많다. 강의장도 필요하고, 홈페이지 혹은 네이버 카페도 만들어야 하고, 강의 커리큘럼도 만들어야 한다. 사업자등록증도 내야 하고, 필요하다면 교육청 허가도 받아야 한다. 책상과 의자, 칠판, 에어컨, 정수기, 프로젝트 등도 사야 한다. 광고도 해야 한다. 아카데미 강의장 임대도 해야 하는 데 서울 중심에서 운영한다면 기본 보증금 5,000만 원에 월세 수백만 원이다. 그것도 준비해야 한다. 처음에는 리스크가 있으므로 작은 규모로 시작해보고 넓혀가야 한다. 즉, 처음에는 카페에서 해보고, 그다음 공간을 대여하고, 그다음 작은 공간을 얻고, 그다음 넓은 공간을 얻는 식으로 해야 한다. 그러다 잘 안 되면 다시 카페로 가야 한다. 정 안 되면 집으로 다시 가야 한다.

이번 책이 2,000부 팔리다가, 다음 책이 10만 부 이상이 팔릴 수도 있다. 그러다 다음 책이 조금 팔린 후, 그다음 책부터 아예 안 팔릴 수도 있다. 내가 연구를 안 해서 그럴 수도 있고, 강력한 경쟁자가 등장해서일 수도 있다. 트렌드가 바뀌었기 때문일 수도 있다. 내 콘텐츠가 식상해서일 수도 있다. 여러 이유가 있을 수 있다. 즉, 책 판매도 영원한 게 아니라 기복이 크다. 그렇기 때문에 받아들일 준비도 필요하고, 다양한 대비책도 필요하다.

많은 사람이 작가가 크게 성공하면 탄탄대로를 살아왔을 것이라고 생각한다. 그러나 모든 것이 불안하다. 책 판매도, 강의 제안도, 아카데미 운영, 상품 판매도 모두가 불확실하다. 사업이기 때문이다. 작가와 강연가 중에 사업적 마인드가 대단히 뛰어난 사람은 드물다. 사업을 아주 잘하는 사람이라면 책을 쓰거나 강의를 하지 않는다. 왜냐하면 사업을 통해서는 훨씬 더 큰 돈을 벌 수 있기 때문이다. 결국 우여곡절이 많을 수밖에 없다. 각오하고 가야 한다.

다만, 명심해야 할 것은 건강관리다. 너무 무리하지 않아야 한다.

보통은 잘 되면 이것이 영원하지 않을 것을 잘 안다. 그래서 죽기 살기로 한다. 그러다 병이 난다. 암이 와서 죽는다. 또, 잘 안 되면 이걸 살려보려고 죽기 살기로 한다. 병이 난다. 즉사卽死다. 즉, 잘 되나 안 되나 적절한 강도로 해야 한다. 아무리 돈을 벌어도 죽으면 의미가 없지 않은가? 그래서 건강관리를 하며 가야 하고, 아파트 한 채 있고 먹고살 돈만 있으면 된다는 마음이 필요하다. 실제 그 정도만 있으면 되기 때문이다. 그 이상의 돈을 벌려면 혼자서는 힘들다. 그릇도 커야 한다. 많은 사람이 필요하고, 진짜 사업을 해야 한다. 즉, 책을 쓰고 강의하는 것에서 시작했더라도 1,000억 원 이상으로 돈을 벌려면 투자도 받고 규모도 키우고 많은 사람과 함께하는 사업을 해야 한다. 그릇이 된다면, 그렇게 가는 것도 좋다. 그러나 그릇이 안 되면 그렇게 가면 불행을 자초한다.

자기에 대한 생각을 많이 한 후, 자기 그릇이 아주 크지 않다면, 적당한 욕심을 가지고 나아가는 것이 좋다. 모든 성공과 실패가 자기 그릇을 아는 것에서 끝나기 때문이다. 적당한 욕심을 가지고 승부를 해나가면 된다. 건강관리 잘하면서 계속 책 쓰고 강의하는 삶을 살아가면 된다. 작가와 강연가는 정년이 없다. 오히려 업력은 더 쌓인다. 즉, 나이를 먹으면 더 잘될 수 있다. 자기 페이스를 지키면서 쭉 가면 된다. 우여곡절은 있으니 전업이면 각오하고, 직장인이면 비를 피하면서 가면 된다. 자기만의 길을 걸어가면 된다.

나 또한 고민 많은 시간을 보내왔다. 책쓰기와 강의가 실패하면 지리산으로 들어가서 산장지기로 살 것이라 각오하고 책을 썼다. 그냥 밥 먹고 살 수 있다면 책을 쓰고 강의하면 된다는 생각도 많이 했다. 내가 좋아하는 일을 하기에 그것으로 보상을 받았다고 생각했다. 책을 쓰고 강의를 많이 할 때는 격무에 시달렸다. 그래서 헬스를 하거나, 많이 걷거나, 여행을 많이 가는 등 적절히 스트레스를 해소하려고 노력했다.

따지고 보면 모든 삶이 우여곡절이 많은 것이 아닌가? 직장생활이든, 사업이든 다 그렇지 않은가? 작가와 강사가 운명이라면 이것을 받아들이고, 즐기면서 가면 된다. 나는 독서와 사색, 여행, 책쓰기, 산책을 좋아한다. 작가가 딱이다. 독서하고 생각하고 책 쓰면 되기 때문이다. 한 번씩 여행을 가면 되기 때문이다. 산책을 매일 하면 되기 때문이다. 나의 평소의 루틴이 여기에 모두 반영되어 있다. 나는 독서, 사색, 여행, 책쓰기, 산책 5개의 축을 좋아하기에 지금 이 삶을 살고 있다. 우여곡절도 많기에 마음을 잘 관리하려고 한다. 욕심을 조금 덜 부리면 된다. 자기 분수에 맞는 욕심을 내면 삶이 편안하다. 자기가 한 국가를 호령하는 1위 재벌의 그릇이라면 그 삶을 감당하면 된다. 아니라면 자기에 맞는 그릇을 선택하고 가면 된다. 나 역시 나의 그릇과 분수에 대해 많은 생각을 했다. 그래서 지금처럼 살고 있다. 조용히 지내면서 책을 읽고 책을 쓰고, 산책하고, 여행하고, 사색하는 삶을 살고 있다. 나는 만족한다. 책도 5,000권을 읽었고, 20권의 책을 썼고, 산책을 매일 한 시간 이상 하고 있고, 매년 1~2회 해외여행을 하고 국내 여행도 한 달 이상 매년하고 있기 때문이다. 사색도 많이 하기 때문이다. 그러면서도 더 이상 돈을 안 벌어도 살아갈 수 있는 수준이 되기 때문이다.

결국 탄탄대로는 없지만, 이것을 어떻게 받아들이냐의 문제다. 작가와 강사의 삶은 분명 매력적인 삶이다. 그러나 모든 것이 밝지는 않다. 잘 받아들이고 즐기면 된다. 그렇게 길을 가다 보면 분명 자기다운 삶, 자기가 살고 싶은 삶을 살아가는 모습을 발견하게 될 것이다.

잘 쓰려는 욕심을 가지는 한편
마음을 비워야 함을 모른다

책은 성공하기 위해서 쓰는 것이다. 어쨌거나 돈 많이 벌고 잘 먹고 잘살기 위해서 책을 쓰는 것 아닌가? 그래서 내 어머니에게 맛있는 것 사드리고, 해외여행 보내드리기 위해서 쓰는 것 아닌가? 내 마누라, 자식에게 좋은 것 해주기 위해서 쓰는 것 아닌가? 당연하다. 그래서 책을 쓸 때는 욕심을 가지는 것이 맞다. 당연히 베스트셀러 작가가 돼야 하고, 많이 팔려야 한다. 특히 욕심이 크면 클수록 더 공을 들이게 되고, 그럼 결과에 더 마음이 가게 된다.

이러한 성장과 발전에 대한 욕심이 있을 때 맹렬하게 책을 쓸 수 있다. 폭발적으로 쓸 수 있다. 욕망이라는 에너지로 책을 쓰는 것은 부인할 수 없다. 당연히 맞다. 좋은 일이다.

그러나 욕심만 가지고 책을 쓰면 안 된다. 책이 잘 될지, 안 될지는 아무도 모른다. 출판사도 모른다. 당연하다. 출판사가 다 알았다면 모두가 재벌이 되었을 것이다. 책을 출판하고 뚜껑을 열어보기 전까지는 책이 얼마나 팔릴지 모른다. 책이 많이 팔리는 것에는 변수가 많다.

1. 유튜브 조회 수가 얼마나 되는가?

2. 연예인 등 강력한 인물의 추천이 있는가?

3. 책이 유력 드라마에 나오는가?

3. 내 책을 대통령이 청와대 필독서로 추천하는가?

4. 시대의 트렌드가 내가 쓰는 주제와 맞는가?

5. 내 책을 공중파 9시 뉴스에서 얼마나 다루는가?

6. 내 책이 다양한 이유로 신문에서 얼마나 많이 다루어지는가?

7. 내가 내 책을 바탕으로 진행하는 강의가 대박이 나는가?

8. 내 책을 바탕으로 만든 저가의 유료 온라인 클래스가 대박이 나는가?

실제 책은 다양한 변수에 의해서 판매가 결정된다. 거의 통제가 불가능한 변수들이다. 책을 잘 쓰는 것은 기본이고, 그 외의 외부 변수가 너무 많다. 그래서 판매가 많이 될 수도 있지만, 많이 안 될 수도 있다. 그러나 이렇든 저렇든 나는 결과를 받아들여야 한다. 어쩔 수 없다.

그러니 책을 쓸 때는 욕심을 가지되, 마음을 비우고 가야 한다. 잘 되면 잘 되는 대로, 안 되면 안 되는 대로 받아들여야 한다. 그 후, 내가 할 수 있는 일만 열심히 하면 된다. 즉, 유튜브 출연, 강의 만들기, 온라인 클래스 업로드, 강연 제안, 신문사 인터뷰 제안, 칼럼 제안은 내가 할 수 있는 일이다. 그것을 열심히 하면 된다. 하나둘씩 뚫어가면 된다. 시간이 걸릴 뿐, 뚫어가면 결국 뚫린다. 조바심을 내면 안 된다. 노력하면 무조건 성공할 것이라는 생각도 하지 말아야 한다. 노력해도 잘 안 될 수 있는 게 당연한 거 아닌가? 조바심을 내지 말고 그냥 묵묵히 해나가야 한다. 내 할 일만 열심히 하면 된다. 하나씩 하나씩 모두 타개해가면 된다.

책을 쓰고 또 쓰면서 나가는 것도 좋은 방법이다. 시간이 걸리더라노 SNS 채널을 키우는 것도 좋은 방법이다. 힘이 들더라도 강의 제안을 통해 뚫는 것도 좋은 방법이다.

나는 혈기왕성한 나이인 20대부터 책을 썼다. 내 성격은 조금 급한 면도 있다. 그랬으니 성공에 대해 얼마나 조바심이 났겠는가? 그러나 그렇게 1년, 2년, 3년이 지나고 10년이 지나면서 생각하게 되었다. '그저 내 일을 묵묵히 하다 보면 결국 나의 때는 올 것이다. 빨리 오는 것만 좋은 것은 아니지 않은가? 결국 나의 때가 오면 되는 것 아닌가? 그래! 느리더라도 길게 승부를 해나가자! 계속 열심히 하면 결국 나의 때는 올 것이다.'

다양한 시도와 도전을 해보자는 생각을 하게 되었다. 먼저 책을 쓰는 장르를 바꾸어 보았다. 그래서 자기계발, 경제경영, 인문, 에세이까지 다 쓰게 되었다. 그 후 강의를 30개 이상의 주제로 해보았다. 즉, 책쓰기, 독서법, 유대인 등 30여 개의 강의를 해보자는 것이었다. 처음에는 30개 이상의 강의를 동시다발적으로 운영하려고 했다. 해보니 시간적·물리적으로 도저히 불가능해서 1개만 하자고 생각했고 책쓰기 강의를 하게 되었다. 책쓰기 강의는 그야말로 폭발적인 반응이었다. 결국 11년 동안 200명 이상의 베스트셀러 작가를 배출하게 되었다. 종합 베스트셀러 1위 작가도, 30만 부 이상 판매한 작가도, 문화체육관광부 세종도서에 선정된 작가도, 해외 수출을 한 작가도 배출했다. 그렇게 성공적인 한 페이지를 만들게 되었다.

나는 작가 생활 9년 차부터 책쓰기 강의를 시작했다. 30대 중반에 3억 원의 세금을 냈는데, 그 전 8년 동안 작가 생활을 하면서 번 돈이 3억 원이 안 되었다. 즉, 지난 8년간 수입보다 많은 돈을 1년 세금으로 내게 되었다. 그것이 작가다. 그것이 강사다. 삶의 기복이 엄청나게 클 수 있다. 흐름을 탄다면 경제적 보상은 그야말로 10배 이상으로 올 수 있다.

나는 서른 초반에 중고로 산 50cc 스쿠터를 타고 다녔다. 그것을 타고 대구에서 문경새재, 지리산, 부산, 삼척, 속초, 서울까지 여행했다. 돈은 없었지만 자유롭고 행복한 시절이었다. 무서운 것이 없었다. 주머니가 비어 있으니 오히려 무서운 것이 더 없었던 것 같다. 꿈만 있으니, 올라갈 일만 있으니, 더 거침이 없었던 것 같다. 그때 나는 마음을 비웠다. 그저 내 할 일만 열심히 하자고 생각했다. 늦더라도 나의 때는 올 것이라고 믿었다. 그리곤 열심히 했다. 결국 나의 때는 왔다. 작가로서의 승부는 1년 승부가 아니다. 적어도 30~40년의 승부다. 조금 늦게 나의 때가 와도 되는 것이다. 힘들더라도 즐기면 되는 것이다. 그렇게 가야 한다.

작가는 욕심을 가지되, 마음을 비워야 한다. 마음을 비워야, 오랫동안 나의 페이스를 지키면서 승부할 수 있다. 조급증, 조바심에 빠지면 아무것도 못 한다. 화병이 나기 때문이다. 나 역시 새벽 3시 잠을 못 자고 수성못을 거닐 때가 많았다. 신이 아니기에 나 역시 처음부터 마음을 비우는 사람이 된 것이 아니다. 죽을 정도로 고통스러웠다. 그러나 어쩌겠는가? 받아들이고 간 것이다. 만에 하나 죽을 때까지 성공을 못 한다면?

그것도 내 운명인 것이다. 받아들이고 가야 하는 것이 인간의 숙명인 것
이다. 그렇게 마음 편하게 생각하고, 내가 좋아하는 일을 하니 된 것이라
생각하고 왔다.

　　작가에게는 그렇게 생각하는 것도 필요하다. 결국 작가에게 중
요한 것은 계속 책을 쓰고 강의하며 승부를 이어가는 것이기 때문이다.
멈추면 안 된다. 계속 가려면 마음을 비우고 일희일비하지 않고 가는 힘
이 필요하다.

33

어렵게 써도
독자는 금방 이해할 거라고 착각한다

책은 쉽게 쓰는 것이 정답이다. 어렵게 쓰면 안 된다. 왜냐하면 지식의 왕초보가 내 책을 읽기 때문이다. 어렵게 쓰면 책은 기획출판도 안 되고, 베스트셀러도 안 된다. 적어도 중학교 1학년이 읽어도 이해가 가능한 수준으로 써야 한다. 그래야 판매 확산이 잘 된다. 아무것도 모르는 사람이 읽어도 이해가 잘 되면 어떻게 될까? 누구나 부담 없이 읽을 수 있다. 그러면 독자 확산이 잘 된다. 아무것도 모르는 사람들까지 모두 독자로 끌어들이기 때문이다. 그런데 쉽게 쓰는 것이 참 힘들다. 가장 힘든 것이 쉽게 쓰는 것이다. 왜냐하면 쉽게 쓰려면 본인이 기본 개념에 대해서 완벽히 숙지하고 있어야 하기 때문이다. 이른바 독자의 눈높이를 맞춘다는 것은 내가 완벽하게 통달하고 있을 때 가능하다.

초등학생들에게 강의할 때는 그들에 맞게, 중고등학생들에게 강의할 때는 그들에 맞게, 해당 분야의 최고 전문가들에게 강의할 때도 그들에 맞게 강의를 해야 한다. 책쓰기도 마찬가지다. 책의 경우, 독자 확산이 잘되어야 하기에, 베스트셀러가 되어야 하기에, 가능한 한 쉽게 쓰는 것이 좋다. 물론, 책의 특성에 따라 난이도를 조절해야 할 필요는 있다. 가령, 나의 타깃 독자는 지식의 왕초보가 아니고, 해당 분야의 대리급 이상의 사원들이 읽는 책이라면? 특히 그 책이 이공계 지식과 관련된 책이라면? 그러면 어느 정도 수준이 있어야 한다. 즉, 일반인들이 읽었을 때는 다소 이해가 안 되는 부분이 있더라도 감수하고 책을 써야 한다. 우리 수강생 중에 다국적 대기업의 임원을 한 분이 해당 분야의 책을 집필했다. 그 책의 타깃 독자는 대리급·과장급 사원이었고 전문지식이 들어간 것이었다. 일반인이 읽었을 때는 잘 이해가 안 되는 부분이 많았다. 나 역시 이해가 잘 안 되는 부분이 있었다. 그러나 중요한 것은 내가 아니다. "타깃 독자가 어떻게 이해하느냐?"가 중요하다. 결국 이 책은 해당 분야의 사원들이 읽는 책이므로 이 정도의 난이도와 깊이는 필요하다고 보았다. 결국 그 원고는 기획출판에 성공했고 베스트셀러가 되었다. 성공한 이유는 타깃 독자를 정확히 맞추었기 때문이다. 어떤 책이든 타깃 독자를 맞추면 반드시 성공한다. 책은 오직 타깃 독자가 읽는 것이기 때문이다.

대다수 책들은 일반적인 지식의 왕초보가 독자다. 따라서 최대한 쉽게 써야 한다. 쉽게 쓰기 위해선 먼저 자료수집 과정에서 자료에 대해서 확실하게 이해해야 한다. 내가 자료를 이해하지 못하면, 내가 이해하지 못하는 글을 쓰게 된다. 그럼, 그 글은 아무도 이해하지 못하는 글이 된다. 즉 본인도 이해하지 못하고, 남들도 이해하지 못하는 글이 된다. 나도 이해 못 하는 글을 남이 이해할 수 있겠는가? 절대 없다. 따라서 모두가 이해하지 못하는 글이 된다. 따라서 자료에 대한 완벽한 이해와 숙지가 필수다. 어떻게 자료수집을 할 때 완벽한 이해를 할 수 있을까? 그 분야에 대해서 기본기가 있다면 소위 대학 교재와 같은 책, 원서를 읽는 것이 필요하다. 그 책을 독파하고 그 주제와 관련된 나머지 책들을 독파해나가면 된다.

그 분야에 대해서 하나도 모르는데 해당 분야의 책을 쓰려면 어떻게 해야 할까? 그때는 최대한 쉬운 책부터 읽는 것이 좋다. 핵심 엑기스는 조금이고, 해설과 보충설명을 엄청나게 해놓은 책이 있다. 흥미와 재미 중심으로 집필한 책, 사례가 많은 책, 원문보다는 부가설명이 훨씬 더 많은 책이 그것이다. 그 책부터 읽는 것이다. 그렇게 기초적인 지식을 확보하고, 해당 분야에 재미와 흥미를 붙여야 한다. 그렇게 쉬운 책을 모두 독파한 후, 어려운 책, 기본서, 원서를 읽으면서 확실한 기본기와 심화 능력을 쌓아야 한다. 그 후, 책을 쓰기 전, 해당 주제에 대해서 한번 혼자서 강의를 해보는 것도 좋다. 강의하는 것이 그렇다면, 적어도 해당 분야에 대한 설명을 혼자서 해보는 것이 좋다. 과거에는 녹음을 했지만, 현재는 그것을 영상으로 찍는 것도 좋다. 가능하다면 그것을 유튜브에 올려도 좋다. 그렇게 내가 알고 있는 것에 대해서 확실하게 강의하고 설명할 수 있을 때, 그때 책쓰기로 들어가면 된다. 그러면 쉽게 쓸 수 있다. 책을 쉽게 쓰는 것은 나의 이해도와 정확히 비례하기에 그렇다. 그래서 "쉬운 책→어려운 책→강의 및 설명→집필"의 순서를 따르는 것이 가장 좋다. 책은 내가 이해한 만큼, 아는 만큼, 느낀 만큼 쓸 수 있다.

쉽게 쓴다는 것은 문장력도 중요하다. 최대한 쉬운 단어를 쓰고, 단문을 써야 한다. 쉬운 단어를 쓴다는 것은 한자어, 전문어 등을 쓰지 않는 것이다. 물론, 한자어와 전문어를 써야 할 때는 써야 한다. 의미전달을 위해 반드시 필요한 경우에는 그렇다. 그러나 매번 어려운 말을 남발하는 것은 안 된다. 이해에 지장을 주기 때문이다.

단문을 쓰기 위해선 군더더기를 최대한 덜어내는 것이 필요하다. 수식어구의 경우에도 최대한 생략하는 것이 필요하다. 접속사의 경우에도 최대한 생략하는 것이 좋다. 가급적 쓰지 않아야 한다. 그렇게 쉬운 단어와 단문을 구사하면 이해하기 쉬운 글이 된다. 물론, 논리성·일관성은 반드시 있어야 한다. 즉, 읽었을 때 이해, 수긍, 납득, 공감이 되어야 한다. 따라서 글을 쓰기 전에 말로 한 번 설명해보거나, 글을 다 쓰고 나서 소리 내어 읽으면서 검증해보는 것도 좋다. 또, 글은 일관성이 있어야 한다. 제목을 중심으로 해서 모든 글이 제목과 똑같은 내용으로 전개돼야 한다. 만약 제목과 다른 내용의 글이 나온다면 안 된다. 제목이 다른 내용의 글이 나온다면, 제목 안에 포함될 내용의 글이어야 한다. 그렇지 않고 제목과 전혀 다른 글, 제목에서 완벽히 벗어난 글은 안 된다. 항상 제목을 생각하면서 글을 써야 한다.

대학 시절 법대를 다닐 때 도서관에서 형법 공부를 하는데 어떤 개념이 잘 이해가 되지 않았다. 그래서 사법시험을 준비하는 한 형에게 물어보았는데, 그 형의 설명이 전혀 이해가 안 되었다. 그래서 옆의 다른 형에게 물어보았다. 그 형은 행정고시 검찰사무직의 2차 시험을 준비 중이었다. 그런데 그 형은 설명하기 전에 오히려 나에게 하나씩 물어보았다. 단어 하나하나를 뜯어서 이거 무슨 말인지 아니? 이거 아니? 이거 아니? 이거 아니? 이렇게 쭉 물어보았다. 이것은 안다. 이것은 모른다고 하나씩 말하자, 그에 맞게 진짜 아주 기초적인 거 하나하나 설명을 다 해주었다. 그러니 정말 완벽하게 이해가 되었다. 나중에 대학 형법시험에 내가 물었던 게 나왔는데, 그 형에게 듣고 이해한 대로 썼다. 결국 A+ 성적이 나왔다. 설명을 정말 어렵게 했던 형은 나중에 9급 공무원에 합격했다. 설명을 정말 쉽게 했던 형은 1년에 3명 뽑는 행정고시 검찰사무직에 최종합격했다. 쉽게 설명한다는 것은 그것에 대해 완벽하게 이해하고 있다는 말이다. 바닥부터 하늘까지 말이다.

우리가 책을 쓸 때도 그래야 한다. 독자는 아무것도 모른다고 가정해야 한다. 실제로 그렇다. 거의 99%의 사람들이 해당 분야를 잘 모른다. 그 사실을 받아들이고, 정말로 놀라울 정도로 쉽게 써야 한다. 나의 글을 읽었을 때 별것 아니라고 느껴질 정도로 쉽게 써야 한다. 누구나 이해가 되는 수준으로 말이다. 그랬을 때 거의 모두가 이해할 수 있다. 이해해야만 내가 전하는 콘텐츠를 독자가 그대로 흡수할 수 있다. 그래야 독자의 삶이 변할 수 있다. 책은 독자의 삶의 문제를 해결하고, 독자의 삶을 변화시키기 위해서 쓰는 것이다. 그렇게 언제나 완벽한 이해와 숙지, 쉬운 집필을 거의 절대 원칙으로 받아들이고 책을 써야 한다.

34

책쓰기 실력과 베스트셀러는 상관관계가 없음을 모른다

분명 책을 잘 쓰는 사람이 있다. 생전 처음 접하는 주제도 공부해서, 거의 전문가 수준으로 책을 쓰는 사람이 있다. 그야말로 놀라운 학습력이다. 그러나 책을 잘 쓴다고 베스트셀러 작가가 되는 것은 아니다. 육각형의 모든 조합이 다 맞아야 될 수 있다.

책이 잘 되기 위해선 기본적으로 해당 분야의 프로필이 필요할 수 있다. 또, 책을 쓰고 나서 시장성이 높은 것이 계속 유지되어야 한다. 책을 쓰고 나서 시장성이 확 죽어버리는 경우도 있다. 그러면 책이 안 팔린다. 출판사에서 마케팅도 열심히 해줘야 한다. 책을 쓰고 나서 본인도 마케팅을 열심히 해야 한다. 요즘은 유튜브가 공중파보다 더 강한 힘을 발한다. 따라서 유튜브에서 말을 잘하는 게 중요하다. 아무리 글을 잘 써도 말을 잘 못하거나, 쇼맨십이 없다면 책이 전혀 안 팔릴 수 있다. 가령, 법가의 대표주자 한비자가 요즘 나왔다면 책은 전혀 팔리지 않았을 것이다. 한비자는 말을 잘 못했기 때문이다. 한비자는 말을 잘 못해서 왕이 한비자와 대화를 해보고 큰 실망을 했다고 하지 않은가?

사마천의 『사기』「노자 한비열전」에서 사마천은 이렇게 말한다. "韓非雖然口吃 , 然其著書 , 治道備焉(한비수연구끽, 연기저서, 치도비언)"("한비는 비록 말이 어눌하고 더듬었지만, 저술에 있어서는 다스리는 도리가 모두 갖추어져 있었다.") 즉, 한비자는 말솜씨는 서툴렀으나 자신의 사상을 글로 남기는 것은 탁월했다. 실제 한비자는 말을 더듬는 증상이 있었고, 말로 군주를 설득하는 데 무리가 있었다. 결국 한비자는 말이 아닌 글로써 군주에게 바치는 방식을 선택했고 『한비자』 55편을 완성하게 된다. 그는 말은 잘 못했지만 글로 시대를 넘어서 큰 힘을 발휘하게 된 것이다.

역사 전공자가 아니고 정통파가 아님에도 책이 많이 팔린 역사 강사 설민석을 보라. 말을 잘하고 사람들이 재미있어 하니 책이 많이 팔린다. 당연한 것이다. 책을 쓰고 나서 본인이 해당 분야에서 계속 활동하는 것도 역시 중요하다. 본인의 활동 그 자체가 책 영업이기 때문이다. 또, 본인의 활동이 커리어의 연장선이기 때문이다. 요즘은 대학을 어디 나왔느냐, 박사를 받았느냐보다 본인이 이 영역에서 활동을 하고 있느냐, 활동을 해서 퍼포먼스를 얼마나 냈느냐가 더 중요하다. 그것이 곧 프로필을 객관적인 실력과 능력으로 증명하는 것이기 때문이다.

이런 것이 다 필요하다. 아니, 이런 것이 다 엮여서 책의 판매가 결정된다. 가령, 책을 쓰기 전, 한국 전체를 떠들썩하게 한 주제가 있다고 해보자. 그러나 그 주제에 대해서 공부를 하고 책을 쓰는 데 1년이 걸렸다고 해보자. 그런데 1년이 지난 지금은 이 주제에 대해서 아무도 반응하지 않고 조용하다고 해보자. 그럼 어떻게 될까? 기획출판도 어렵다.

왜냐하면 시장성이 없기 때문이다. 시장성이 클 때는 그 분야의 커리어가 없는 일반인이 책을 써도 베스트셀러가 될 수 있다. 시장성이 작을 때는 그 분야의 커리어가 없으면 기획출판이 어렵다. 나아가, 그 분야의 전문가라도 시장성이 작으면 기획출판이 어렵다. 이렇게 일 년 만에 시장성이 급격하게 변하는 주제도 있을까? 당연히 있다. 비트코인과 같은 주제가 그랬다. 주식도 활황일 때는 책이 많이 팔리고, 그렇지 않을 때는 책이 안 팔린다. 부동산도 그렇다. 부동산 시장이 뜨거울 때는 책이 많이 팔리지만, 그렇지 않을 때는 책이 안 팔린다. 장사가 잘될 때는 장사·자영업·경영 쪽의 책이 많이 팔린다. 그러나 장사가 잘 안되면 상대적으로 덜 팔린다.

출판사의 마케팅 수단도 과거에는 신문광고가 중심이었다. 요즘은 유튜브가 많고 그 외 SNS가 많다. 즉, 광고의 큰 축이 신문에서 온라인으로 이동한 것이다. 온라인은 돈이 들지 않기에, 저자 본인도 열심히 해서 성과를 낼 수 있다. 즉, 유튜브와 그 외 SNS는 작가 본인도 할 수 있다. 따라서 출판사에만 의존하지 말고 본인이 열심히 해야 한다. 본인이 말을 잘하고 쇼맨십이 있다면 유튜브 출연을 하면 된다. 영상보다는 글로 하는 것이 더 좋다면 인스타그램이나 블로그에 글을 올려서 반응을 이끌어내면 된다. 글을 한 편 올릴 때마다 3,000개 이상의 '좋아요'를 기록하거나, 구독자를 20만~30만 명을 모으거나 하는 등 반응을 이끌어내면, 책은 팔리게 된다.

책이 팔리기 위해선 계속 활동해야 한다. 그 분야에서 강의하거나 책을 계속 쓰는 것이 좋다. 그렇게 함으로써 전문가임을 증명하고, 내 수강생들이 움직이기에 책이 팔리게 된다. 물론, 수입으로 보자면 책보다 강의 수입이 훨씬 더 클 수 있다. 그래서 일석이조가 된다. 그러나 책 인세 수입이 적더라도 책은 꾸준히 내야 한다. 그래야 강의가 힘을 받는다. 책은 일종의 신뢰성을 가진 사회적 명함이자, 전문성 입증 수단이자, 지속적인 연구의 증거이기 때문이다. 즉, 강의와 기타 활동에 힘을 받기 위해서도 책을 써야 한다. 물론, 강의가 잘 되면 책도 의외로 큰 수입을 기록할 수 있고, 경우에 따라 100만 부 이상 판매도 가능하다. 왜냐하면 연결되어 있기 때문이다. 책이 잘 되면 강의가 잘 되고, 강의가 잘 되면 책이 잘 된다.

지금 생각해보면 책 쓰는 실력하고 책쓰기의 결과 즉, 돈벌이가 전혀 일치하지 않음을 보게 된다. 상식적으로 생각해보면 실력이 좋으면 성공도 하고 돈도 많이 벌어야 한다. 그러나 현실은 그렇지 않다. 책이 팔릴 수 있는 여건과 환경이 진짜 중요하다. 즉, 내가 책을 쓰는 주제가 시장에서 큰 반응이 있어야 한다. 일단 이것이 중요하다. 물론, 이것도 계속 유지되어야 한다. 중간에 그 흐름이 꺼지면 나도 똑같이 힘들어진다. 결국 어느 정도 운을 탄다.

강력한 경쟁자가 등장하면 또 힘들어진다. 해당 분야를 내가 개척해서 대형 베스트셀러를 기록하면 어떻게 될까? 해당 분야의 진짜 실력자들도 출판 시장에 합류한다. 왜냐하면 처음에는 '이게 될까?'라는 생각에 진짜 실력자들이 움직이지 않다가 아무런 커리어가 없는 내가 책을 써서 대박을 치면 뒤늦게 이 흐름에 올라타려 움직인다. 그러면 박터지는 싸움이 되고, 상대적으로 내가 밀릴 수 있다.

동시에, 나의 지속적인 영업활동도 너무나도 중요해졌다. 도서관이나 기업에서 강의를 많이 하거나, 유튜브에서 계속 활동해야 한다.

이것은 그 자체로 수입이 될 수도 있고, 책의 판매와 강의료 수입을 높이는 요인으로 작용하기에, 계속해야 한다.

내가 아는 한 분은 대단히 훌륭한 분이다. 해외 명문대를 졸업했고 모 프랜차이즈를 운영해서 매출 전국 1등을 기록하는 등 탁월한 결과들을 많이 냈다. 책쓰기 실력도 정말 출중하다. 인성도 너무나도 좋다. 멋진 외모까지 가지고 있다. 말씀도 너무 잘하고 겸손하다. 그런데 책쓰기도, 다른 분야도 아직 크게 성공하지 못했다. 이상하게 운이 안 따르는 분도 있는 것이다. 이분이 책이 잘 안 된 이유는 시장이 크게 바뀌었기 때문이다. 책을 쓰기 전에는 분명 시장이 엄청났는데, 출판사에 투고할 때쯤 시장이 완전히 죽어버렸다. 진짜 이상하게도 말이다. 책을 썼는데 시장이 크게 바뀌면 하버드대를 나와도 안 된다. 이거저거 했는데 생각하지 못한 일이 생겨 모든 것이 바뀌면 성과를 못 내는 것이 당연하다. 누구나 이렇게 될 수 있다. 실력과 관계없이 말이다. 이처럼 시장에서 갑자기 뜬 주제는 갑자기 사라질 수도 있다.

정말 다양한 요인이 작용해서 성공이라는 것이 만들어진다. 그래서 잘 되면 '내가 잘해서 잘 되는 것이 아니고 여러 요인이 결합되어 잘 되었구나!'라고 생각해야 한다. 즉, '시장성이 좋은 주제를 썼고, 책을 냈는데 계속 시장성이 좋고, 내 캐릭터가 유튜브 혹은 인스타그램 SNS에 적합하고, 내가 활동을 계속하고 있고(건강 등 여건이 좋음), 나를 도와주는 사람이 나오고(출판사, 내 직원, 기타 지인 등), 교통사고 등 다양한 사고가 없으니 잘 되는구나!'라고 생각해야 한다. 이것이 팩트이기 때문이다. 내 능력으로 베스트셀러가 되는 것이 절대 아니다. 잘 안 된다면? 위의 것들을 반대로 생각하면 된다. 그렇기에 잘 되어도 겸손해야 하고, 잘 안 되어도 너무 실망할 필요가 없다. 동시에 엄청 잘 된 사람도 여건이 허락하지 않으면 전혀 안 될 수 있음을 받아들여야 한다. 아직 빛을 보지 못하고 있는 사람도 여건이 허락한다면 한순간에 모든 게 바뀔 수 있음을 믿어야 한다. 그렇게 생각하고 가야 한다.

나 역시 그런 사람들을 많이 보았고, 내 삶으로도 경험하고 있다. 그렇기에 겸손하게, 담담하게, 그저 최선을 다하고 살아가고 있다. 최선도 죽도록 하는 것은 좋지 않다. 죽으면 의미가 없기 때문이다. 적당히 해야 한다. 내가 하나 더 하면 하나 더 얻고, 하나 덜 하면 하나 더 잃는 승부가 아니다. 될 거면 적당한 노력을 해도 그냥 된다. 안 될 거면 죽어라 해도 안 된다. 적당히 노력하고 자기 건강 지키고, 페이스 지키고, 마음 지키며 살아야 한다. 물론, 최선을 다해야 할 때는 있다. 그가 누구든 최소 10년 정도는 죽었다 생각하고 죽기 살기로 살아야 할 때가 있다. 그러나 어느 정도 노력을 했다면 삶의 균형을 맞추며 가야 한다. 자기 자신, 건강, 가족이 가장 중요한 것이다. 돈과 성공은 그다음이다.

눈에 안 보이는 운이 크게 작용함을 알고 기도하고 가야 한다. 최악이 닥치더라도 담담할 수 있는 용기도 필요하다. 그가 누구든 죽어야 하는 때가 오면 죽어야 하기 때문이다. 예를 들어 갑자기 교통사고가 나서 팔과 다리가 부러진다면 받아들여야 할 것 아닌가? 나도 이번에 한라산에서 오토바이 사고가 나서 팔과 다리가 동시에 부러졌다. 2개월 이상 걷지를 못했는데 받아들이는 외에 선택지는 없는 것이다. 죽어야 한다면 죽어야 하고, 망해야 한다면 망해야 하는 것이 인간의 숙명이다. 갑자기 사고가 나면 죽는 것이고, 갑자기 전쟁이 나거나 난리가 난다면 누구든 망할 수 있다. 그러다 벼락출세와 성공을 하여 재벌·대통령도 될

수 있는 인간의 삶이다. 그저 겸손하고 담담하게 최선을 다하며 모든 것
을 받아들이겠다는 마음으로 가면 되는 것이다.

35

경쟁도서에 대한 분석도 하지 않고 쓰기 시작한다

경쟁도서를 읽고 분석하는 것은 책쓰기의 기초 중 기초다. 이걸 안 하겠다는 것은 책을 안 쓰겠다는 말과 같다. 그만큼 중요하다. 내 책쓰기의 핵심 콘텐츠는 모두 경쟁도서로부터 얻어야 하기 때문이다. 또한, 책쓰기의 구조라고 할 수 있는 목차 역시 경쟁도서로부터 힌트를 얻는 것이 있기 때문이다.

그렇다면 경쟁도서란 무엇일까? 경쟁도서는 내가 쓰고자 하는 주제로 이미 출판되어 있는 책을 말한다. 즉, 내가 쓰고자 하는 책의 내용을 이미 담고 있는 책이다. 그 책은 내가 책을 출판했을 때 내 책의 판매와 경쟁을 하기에, 경쟁도서라고 부른다.

경쟁도서는 실제 경쟁도서이면서, 내가 책을 쓰는 데 있어 일종의 스승이라 할 수 있다. 일종의 페이스 메이커일 수도 있다. 그만큼 중요한 역할을 하기 때문이다. 실제 내가 쓰는 책의 콘텐츠 상당 부분은 경쟁도서에서 가져와야 한다. 경쟁도서는 이미 해당 주제에 대해서 콘텐츠를 일목요연하게 잘 정리해두었다. 그래서 콘텐츠를 가져오기도 수월하다. 만약 내가 쓰고자 하는 분야에 경쟁도서가 출판되어 있지 않다면 어떻게 해야 할까? 그럴 수도 있다. 즉, 내가 쓰고자 하는 책의 내용을 담고 있는 책이 한 권도 없을 수도 있다. 그럴 때는 인터넷 검색, 논문, 신문기사, 보고서, 다큐멘터리, 유튜브 등에서 사료를 가져와서 책을 써야 한다. 즉, 책이 없을 때는 그래야 한다. 그러나 책이 있을 때는 이미 위 자료들이 해당 책에 있기에, 자료수집의 수고로움이 반 이상으로 줄어든다. 그래서 경쟁도서를 읽으면 책을 쓰기에 편하고 좋다.

경쟁도서의 저자 역시 책을 쓸 때 목차에 대한 고민이 많았을 것이다. 많은 것을 고려하여 목차를 잡았을 것이다. 그래서 우리는 경쟁도서의 목차를 분석해봄으로써, 우리 책의 목차를 잡는 데 힌트를 얻을 수 있다. 즉, 경쟁도서의 목차를 볼 때 '이 책은 이러한 관점으로 목차를 잡았구만!' '저 책은 이러한 관점으로 목차를 잡았구만!' '저 책은 다소 특이한 관점으로 목차를 잡았구만!' 이런 식으로 분석해보는 것이다. 그러면서 질문하는 것이다. '그렇다면 나는 어떤 관점으로 목차를 잡을 것인가? 어떻게 경쟁도서와 차별화할 것인가?' 그 답을 토대로 내 목차를 만들면 된다.

경쟁도서는 어떻게 읽어야 할까? 그야말로 미친 듯이 읽어야 한다. 확실한 정독을 해야 하며, 중요한 부분은 밑줄도 잘 쳐야 한다. 필요하다면 책의 본문에 메모도 해두어야 한다. 그렇게 하면서 경쟁도서를 그야말로 삶아 먹어야 한다. 그래서 콘텐츠를 깊이 이해해야 한다. 내가 쓰고자 하는 콘텐츠에 대해서 확실하게 숙지해야 한다. 그러니까 경쟁도서를 읽는 시간은 꽤 걸릴 수 있다. 적어도 2개월 이상이 걸릴 수 있다. 어떻게 보면 책쓰기에서 가장 많은 시간을 할애하는 부분 중 하나가 경쟁도서 1회독이다. 경쟁도서 1회독에 2개월 이상의 시간이 걸리기 때문이다. 이 기간이 정말로 중요하다. 확실하게 숙지해야 하기 때문이다.

'아무것도 모르는 주제에 대해서 평생 처음 책을 읽는데 이해와 숙지가 될까?'라고 묻는 분들도 있다. 그렇기에 가장 쉬운 책부터 읽어야 한다. 그래야 기본기를 쌓으면서 책을 독파해나가게 된다. 만약 잘 모른다면 중간에 인터넷 검색 등을 통해 모르는 것을 해결하면서 책을 읽어야 한다. 반드시 이해와 숙지를 해야만 하기 때문이다. 그럼에도 불구하고 이해와 숙지가 불가능하면? 그렇다면 해당 주제는 책쓰기를 포기해야 한다. 자료에 대한 완전 독파 없이 책을 쓰기란 절대적으로 불가능하기 때문이다. 그래서 책은 가능하면 나의 커리어의 연장선에 있는 것, 내가 평소 관심이 있는 것, 내가 잘 모르더라도 좋아하기에 미친 듯이 밑바닥까지 팔 수 있는 것을 써야 한다. 그래야 미칠 수 있다. 미쳐야 미칠 수 있다.

이때 책은 반드시 사서 읽어야 한다. 그래야 내 것이 된다. 즉, 밑줄도 쳐야 하고, 생각도 해보아야 하고, 메모도 해야 한다. 도서관 책은 연필로 밑줄을 치고 나중에 지우거나, 책을 읽는 즉시 타이핑을 치면서 갈 수도 있다. 그러나 반납 기한도 있고, 밑줄을 친 이후 지워야 하고 메모도 못 하는 등 여러모로 불편함이 있다. 따라서 책은 구매해서 읽는 것이 좋다. 만약 그럼에도 도서관에서 빌려 읽어야 하는 사정이 있다면, 책을 읽는 중요 부분을 곧바로 노트북에 타이핑을 치면서 책을 읽으면 된다. 그러면 도서관 책을 나의 책쓰기에 활용할 수 있다.

경쟁도서 분석 및 독파의 시간을 아까워하면 안 된다. 책쓰기의 핵심은 책을 쓰는 것이 아니라, 책을 쓴 이후에 강의와 컨설팅, 기타 상품을 제작해서 판매하는 데 있다. 즉, 책은 끝이 아니라 시작에 불과하다. 그렇기에 경쟁도서 분석 및 독파를 할 때 확실한 자료수집을 해두어야 한다. 그래야만 이 자료를 가지고 강의안도 만들고, 코칭 가이드라인도 만들고, 상품 제작에도 활용할 수 있다. 실세 잭쓰기는 내가 본 자료의 3분의 1 이하가 들어간다고 보아야 한다. 나머지 3분의 2 이상의 자료는 책에 들어가지 않으며, 이 소스가 바로 앞으로 내가 큰돈을 벌 수 있는 자원이 된다. 즉, 강의와 코칭의 핵심기반이 된다.

경쟁도서 독파의 시간을 정말로 소중히 여겨야 한다. 이 시간이 보석이 될 것이기 때문이다. 시간이 허락하는 대로 계속 경쟁도서와 그 외의 도서를 읽어야 한다. 그렇게 책을 쓰는 것이 아니더라도 지속적인 연구를 해야 한다. 지속적인 연구를 해야만 성장을 할 수 있다. 강의와 컨설팅을 하려면 필수다. 실제로 스타 작가들 중에는 일부러 강의와 컨설팅을 하지 않는 경우도 많다. 강의하지 않고 그 기간에 연구하는 것이다. 연구해야만 새로운 콘텐츠를 발표할 수 있고, 새로운 생각을 이야기할 수 있다. 연구를 안 하면? 그러면 했던 이야기만 계속하게 되고, 그럼 잘 나가봐야 1~2년 후에는 강의할 것이 없게 된다.

강의를 쉬지 않고 계속하고 싶다면 어떻게 해야 할까? 그럼 매일 새벽에 책을 읽으면서 콘텐츠를 지속적으로 만들어야 한다. 즉, 잭쓰기를 위한 콘텐츠가 아닌 강의를 위한 콘텐츠를 매일 새벽에 만드는 것이다. 그러니까 매일 발췌독으로 책을 빠르게 읽는 것이다. 그래서 적어도 일주일에 50~100권 정도의 책을 발췌독하며 자료수집 후 강의안을 만드는 것이다. 그렇게 하면 강의를 쉬지 않고 계속할 수 있다. 다만, 이럴 때 주의할 점은 번아웃 및 정신이상이다. 너무 앞만 보고 달리면 '브레이크 없는 기차'가 될 수 있다. 그래서 병이나 사업 부도 등의 위험성이 나올 수 있다. 무리를 하면 병이 오고, 계속 앞으로만 가면 판단 미스로 사업 부도 등이 올 수 있기 때문이다. 조금씩 돈 벌다가 한 방 크게 맞으면 망한다.

책을 쓰고 강의를 하고, 글을 쓰고, 인터뷰를 하고, 콘텐츠를 만드는 사람 중에 암에 걸리거나 심근경색 등으로 갑자기 죽는 경우도 많다. 우리에게 널리 알려지지 않아서 그렇지 제법 있다. 너무 무리하면 갑자기 죽는 것이다. 콘텐츠 개발한다고 계속 책보고 고심하면 죽을 수 있다. 20대라면 괜찮은데, 40대 이후에 너무 미치면 죽을 수도 있다. 그렇기에 적당히 할 필요가 있다. 건강관리와 페이스 조절은 필수다. 명리학에서 말하는 재다신약財多身弱이라고 아무래도 돈을 많이 벌면 몸이 약해지고, 많은 책을 쓰고 강의를 하면 그만큼 몸이 안 좋아지기 때문이다. 그래서 템포 조절도 잘해야 하고, 식사와 운동 등 건강관리를 잘 해야 한다.

경쟁도서 분석 및 독파는 대단히 중요하다. 이것이 책쓰기의 핵심기반이고, 그 이후 승부의 기반이기 때문이다. 자료수집 기간에 최선을 다해야 하고, 책을 쓰지 않더라도 연구는 계속해야 한다. 그래야 성장을 이어갈 수 있기 때문이다. 다만, 건강관리는 필수다.

36

독자에게 무엇을 줄 수 있을지
질문하지 않고 쓴다

작가는 독자에게 무언가를 줘야 한다. 그 무언가가 콘텐츠다. 그 무언가가 독자의 문제에 대한 해결책이다. 책을 쓸 때는 늘 스스로에게 물어보아야 한다. "독자가 내 책을 읽고 어떤 가치를 얻을 수 있을까? 과연 독자의 문제해결이 도움이 될까?"

독자 맞춤형 콘텐츠가 책이다. 그것도 오직 타깃 독자만 생각하는 것이다. 타깃 독자 외에 모든 사람은 버리고, 타깃 독자가 원하는 질문에만 답하는 것이다. 그것만 보고 가야 한다. 독자의 문제에 대한 해결책을 주고, 독자의 지금 그 질문에 정확한 답을 주는 것. 그것이 핵심이다. 그렇기에 생각을 단순화해야 한다. 오직 독자의 그 문제에만 집중해야 한다.

책을 쓴다고 했을 때 자기 이야기만 주구장창 하는 사람이 있다. 내내 자기 살아온 이야기만 쓰는 것이다. 그게 뭔가? 책인가? 그것은 일기장 아닌가? 책이란 독자의 문제를 해결해주는 데 의의가 있다. 자기 이야기가 독자의 문제를 해결하는 데 무슨 도움이 되는가? 아무 상관이 없다. 물론, 작가의 이야기가 독자의 문제를 해결하는 데 도움이 되는 경우도 있긴 하다. 그럴 때는 작가의 이야기가 일종의 콘텐츠화 되었다고 보아야 한다. 즉, 자기 경험이 독자의 문제해결을 위한 콘텐츠로 된 것이라고 보아야 한다. 그럴 때는 좋다. 그러나 그렇지 않고 무의미하게 자기 경험이나 살아온 이야기를 나열하는 것은 절대적으로 피해야 한다.

자기의 평소 생각만 줄곧 이야기하는 것도 마찬가지다. 작가의 평소 생각은 자기 일기장에 적으면 된다. 다른 사람이 볼 이유가 없다. 왜? 다른 사람의 삶에 도움이 안 되고 독자는 관심도 없기 때문이다. 물론, 연예인이고 정치인이라면 할 수도 있겠지만, 일반인이 무슨 자기 생각을 이야기한단 말인가? 그러면 안 된다. 다만, 자기가 어떤 분야에서 일가를 이루었다면 자기 생각만 이야기해도 베스트셀러가 된다. 자기 생각으로 본인이 성공했기에, 본인의 생각이 자산으로 와닿는 것이다. 그러면 아무개의 생각이라는 제목으로 책을 쓰면 당연히 베스트셀러가 된다. 예전에 정치인 안철수가 『안철수의 생각』이라는 제목으로 책을 써서 종합 베스트셀러 1위를 기록한 것처럼 말이다. 즉, 자기 커리어와 업적이 자기 생각에 힘을 실어주는 경우다.

보통의 스펙을 가지고 있는 일반인이라면 책을 자기 경험과 생각을 쓰지 말고, 철저한 콘텐츠로만 접근해야 한다. 독자의 문제해결에만 관심을 가지고 이쪽으로 집중해서 책을 써야 한다. 자기 경험도 독자의 문제해결을 위한 것, 자기의 생각도 독자의 문제해결을 위한 것으로 접근해야 한다. 그래서 자기 경험과 생각이 일종의 콘텐츠가 될 수 있도록 접근해야 한다. 즉, 자기가 암을 앓았다면 본인의 암 치유 경험을 정리해서 독자에게 도움이 될 수 있도록 하는 것이다. 서울대에 합격했다면 자기의 공부경험을 써서 독자에게 도움이 될 수 있도록 하는 것이다. 공황장애를 앓았다면 자기의 극복 경험을 적어서 독자에게 도움이 될 수 있도록 하는 것이다. 즉, 자기 경험과 생각을 독자의 문제해결에 도움이 되는 쪽으로만 쓰는 것이다. 그러면 독자들에게 도움이 되고, 나의 경험과 생각이 독자에게 도움이 되는 콘텐츠가 되는 것이다. 그러면 그것은 출판이 되고 베스트셀러가 된다.

책을 쓰기 전, 목표와 방향을 분명히 하고 책을 써야 한다. 그냥 아무렇게나 쓰면 책이 되는 것이 아니기 때문이다. 철저하게 독자를 생각하고 책을 써야 한다. 독자의 현재 문제를 정의하고, 해결책을 쓰겠다고 생각해야 한다. 다만, 자료수집을 하면서 독자의 문제가 무엇인지에 대해서도 계속 검증해보아야 한다. 해결책도 진짜 해결책이 될 수 있을지에 대해서 계속 검증해보아야 한다. 지금 독자의 문제라고 하는 것, 해결책이라고 하는 것도 일종의 가설이기 때문이다. 그래서 자료수집을 하면서 검증해야 한다. 그래서 정확한 문제 정의와 해결책 제시가 돼야 한다. 즉, 문제진단에 있어 정확한 책, 문제해결책에 있어 깊이 있는 책을 써야 한다.

자료수집을 하고 책을 쓰면서도 본인 스스로에게 계속 질문해보아야 한다. '이게 진짜 독자에게 도움이 되나? 왜 도움이 되나? 어떻게 도움이 되나?' 이런 질문들을 계속 던져보아야 한다. 그래서 독자에게 확실한 도움이 되는 방향으로 쓰는 것을 계속 유지해야 한다. 조금이라도 신변잡기적으로 흐르지 않는지, 조금이라도 엉뚱한 이야기하고 있는 게 아닌지, 과연 이게 진짜 도움이 되는 것인지 엄격하고 냉정하게 질문하고 답해야 한다.

어떤 분야에 관해 자기 경험이 충분하다면 그걸 토대로 질문하고 답을 하면 된다. 자기 경험이 없다면 자료수집 과정에서, 책을 쓰는 과정에서 독자 입장에 서서 생각하고 고민하면서 책을 써야 한다. 그래야 독자에게 실질적인 도움을 줄 수 있다. 책은 독자에게 실질적인 도움을 줘야지, 뜬구름 잡는 말을 하면 안 된다.

모든 독자를 만족시킬 수는 없다. 따라서 범위를 좁힌 타깃 독자를 우선적으로 염두에 두되 너무 이 독자, 저 독자의 눈치를 보면 안 된다. 어차피 모든 사람은 만족시킬 수는 없기 때문이다. 객관적이고 냉정하게 생각하여 타깃 독자군의 고민과 고통에 대해서 정확히 정의하고, 통설에 입각한 해법을 주면 된다. 다만, 소수설이라도 의미가 있다고 판단되면 소신을 가지고 전체 책 분량의 10% 내외에서 책을 쓰는 것은 좋다. 즉, 책의 내용의 80~90%를 통설과 다수설 중심으로 쓰면서, 소수의 견도 10%를 넣는다. 그렇게 대중 독자를 만족시키면서, 동시에 의미 있는 소수독자를 구할 수 있고, 책 내용의 차별화도 가능하다.

진리와 진실은 단순 명쾌하다. 복잡하거나 너무 많은 고민을 요하지 않는다. 그래서 심플하게 생각하고 문제를 정의하고 답을 주면 된다. 지금 독자에게 도움이 되는 글을 쓰고 있는지, 아닌지는 본인 스스로가 잘 알 수 있다. 자기에 대한 확신을 가지고 가면 된다.

37

목차 구성을 하지 않고
본문부터 쓰는 우를 범한다

목차를 구성하지도 않고 본문부터 쓰는 어처구니없는 경우도 많이 본다. '책쓰기=글쓰기'라고 생각하고 그냥 글만 쓰는 것이다. 절대 그렇게 하면 안 된다. 바로 글부터 쓰면 안 된다. 반드시 목차를 먼저 구성해놓고 책을 써야 한다. 그럼 각 목차를 어느 정도 만들어야 할까? 목차는 반드시 100% 구성해놓고 책을 써야 한다. 물론, 확정된 목차라도 어느 정도 바뀔 수는 있다. 그러나 목차를 모두 만들어놓고 책을 써야 한다. 가령, 내 책에서 확정된 목차의 목차가 40개라고 해보자. 그럴 경우 100개 정도의 목차를 만들어놓고, 그중 40개 정도 골라서 책을 쓰는 것이 좋다. 다만, 이때도 100개 목차가 모두 알차야 한다는 것, 100개 중에서 40개를 골라서 쓴다고 하더라도 전체 목차 구성은 흔들리지 않아야 한다. 즉, 부문별 목차들이 한쪽으로만 쏠려 있으면 안 되고, 전체 목차에서 양적 균형이 맞아야 하며, 책의 큰 틀은 잡고 있어야 한다.

가능하면 목차는 100% 확정해놓고 책을 쓰는 게 좋다. 나는 지금까지 책쓰기 지도를 하며 반드시 목차를 100% 구성해놓고 본문을 쓰기 시작하도록 했다. 이유는? 책은 결국 독자를 위한 콘텐츠다. 독자를 위한 콘텐츠를 주려면 '콘텐츠를 주는 뼈대와 구조'도 대단히 중요하다. 아파트라고 했을 때 아파트의 철골구조가 목차다. 즉, 건축물의 뼈대인 것이다. 목차도 마찬가지다. 큰 그림의 핵심을 딱딱 정해두어야 그대로 갈 수 있다. 안 그러면 중구난방으로 갈 수밖에 없다. 아파트에서 철골 안에 들어가는 콘크리트는 원고(글)라고 할 수 있다.

목차를 미리 구성해놓지 않고 책을 쓰면 어떻게 될까? 엉뚱한 테마(주제)에 대해서 글을 쓰게 될 가능성이 크다. 즉, 독자들이 가장 관심이 있고, 인기가 있으며, 크게 반응할 테마들로 목차가 구성되어야 한다. 그런데 그렇지 않고 그냥 글만 쓰다가는 글쓰기 자체에 너무 빠져서 책의 전체 구성에 대해서 냉정하게 판단하지 못할 가능성이 크다. 그러면 목차가 아무렇게나 구성되어, 책이 산으로 가게 된다. 목차를 구성하는 것은 하루아침에 되지 않는다. 독자의 문제에 대해서 다각도로 생각해보아야 한다. 해결책에 대해서도 많은 생각을 해보아야 한다. 그 모든 것이 하나가 되어 나오는 것이 목차다. 많은 생각을 하고, 검증도 하고, 다른 책의 목차와도 비교하는 등 다양한 노력이 필요하다. 그렇게 최종 목차가 구성되는 것이다. 그래서 철저한 작업을 거쳐서 목차를 먼저 구성해놓고 원고를 써야 한다.

원고를 쓰면서 책의 목차가 바뀌는 경우도 있다. 원고의 내용이 곧 목차가 되어야 한다. 즉, 원고와 목차는 내용적으로 일치해야 한다. 그런데 원고를 쓰다 보면 원고 내용이 바뀌어 원래 목차와 달라지는 경우도 있다. 물론, 이런 경우가 많지는 않다. 그러나 있기는 하다. 그럴 때는 목차를 해당 원고의 내용에 맞게끔 바꾸어야 한다. 바꾸면 된다. 또, 목차를 잡아두었으나 해당 목차에 대한 자료가 부족하면 원고를 아예 못 쓰게 된다. 그러면 그 목차를 삭제해야 한다. 그럴 경우에는 새로운 목차를 만들어야 한다. 따라서 이런 경우가 발생하기 때문에 미리 예비 목차를 100개 정도 만들어놓는 것이다. 즉, 최종 목차가 40개라고 했을 때 예비 목차는 100개인 것이다. 그러면 원고를 쓰다가 목차가 5~10개 정도 제거되어도 예비 목차에서 가져오면 된다. 실제로 원고를 쓰다 보면 5~10개 정도의 목차는 제거 및 추가가 될 수 있다.

목차를 구성하는 작업은 거시적인 시야를 필요로 한다. 전체 숲을 보아야 한다. 즉, 내가 하고자 하는 말과 앞으로의 방향도 보아야 한다. 경쟁도서 분석을 통해서 그들을 이길 수 있는 목차도 만들어내야 한다. 독자들의 문제를 해결해줄 수 있는 목차도 잡아야 한다. 동시에 대한민국의 메가트렌드를 만족시킬 수 있는 목차도 만들어야 한다. 이 4가지가 모두 교집합으로 만족되어야 책의 목차로써 합격점에 이를 수 있다. 이 작업은 다 살펴보아야 한다. 즉, 목차 구성은 내가 하고 싶은 말과 나의 진로를 모두 밀어줄 수 있어야 한다. 동시에 경쟁도서보다 더 나은 구성이어야 한다. 타깃 독자의 문제를 확실히 해결해 줄 수 있는 목차여야 한다. 대한민국의 문화와 트렌드·시대 상황을 만족시킬 수 있는 구성이어야 한다. 이것이 모두 하나가 되어서 나와야 한다. 그래서 거시적인 시야가 필요하다. 시간도 어느 정도 걸린다.

원고 쓰기는 미시적 시야가 필요하다. 원고 쓰기는 해당 목차만 보고 써야 한다. 해당 목차에 맞는 메시지, 맞는 글을 써야 한다. 동시에 단문 쓰기를 철저히 지켜야 한다. 그러니까 산에 올라갈 때 발밑의 돌만 보고 가는 것과 같다. 하나하나 꼼꼼하게 살펴서 가야 한다. 그래서 기본적으로 미시적 시야라고 할 수 있다. 목차 구성은 거시적 시야요, 원고 쓰기는 미시적 시야다. 그래서 이 둘을 동시에 왔다 갔다 하기란, 즉 원고를 쓰면서 목차를 구성하기란 거의 불가능에 가깝다. 그래서 미리 목차를 잡아놓고, 원고 쓰기에만 집중해야 한다. 원고를 쓰면서는 목차의 문장 표현 바꾸기, 삭제, 추가와 같은 난이도가 아주 낮은 작업만 해야 한다.

실제로 책을 쓸 때 목차를 구성하지 않고 책을 쓰는 사람, 목차의 20%만 완성해놓고 책을 쓰는 사람, 원고를 쓰면서 목차의 전면 교체를 자주 하는 사람은 문제가 있다. 이러면 기획출판과 베스트셀러는 대단히 힘들다. 목차가 전면 교체되면 책의 콘셉트, 타깃 독자 등 모든 것이 바뀐다. 그러니까 책의 일대 혁명이 일어난다. 이런 걸 자주 한다? 그러면 책 못 낸다.

원고를 쓰기 전 목차를 100% 확정해야 한다. 최종 확정 목차 40개를 만들기 전, 예비 목차를 100개 정도는 만들어야 한다. 그래서 추후 원고를 쓰면서 목차가 삭제된다면 거기서 새로운 목차를 가져와야 한다. 그렇게 하면서 원고를 쓸 때는 원고에만 집중해야 한다. 책을 쓰는 데는 지켜야 할 순서가 있다. 바로 이를 두고 한 말이다.

이를 정리하면 다음과 같다.

1. 책을 쓰기 전 목차를 100개를 만든다.
2. 그 후 최종 목차를 40개를 정한다.
3. 원고를 쓴다.

4. 그러다 어떤 목차가 빠지게 된다면 예비목차에서 새로운 목차를 가
   져온다.

5. 원고를 목차와 다르게 썼다면 목차명을 바꾼다.

6. 책을 쓰기 전 목차는 100% 확정해놓고 원고를 쓴다.

38

각 목차의 분량을 들쑥날쑥하게 쓰는 우를 범한다

원고의 콘텐츠 퀄리티는 대단히 중요하다. 즉, 원고의 질은 중요하다. 그러나 원고의 양도 중요하다. 즉, 원고의 양은 전체 책을 구성하는 목차마다 일정한 것이 좋다. 적어도 80% 이상의 원고가 그래야 한다. 물론, 원고의 양이 들쑥날쑥할 수도 있다. 경우에 따라 강조해야 할 원고가 있을 때는 원고량이 많을 수 있다. 원고의 양이 적어도 독자에게 충분히 좋은 콘텐츠가 전달된다면 원고의 양은 적을 수 있다. 즉, 유동적으로 조절은 가능하다.

의도적으로 하는 것과 모르고 그냥 하는 것은 다르다. 어떤 목차가 중요하기 때문에 의식하고 원고량을 많이 쓴다? 그럼 좋다. 원고량을 조금만 써도 독자가 충분히 이해할 것이기 때문에 의식하고 적게 쓴다? 그것도 좋다. 그런데 그렇지 않고 각 목차의 원고량을 마음대로 들쑥날쑥하게 쓰는 것은 문제가 있다. 그러면 원고의 통일성이 없어 보인다. 무엇보다 작가가 진짜 전달하고 싶은 콘텐츠를 전달하는 데 문제가 생긴다. 즉, 별것도 아닌 걸 많이 써버리면, 진짜 전달하고 싶은 콘텐츠가 희석된다. 진짜 많이 써서 충분한 설명을 해야만 하는 중요한 원고인데도 적게 쓰면, 독자는 콘텐츠를 잘 이해하지 못하게 된다.

목차별 원고는 일정한 양으로 쓰되, 필요에 따라 많이 쓰거나 적게 써야 한다. 즉, 강조가 필요하거나, 충분한 설명이 필요하다면 많이 쓰고. 별로 중요하지 않거나, 간단하게 설명해도 충분한 콘텐츠라면 원고량을 적게 쓰도록 한다. 조절하는 것이다.

적정한 원고량을 얼마 정도일까? 일반적으로 A4용지 기준 2.5페이지가 1개 목차의 원고량으로 가장 좋다. 그렇게 40개 목차를 쓰면, A4용지 100페이지가 나온다. 이 A4용지 100페이지가 책으로 만들면 약 250페이지가 된다. 이때 글자 크기는 10포인트, 행간 간격은 160%로 한다. 즉, '아래 한글'에 기본설정된 것을 그대로 쓰면 된다. 원고는 가능하면 '아래 한글'로 작성하는 것이 좋다. MS워드로 써도 되지만, 대부분의 출판사는 '아래 한글'을 선호하기 때문이다.

어떤 목차를 강조하기 위해서 많이 쓴다면 어느 정도 써야 할까? 일반적으로 A4용지 3~5페이지 정도가 적절하다. 물론, 경우에 따라 10페이지 내외로 쓸 수도 있다. 강조를 위해서 그렇게 써야 한다면 써야 한다. 물론, 이때도 가능하다면 A4용지 10페이지의 원고를 2개 혹은 3개로 쪼갤 수 있다면 쪼개면 좋다. 그러나 원고의 내용이 유기적으로 끈끈하게 연결되어 2~3개 원고로 쪼개기 힘들다면, 그대로 가야 한다. 즉, 10페이지 원고임에도 그대로 가는 것이다.

적게 써도 될 원고라면 적게 써도 된다. 적게 쓴다는 것은 어느 정도의 원고량을 말하는 것일까? 일반적으로 A4용지 1~1.5페이지를 말한다. 그러나 아무리 적게 쓰더라도 A4용지 0.5페이지는 원고량이 너무 적다. 그것은 쓰나 마나 한 원고다. 원고량이 너무 적으면 콘텐츠 전달이 어렵다. 아무리 적게 쓰더라도 A4용지 1~1.5페이지는 써야 한다. 그래야 최소한의 콘텐츠가 전달되기 때문이다. 책은 보고서나 요약본이 아니라는 점을 기억해야 한다.

정리해보면 거의 모든 목차별 원고가 A4용지 2.5페이지가 되는 것이 가장 좋다. 강조가 필요하다면 A4용지 3~5페이지 혹은 10페이지 내외까지 쓸 수 있다. 물론, 이때는 쪼갤 수 있으면 쪼개고, 그렇지 못하겠다면 그대로 쓴다. 목차별 원고를 적게 쓴다면 A4용지 1~1.5페이지로 쓰도록 한다. 이때 한 목차에 A4용지 0.5페이지는 너무 적으니 아무리 적더라도 A4용지 1~1.5페이지는 쓰는 것이 좋다.

거의 모든 목차마다 A4용지 2.5페이지를 쓰면서 원고의 적절한 콘텐츠 퀄리티를 확보해주도록 한다. 그러나 A4용지 2.5페이지로 완벽한 설명이 도저히 불가능하다면 더 많이 써야 한다. 원고량의 적고 많음도 기준은 오직 타깃 독자에게 있다. 독자가 잘 이해할 수 있다면 적은 양으로 원고를 써도 된다.

정리해보면 이렇다.

1. 원고는 1개 목차에 A4용지 2.5페이지를 쓰도록 한다.

2. 강조가 필요한 원고라면 A4용지 3~5페이지, 10페이지 내외를 쓰도록 한다.

3. 적은 양의 원고를 써도 된다면 A4용지 1~1.5페이지를 쓰도록 한다.

4. 원고량은 오직 타깃 독자를 기준으로 정한다. 독자에게 충분한 설명을 해야 한다면 길게 쓴다. 독자에게 간단한 설명을 해도 충분하다면 짧게 쓰도록 한다.

39

표절과 인용에 대한 개념 없이
글을 쓰는 우를 범한다

책쓰기를 할 때 표절과 인용에 대한 확실한 개념을 가지고 있어야 한다. 글을 잘 써놓고도 출판하지 못하거나, 출판 후 책을 회수해야 할 수도 있다. 명예훼손이 될 수도 있다. 표절과 인용에 문제가 있으면 그렇게 될 수 있다.

표절은 결국 남의 글을 내 것인 양 쓰는 걸 말한다. 쉽게 말하면 다른 책에 있는 글을 복사해서 붙여놓고, 자기 글인 것처럼 아무 조치도 하지 않고 가만히 있으면 표절이 된다. 즉, 남의 글 훔치기다. 이때는 문제가 된다. 당연히 표절 판정을 받게 된다.

어떻게 해야 할까? 표절을 피하려면 1개 문장에서, 6개 단어가, 연속적으로 일치하지 않으면 된다. 즉, 문장표현이 달라야 한다. 다른 책이나 콘텐츠에서 내용은 가져오되, 문장표현을 다르게 한다면, 표절이 아니고 새로운 창작물로 인정받는다. 결국 중요한 것은 문장표현을 다르게 하는 것이다. 문장표현을 다르게 한다고 해서 글자 한 개씩 살짝살짝 바꾸는 정도로는 부족하다. 문장을 완벽하게 바꾸어내야 한다. 그래야 표절이 아니다.

표절을 피하기 위해선 내용을 완벽하게 이해해야 한다. 그런 후에 원 문장을 보지 않고 글을 써야 한다. 원 문장을 보고 글을 쓰게 되면 그 글을 따라 쓰기 쉽다. 자기도 모르게 그렇게 된다. 그래서 내용만 확실히 숙지하고, 원문을 안 보고, 글을 써야 한다. 그런 후에 눈으로 확인해야 한다. 추후 카피킬러를 통해서 표절 검사도 해야 한다.

즉, 카피킬러를 통해서 표절 검사도 하고, 카피킬러가 못 잡는 경우도 있으므로 눈으로도 검사한다. 가끔 출판사에서 편집을 하는데 편집된 글이 원문과 똑같은 경우도 발생한다. 따라서 출판사가 고친 글도 표절 검사를 해야 한다. 즉, 카피킬러도 돌리고, 눈으로도 확인해야 한다. 그렇게 해서 완벽하게 잡아내야 한다. 표절과 인용의 최종책임은 작가에게 있기 때문이다.

이런 경우도 있다. 책을 쓰기 위해선 자료수집이 필수다. 그래서 자료수집을 한다. 그런데 자료수집을 해보니 가져올 만한 콘텐츠가 없다고 여겨졌다. 그래서 자료 본 걸 무시하고 그냥 내 생각대로 책을 쓰기로 결심했다. 나도 이 분야에 대해서 아는 것이 많고 대학에서 강의도 하기 때문이다. 그렇게 원고를 써서 기획출판 계약을 하고 출판을 했다. 베스트셀러도 됐다. 그런데 문제는 모 출판사에서 내 책이 표절이라며 연락이 온 것이다. 보니까 표절이 맞다. 그 책에서 나온 문장들과 내 책의 문장들이 일치하는 것이 거의 1페이지, 2페이지를 차지하는 것이다. 이것은 도대체 어떻게 된 일일까? 분명 자료는 검토만 한 뒤 완전히 무시하고 책을 썼다. 즉, 자료를 활용하지 않고 책을 썼다. 내 생각대로 책을 썼다. 그런데 표절이라고? 더군다나 책을 보니 1~2페이지의 문장들이 완전히 똑같다고? 이런 경우가 나온다고?

실제로 일어날 수 있다. 즉, 자료수집을 할 때 자기도 모르게 그 책의 1~2페이지를 마치 사진을 찍듯이 완전히 외워버린 것이다. 이것은 자기도 의식하지 못한 것이다. 결국 자기 책을 쓸 때 그 페이지들을 그대로 옮겨온 것이다. 물론, 이조차도 자기는 전혀 의식하지 못했다. 그러나 자기도 모르게 표절범으로 몰려버리는 결과가 됐다. 이렇게 되면 어떻게 해야 할까? 그 작가에게 공개사과를 하거나, 절판을 하거나, 그 책에서 가져온 만큼 돈을 줘야 한다.

지금 이야기가 황당하다고 생각하는가? 아니다. 현실에서 충분히 벌어질 수 있는 일이다. 그래서 표절은 확인하고 또 확인해야 한다. 자기가 10년 전에 본 책에서 자기도 모르게 가져올 수도 있다. 충분히 검토하고 확인해야 한다.

인용은 어떻게 하면 될까? 인용은 다른 책이나 콘텐츠에서 나온 문장을 내 책에 그대로 가져올 때 출처를 표시하면 된다. 그럼 합법적으로 인정된다. 이때는 반드시 출처 표시를 내 책의 본문에서 해야 한다. 책의 맨 뒷면에 출처표시를 했으니까 적법한 인용 표시를 한 것이 아니냐고 생각할지 모른다. 그러나 책의 맨 뒷면에 출처표시를 한 것은 적법한 인용 표시로 인정받지 못한다. 오직 책의 본문에서 출처표시를 할 때 적법한 인용으로 인정받는다.

인용은 이렇게 출처만 밝히면 끝날까? 그렇지 않다. 다른 책에서 본 걸 무작정 인용표시만 한다고 합법이 된다면, 다른 책에 있는 걸 전부다 가져와서 내 책에 붙이고, 내 생각은 하나도 없는 책을 낼 수도 있다. 만약 이렇다고 해보자. 그 책에서 가져온 것이 내 책의 분량의 50%다. 내가 쓴 글은 50%다. 그럼 이것은 합법일까? 불법일까? 당연히 불법이다. 인용으로 인정받지 못한다. 이것은 표절로 판정이 된다.

왜냐하면 내 행위 즉 그 책을 상당히 많이 가져온 것 때문에 그 책의 판매에 악영향을 미쳤기 때문이다. 그래서 불법으로 간주한다. 그렇다면 인용의 양은 어느 정도면 될까? 내 책의 분량의 20% 미만이어야 한다. 또한, 책 한 권 혹은 신문사 한 곳 등 특정 콘텐츠 한 곳에서만 집중적으로 가져오면 안 된다. 다수의 콘텐츠에서 골고루 가져와야 한다.

요즘은 출판사들이 까다로워진 것도 있다. 그래서 법적으로는 인용 표시만 하면 되지만, 이것으로 충분하지 않을 수 있다. 인용의 양이 어느 정도 된다면 출판사에서 돈을 요구하는 경우도 왕왕 있다. 이때는 당연히 비용을 지불해야 한다. 그래서 인용 표시만 하고 가만히 있으면 안 된다. 출판사에 연락해서 인용 동의를 받아야 하고, 경우에 따라 비용도 지불해야 한다. 신문사, 유튜브, 블로그 등도 역시 연락을 해서 동의를 받아야 한다. 추후 발생할 불상사를 막기 위함이다. 문장표현을 완전히 바꾸어서 새로운 창작물이 되었다면 이것은 인용도 표절도 아니고 새로운 창작물이다. 이때는 당연히 동의를 받을 필요가 없다. 물론, 이때도 책의 맨 뒷면에 출처를 표시해서 원작자들에 대해서 예의를 표하는 것이 좋다.

실제 같은 주제의 기존 책을 활용해서 책을 쓰는 것이 책쓰기의 정석이다. 같은 주제를 다룬 책에 있는 다양한 자료를 활용해서 책을 쓰는 것이 책쓰기의 정석이다. 그런데 같은 주제를 다룬 작가나 인플루언서가 보기에는 내가 자기들과 같은 주제로 책을 써서 대형 작가가 되는 것이 탐탁지 않다. 배가 아프기 때문이다. 밥그릇을 빼앗기는 것이기 때문이다. 그래서 아무것도 아닌 일 가지고도 싸우기도 하고, 악성 댓글을 남기기도 하며, 표절이 아닌데도 시비를 건다. 실제 표절이면 당연히 항의를 하고 끝까지 싸울 수도 있다. 그렇기에 확실히 해야 한다. 사람이기에 누구나 질투를 할 수 있고, 배가 아플 수 있다. 특히 내가 독창적으로 개발한 용어나 이론이나 내용이나 사례라면, 그것을 타인이 써서 그가 베스트셀러 작가 혹은 유명인이 된다면 열 받는 것이 어찌 보면 당연하다.

책을 쓰는 사람은 인용 및 표절에 대해서 확실하게 알고 있어야 한다. 문장표현을 바꿔 새로운 창작물로 만들더라도 책의 맨 뒷면에 출처표시를 해서 그들에 대한 존경과 예의를 표하는 것이 좋다. 경우에 따라서 그들에게 직접 연락을 해서 그들의 추천사를 받는 것도 좋다. 그것도 일종의 예우 방식이기 때문이다. 추천사는 일종의 영광이니까 말이다. 물론, 거기까지 안 가고 확실히 지킬 것은 지키고, 책의 맨 뒷면에 표시를 하는 것도 충분하기는 하다.

인용은 출처표시를 하되, 내 책의 분량의 20% 미만을 가져오고, 자료를 다수의 출처에서 골고루 가져와야 한다. 그렇게 하면 된다. 그림이나 이미지는 출처표시를 해도 반드시 동의와 사용료 지불이 필요하다. 단순 인용 표시만 하고 넘어가면 절대로 안 된다. 이것은 인용 표시로 해결될 사안이 아니기 때문이다. 통계 및 도표자료를 활용할 때도 사적 이용을 금지한다는 표기가 된 곳이라면 반드시 연락을 해서 동의를 받아야 한다. 그러니까 인용은 사실상 거의 모든 곳에서 동의를 받고, 필요하면 비용을 지불해야 함을 기억하고 있어야 한다.

표절의 경우에는 문장표현이 핵심임을 기억해야 한다. 문장표현을 다르게 쓰면 새로운 창작물이 되기 때문이다. 다만, 단순하게 글자 몇 개 바꾸거나, 단어 순서 바꾸는 식으로 하면 안 된다. 진짜 문장 자체가 완전히 달라야 한다. 그래야 새로운 창작물로 인정받는다. 즉, 내용은 같지만 문장 자체가 완전히 달라야 한다. 이때도 카피킬러 검사도 하고, 눈으로도 확인해야 한다. 출판사 편집본도 다시 확인해야 한다. 그런 철저함이 필요하다.

표절과 인용은 반드시 숙지를 해야 할 문제다. 책을 잘 쓰고도 나중에 문제가 될 수 있기 때문이다. 책을 쓸 때도 쓰고 나서도 반드시 점검하고 또 점검해야 함을 기억해야 한다.

40

타깃 독자를 정하지 않고
글을 쓰는 우를 범한다

책을 쓸 때는 오직 타깃 독자만 생각해야 한다. 그 외엔 모두 버려야 한다. 즉, 책이란 타깃 독자를 위한 러브레터다. 타깃 독자를 위한 문제해결서다. 작가는 타깃 독자만 바라보아야 한다. 즉, 책을 쓸 때는 그들의 관심사, 고민, 걱정, 고통, 숨결을 모두 느끼며 책을 써야 한다. 왜냐하면 오직 그들만이 우리 책을 구입할 사람이기 때문이다. 그들 외엔 우리 책을 구입하지도, 읽지도 않는다. 해당 분야에 관심이 없기 때문이다. 해당 분야에 고통이 없기 때문이다.

타깃 독자가 누구인가에 대한 설정이 대단히 중요하다. 가령 지금 내가 쓰고 있는 책의 경우에 타깃 독자가 누구일까? 태어나서 처음으로 책을 처음 쓰고자 하는 사람들이다. 동시에 책을 써서 퍼스널 브랜딩을 하고자 하는 사람이다. 동시에 책을 앞으로도 계속 써서 작가와 강사로 승부하고 싶은 사람이다. 물론, 이 중에는 책을 1~2권 정도 출판한 사람도 포함한다. 책 1~2권을 낸 사람도 아직 초보이기 때문이다. 물론, 책을 한 권도 내지 않은 사람이 독자층의 80~90%가 된다. 그럼, 이 사람들이 핵심 독자층이 된다. 책을 1~2권 낸 사람은 독자층의 10~20%가 되며 확산 독자층이 된다. 정리를 해보면 다음과 같다.

- 타깃 독자: 책을 쓰고자 하는 사람
- 핵심 독자층: 태어나서 책을 처음 쓰는 사람, 책쓰기로 퍼스널 브랜딩도 하고, 앞으로 책과 강의로 승부하고자 하는 사람
- 확산 독자층: 이미 책을 1~2권 낸 사람, 그러나 기대에 미치지 못한 결과를 낸 사람, 앞으로 좋은 책을 쓰고 다양한 승부를 계속할 사람

이 사람들이 이 책의 타깃 독자들이다. 그렇다면 그 타깃 독자들에게 도움 될 콘텐츠만 써야 한다. 타깃 독자들이 관심이 없는, 책쓰기와 관련이 없는 것을 쓰면 안 된다. 물론, 책쓰기는 평생 공부, 태도, 마음 자세, 강의와도 큰 관련이 있기 때문에 그런 내용도 다루어야 한다. 하지만 이런 내용은 책쓰기 외의 내용이 아니라 책쓰기를 위해 반드시 필요한 내용이다. 왜냐하면 책은 한 권만 쓴다고 승부가 되는 것이 아니기 때문이다. 즉, 계속 써야 한다. 계속 쓰려면 평생 공부를 해야 한다. 태도와 마음 자세도 대단히 중요하다. 책을 써서 돈을 벌어야 하는데, 요즘은 인세보다도 강의로 돈을 버는 경우도 많다. 그래서 강의도 해야 한다.

이 책은 19년 차 선배 작가의 경험담을 토대로 작가 지망생과 초보 작가들에게 가이드를 해주는 책이다. 동시에, 200명이 넘는 베스트셀러 작가를 만든 한국 최고의 책쓰기 전문가가 왕초보를 위해 주는

꿀팁들의 모음이라고 할 수 있다. 실제 자기 책을 잘 쓰는 능력과 가르쳐서 성공시키는 능력은 다르다. 킹과 킹 메이커의 능력은 다르기 때문이다. 나는 이 둘을 모두 경험해본 입장에서 도움이 될 내용들을 모두 이야기하는 것이다.

타깃 독자를 정할 때는 두리뭉실하게 타깃 독자군을 잡으면 안 된다. 세그먼트segment(세분화)가 명확해야 한다. 예를 들어 마케팅 책을 쓴다고 해보자. 이때 타깃 독자를 마케팅하는 사람이라고 잡으면 안 된다. 마케팅하는 사람이라고 하면 영역이 너무 넓지 않은가? 오프라인 마케팅인가? 온라인 마케팅인가? 만약 온라인 마케팅이라면 무엇인가? 네이버 블로그인가? 인스타그램인가? 페이스북인가? 유튜브인가? 틱톡인가? 만약 네이버 블로그 마케팅이라면 그들은 무엇을 하는 사람이고, 이 책을 통해서 무엇을 얻고 싶어 하는가를 명확히 해야 한다. 즉, 네이버 블로그 마케팅 사업을 하는 사람인가? 주부나 단순 부업을 통해서 네이버 블로그를 키우고자 하는 사람인가? 인플루언서로서 네이버 블로그를 키우려고 하는 사람인가? 이런 식으로 쪼개고 또 쪼개야 한다. 인스타그램일 때도 마찬가지다. 인스타그램으로 자기 장사하는 것을 홍보하려는 사람인가? 인스타그램 홍보회사인가? 인플루언서로서 인스타그램을 키우려고 하는 사람인가? 그런 식으로 쪼개야 한다. 유튜브도 마찬가지다. 그 특성에 맞게 쪼개보아야 한다.

예를 들어서, 네이버 블로그 책을 쓴다고 했을 때 타깃 독자를 잡아보자.

- 타깃 독자: 네이버 블로그 성장을 통해서 성공에 이르고자 하는 사람들

가장 많은 독자층이 주부, 일반 직장인, 인플루언서다. 그러나 네이버 블로그로 홍보 대행사를 운영하는 사람도 이 책을 볼 것이다. 그렇다면 방향은 명확하다.

- 핵심 독자층: 네이버 블로그로 브랜딩을 하거나, 광고 수입을 얻을 수 있는 방법을 얻고자 하는 사람들(주부, 일반 직장인, 장사하는 사람들)
- 확산 독자층: 네이버 블로그로 성장하는 방법을 전방위적으로 얻고자 하는 사람들(네이버 블로그 홍보 대행사)

타깃 독자를 구체화하는 것이 중요하다. 동시에 그들이 얻고자 하는 콘텐츠가 무엇인지 명확히 해야 한다. 그 후, 그쪽만 집중해서 책을 써야 한다. 두리뭉실하게, 이것저것 다 이야기하다가는 핵심이 흐려지고, 망하게 된다. 그들이 가려운 곳만 정확히 긁어주는 것이 필요하다. 가렵다고 여기저기 다 긁으면 가려움은 그대로 있고, 막 긁어서 피만 날 뿐이다.

타깃 독자는 책을 처음 쓸 때부터 확정해 두어야 한다. 이것부터 해놓고 자료수집을 하고 책을 써야 한다. 타깃 독자를 확정하되, 자료수집을 하면서 타깃 독자 확정이 잘못되었다면 수정해야 한다. 타깃 독자의 니즈는 자료수집을 하면서 그들의 고통과 문제에 대해서 섬세하게 느껴야 한다. 목차는 결국 타깃 독자의 고통과 문제라고 보면 된다. 책의 내용은 그들의 고통과 문제에 대한 해결책이다.

타깃 독자를 잡을 때 또 기억해야 할 것은 최대한 많은 수의 사람들을 잡아야 한다는 것이다. 물론, 너무 많으면 또 안 된다. 가령, 많은 수의 독자를 잡으라고 했다고 한국인 중 1,000만 명에 해당되는 숫자쯤으로 생각하면 안 된다. 이 정도의 숫자는 너무 많다. 그러나 마케터라고 했을 때 그중에서 최대한으로 많은 숫자가 있는 쪽을 잡아야 한다. 가령, 네이버 블로그 마케팅 책을 쓴다고 해보자. 이때 일반 직장인, 주부, 인플루언서의 숫자가 많겠는가? 네이버 블로그 광고대행사의 숫자가 많겠는가? 당연히 전자다. 그렇기에 타깃 독자의 중심을 일반 직장인, 주부, 인플루언서로 잡고 가야 한다. 즉, 네이버 블로그를 통해서 성장하고 돈을 벌고자 하는 일반 직장인, 주부, 인플루언서를 타깃 독자로 잡고 가야 한다.

타깃 독자의 최대치는 100만 명 정도로 잡고 가야 한다. 물론, 이 100만 명을 확실하게 잡으면 입소문이 나면서 300만 명으로 확산된다. 그럼 300만 부짜리 대형 베스트셀러가 될 수 있다. 물론, 이 숫자가 100만 명이라고 해서 이들의 니즈에 대해서 두리뭉실하게 잡으면 안 된다. 명확하게 잡아야 한다. 마치 사람 1명의 니즈라고 생각될 정도로 구체적이어야 한다. 그와 1대 1 대화를 하고 나서 타깃 독자의 니즈를 잡은 것이 아닐까 생각될 정도여야 한다.

책을 쓰다 보면 욕심이 생긴다. 자꾸 욕심을 내고, 욕심으로 지옥으로 떨어지는 것이 인간의 운명인가라는 생각도 해보게 된다. 욕심을 멈추면 길이 보인다. 그런데 욕심을 계속 부리다가 지옥의 낭떠러지로 떨어지는 걸 많이 본다. 책을 쓸 때 타깃 독자만 보면 된다. 그런데 자꾸 이 사람 저 사람을 끌어들이려고 한다. 책을 많이 팔 욕심 때문이다. 그러나 모두를 만족시킬 수 있는 책은 없다. 모두를 만족시키려고 한다면 결국 한 명도 만족 못 시킨다. 단 한 명, 단 한 그룹, 그들만 보고 가야 한다.

홀어머니에게 외아들이 있다고 해보자. 아들인 그는 당연히 어머니의 극진한 보살핌을 받고 자랐다. 성인이 된 후 어머니에게 효도를 하고 싶은 마음은 당연한 것이다. 그러나 결혼을 한다고 해보자. 그때 어머니와 함께 살 여자를 구하는 것이 쉽겠는가? 어머니에게만 잘해준다면, 아내가 좋아하겠는가? 당연히 어머니와 거리를 둘 수밖에 없고, 왕래가 뜸해질 수밖에 없다. 어머니에게 100만 원의 용돈을 준다면, 아내는 처가에노 100만 원의 용돈을 주자고 할 것이다. 결국 모는 부게 중심을 아내에게 맞추어야 한다. 그런데 그것이 어렵다면, 어머니와 아내 모두 만족시키려고 한다면 물과 기름을 섞으려고 하는 것과 같다. 결국 파국 외에는 답이 없다. 여자 단 두 명을 만족시키는 것도 불가능하다. 그런데 모두를 만족시키겠다고? 절대 안 된다.

사람들은 모두 관심사가 다르고 생각이 다르다. 그들이 살아온 환경, 입장, 눈높이, 학력, 성격 모두 다르다. 그래서 최대한 좁히고 좁혀서 한 그룹으로 타깃 독자를 묶어내야 한다. 그 후, 그들 중심으로 가야 한다. 물론, 이 안에서도 이견異見이 있을 수 있다. 당연하다. 따라서 악성 댓글도 달리고, 불만의 목소리도 나올 수 있다. 강의를 해도 그렇다. 100명이 수강하면 꼭 한 명 정도는 불만을 가지게 된다. 당연하다. 모두를 만족시키는 강의란 있을 수 없기 때문이다. 모두를 만족시키는 책도 불가능하다. 모두를 만족시키는 정책도, 제품도 불가능하다. 그런데 모두를 만족시키려고 한다고? 절대적으로 포기를 해야 할 부분이다.

중요한 것은 저자의 생각과 입장이 아니다. 독자의 생각과 입장이다. 사자는 고기가 좋고 사슴은 풀이 좋다. 작가가 사자라면 독자에게 고기를 줄 것이다. 그러나 독자인 사슴은 고기를 주니 황당할 따름이다. 사자는 고생해서 잡은 고기를 사슴이 안 먹으니 울상이다. 그러나 사슴

입장에서는 진짜 이해가 안 되는 대목이다. 그렇게 오해가 생기면 책은 망한다. 오직 독자 입장만 생각해야 한다. 그들의 마음을 섬세히 읽고 디테일하게 대응해야 한다.

가끔 강의에서 전문가가 아니라 초보가 성공하는 경우를 본다. 왜 그럴까? 전문가니까 왕초보의 입장과 눈높이를 모르는 것이다. 이미 전문가가 된 지 꽤 되었고 전문가의 시선으로 문제를 바라본 지 꽤 되었다. 왕초보의 세계와 너무 동떨어진 것이다. 그래서 자기의 눈높이로 강의하지만 사람들은 반응하지 않는다. 그런데 초보는 이제 갓 왕초보의 때를 벗었다. 왕초보의 입장과 눈높이를 너무 잘 아는 것이다. 그들의 문제와 고통을 탁 짚어내면서, 왕초보에서 초보가 될 수 있는 길을 제시하는 것이다. 크게 반응할 수밖에 없다. 그래서 강의에서 전문가는 망하고 초보가 성공하는 경우가 가끔 나온다.

가령, 하버드대에서 박사를 받은 영어 강사는 왕초보를 위한 강의에서 실패한다. 반면, 겨우 토익 800점대 후반이나 900점 정도 되는 사람이 200~300점 맞는 사람에게 3개월 만에 750점으로 만들어 줄게라고 하니, 반응이 나온다. 가르치는 사람도 토익 800점대 후반 수준의 영어밖에 모른다. 그러나 강의는 그런 사람이 더 크게 성공한다. 하버드대 박사는 실력 면에선 월등하나, 눈높이 맞춤에 실패함으로써 결국 강의 실패를 하게 된다.

모든 영역에서 이것이 가능할 수 있다. 일본에 닛산 자동차는 '기술의 닛산'으로 불린다. 그러나 지금 위기다. 닛산이 크게 실패했던 게 바로 기술중심주의 때문이다. 일류 기술자들이 최고의 기술을 써서 자동차를 만든 것이다. 진짜 최고의 차였다. 일류 기술이 모두 들어갔으니까. 하지만 모든 것의 핵심은 소비자여야 한다. 닛산 자동차는 기술 우선 접근으로 혁신을 많이 시도했다. 그러나 신기술은 복잡하고, 내구성이 부족하며, 검증이 부족했다. 결국 여러 문제가 터졌다. 닛산이 채택한 CVTContinuously Variable Transmission는 연비와 부드러운 주행을 이야기했다. 그러나 미끄러짐, 출력 저하, 파손과 같은 고장이 쌓였다. 연비와 출력향상을 위해 개발한 VC-Turbo(가변압축비 터보) 엔진은 혁신이었다. 그러나 베어링 결함이 발견되며 대규모 리콜이 이어졌다. 닛산은 과도한 설계의 복잡성으로 고장이 늘고 품질관리가 어려워졌다. 기술이 훌륭해도 소비자가 가치를 느끼지 못하면 안 된다. 기술에만 몰입하다 핵심 모델군 교체, 신제품 타이밍을 놓치면 안 된다. 혁신적인 기술 자동차를 내세웠으나 생산공정과 협력사 품질이 따라오지 못하면 안 된다. 기술은 장기간 검증도 필요한데 빠른 속도로 출시하며 결함이 생기게 된다. 결국 리콜 및 소송비용 증가, 브랜드 신뢰도 하락이 발생한 것이 당연했다.

타깃 독자 맞춤주의는 대단히 중요하다. 기술자가 좋다는 것 다 붙여봐야 별 소용이 없다. 타깃 독자가 잘 쓰는 것, 좋아하는 것, 그것을 해야 한다. 좋다고 해도 너무 비싸면 또 안 된다. 이거저거 좋은 음식 다 차려놓고 한 끼에 100만 원하면 누가 먹겠는가? 좋은 음식인 것을 다 알아도 못 먹는 것이 당연하다. 그러니까 독자를 위한 다차원의 고려가 필요하다.

작가는 결국 타깃 독자를 위한 안내인이 되어야 한다. 타깃 독자의 눈높이를 철저히 고려하는 사람이 되어야 한다. 타깃 독자에 미치고 또 미칠 때 책쓰기의 길이 보인다.

6부

책을 잘 쓰는 방법론을 알아야 한다 II

41

주장을 하려면 반드시
그 근거를 대야 함을 모른다

책을 쓰면서, 주장은 하지만 근거는 절대로 대지 않는 사람들이 있다. 즉, 자기 생각만 가지고 책을 쓰는 것이다. 자기 생각에는 이게 옳으니 이렇게 하라고 쓴다. 의외로 의사분들도 이렇게 책을 쓰는 사람들이 많다. 책을 읽어보면 근거는 전혀 없다. 내가 의사고 내가 맞으니까 그냥 하라는 식이다. 근거가 없다. 그러면 의사라도 신뢰가 안 가는 건 당연한 일이다. 의사가 아닌 일반인이 건강서를 써도 베스트셀러 되는 책이 있다. 왜일까? 근거가 확실하기 때문이다. 근거가 있으면 믿음이 간다. 당연하다.

책쓰기는 결국 독자에게 "이것이 좋으니까 이것을 하세요"라고 하는 것이다. "이렇게 하면 좋으니 이것을 하세요"라고 하는 게 책쓰기의 핵심 메시지다. 독자 입장에서는 당연히 질문이 나온다. "이것을 왜 해야 하는데? 하면 뭐가 좋은데? 근거가 뭔데? 증거가 있나?" 이런 질문이 나오는 것이 당연하다. 그래서 이것을 왜 해야 하고 무엇에 좋고 근거가 무엇인지에 대해서 정확히 말해야 한다. 그래야 독자도 믿고 따르게 된다. 그래서 책쓰기란 사실상 주장과 이에 대한 증거 제시라고 할 수 있다. 근거와 증거가 있어야만 독자들을 설득시킬 수 있기 때문이다.

책에서는 이론도 쓰지만 사례도 많이 쓴다. 왜 쓸까? 사례를 쓰는 이유는 그래야만 해당 사안에 대해서 이해를 살할 수 있기 때문이다. 이거 하라고 했을 때 어떻게 하는지에 대해서 사례로써 보여주는 것이다. 사례는 일종의 증거도 된다. 즉, "이렇게 해서 잘 된 케이스들이 줄줄이 있으니 너도 해봐"라는 증거가 되기 때문이다. 그래서 사례를 쓴다.

이론은 강력한 증거가 된다. 대학에서, 학계에서 검증된 이론을 가지고 이야기하면 주장에 큰 힘이 실리게 된다. 연구결과도 마찬가지다. 아직 이론화되지는 않았지만 공인된 기관의 검증된 연구결과는 주장에 힘을 실어주게 된다. 그래서 이론, 연구결과도 책쓰기를 할 때 반드시 모아야 한다. 권위 있는 사람의 말도 강력한 증거가 된다. 가령, 노벨상을 받은 사람이라든지, 하버드대 교수라든지 말이다. 책 인용도 좋다. 그렇게 이 모든 자료를 모아야 한다. 즉, 이론, 연구결과, 권위 있는 사람의 말, 책 등이다. 그래야 제대로 된 책을 쓸 수 있다.

요약하면 책쓰기는 이런 구조라고 보면 된다.

1. 주장하기: 이거 하면 여기에 좋으니까 해봐.

2. 증거 대기: 증거는 바로 이거 이거야.

3. 사례 대기: 이걸 구체적으로 하는 방법을 사례로 보여줄게.

4. 정리하기: 위 내용은 한마디로 이거야. 어때 쉽지? 이것으로 쭈욱 해봐.

한마디로 책쓰기는 주장을 증거와 사례로서 확실하게 증명하고, 실천방법을 풀어서 보여주는 것이다. 그것이 책쓰기의 핵심이다. 자녀교육법 책을 쓸 때도 자녀를 이렇게 교육하라고 하고, 증거를 보여준다. 이어 구체적인 실천방법을 풀어서 보여준다. 그 후 정리해준다.

심리학 책도 마찬가지다. 해당 문제에 대해서 이렇게 해보라고 한 후 왜 이렇게 하면 되는지 증거를 말해준다. 이론, 연구결과를 대준다. 혹은 권위 있는 사람의 말이나 책을 인용하기도 한다. 그러면 독자들이 납득한다. 그 후 독자들에게 어떻게 실천하면 되는지에 대해서 방법을 사례로 보여준다. 사례는 실천방법도 보여주고, 증거도 된다. 해당 사안에 대해서 쉽게 이해할 수 있도록 도와주기도 한다. 여러모로 쓸모가 많은 것이 사례다. 그 후 정리를 해준다. 정리를 해주는 이유는 주장, 증거, 사례를 한꺼번에 보면 머릿속에 정리가 안 될 수 있기 때문이다. 그래서 마지막에는 한 큐에 모두 정리를 해주는 것이다.

책쓰기에서 자료수집을 하는 이유는 결국 주장도 주장이지만, 각종 근거와 사례를 모으기 위해서라 해도 과언이 아니다. 각종 이론과 연구결과, 권위 있는 사람의 말, 좋은 책의 자료를 모으기 위해서인 것이다. 경우에 따라서 논문, 다큐멘터리, 영화, 유튜브 등도 자료가 될 수 있다. 이것들을 모두 모으는 것이다. 왜? 앞에 이야기한 구조로 책을 쓰기 위해서다.

주장하기, 증거 대기, 사례 제시, 정리하기 구조로 책을 쓰기 위해서다. 증거나 사례를 내 마음대로 조작하거나 창작할 수는 없다. 따라서 모아야 한다. 해당 분야에서 10년 이상 종사한 전문가는 자료수집 없이 책을 쓸 수 있다. 왜? 머리에 다 있으니까. 그러나 책을 다 쓰고 나서 실제 내용이 맞는지는 확인할 필요가 있다. 머리에 있는 것이 다 맞을 수는 없기 때문이다.

모든 책과 공부는 단순명쾌해야 한다. 주장도 명쾌하고, 근거도 명쾌하고, 실천방법도 명쾌해야 한다. 책을 다 읽고 나서 책에 대해서 1~2개 문단으로 정리할 수 있어야 한다. 메시지와 콘텐츠가 심플하면 가능한 일이다. 책은 그래야 하고, 그렇게 써야 한다. 자료수집도 명쾌해야 한다. '주장-근거-사례' 이 구조를 기억하며 자료수집을 해야 한다. 그러면 책을 잘 쓸 수 있다. 진리는 복잡하지 않다. 단순하고 명쾌하다. 그것이 책이다. 그것이 강의다.

42

출판 트렌드 분석을 절대 하지 않고 책을 쓴다

책쓰기의 결과는 철저하게 시대 상황, 트렌드에 의해 결정된다. 내가 노력한다고 잘 되는 것이 아니다. 잘 되고 안 되는 것은 이미 결정되어 있다. 트렌드는 시시각각으로 변할 수도 있기에 지금 잘 되는 책쓰기 주제가 내가 출판할 때쯤 완전히 외면당할 수도 있다.

출판 트렌드를 분석하고 책을 써야 한다. 출판 트렌드는 어떻게 판단할 수 있을까? 출판 트렌드는 경제 상황과 밀접하게 연결되어 있다. 대부분 독자는 먹고사는 문제, 즉 잘 먹고 잘 살고, 부자가 되고, 성공하는 것에 관심이 있다.

책은 왜 읽는가? 현실문제 극복을 위해서 책을 읽는 것이다. 소설의 경우도 자기 문제를 극복하기 위해서 읽는 것이다. 자기 문제에 대해서 좀 더 객관적으로 깊이 있게 들어가서 해결해보고자 하는 생각에 읽는 것이 소설이다. 일반적으로 실용서는 더 그렇다. 인문 분야에 있는 책 역시 인간다운 삶을 살고자 하는 생각에 읽는 것이다. 이것이 경제적으로 부유하게 되거나, 부자가 되는 삶은 아니더라도 자유로운 삶, 행복한 삶, 돈이 없어도 당당한 삶을 살고자 하는 니즈에서 읽는 것이다. 부자가 아니어도 자유롭고 행복한 삶은 욕망의 다른 표현이다.

한국 사회는 지금 경제가 어떤가? 사람들은 지금 무엇 때문에 먹고사는 문제에 있어 고통받고 있는가? 돈은 어떻게 벌려고 하는가? 직장생활을 하려고 하는가? 투자를 하려고 하는가? 자기 장사를 하려고 하는가? 자녀들에게 직장생활로 부자가 될 수 있다고 말할 수 있는가? 자녀들에게 투자로 부자가 될 수 있다고 말할 수 있는가? 자녀들에게 안정된 삶은 무엇이라고 말할 수 있을까? 부자가 되지 않고도 당당하고 행복하게 사는 법은 무엇일까? 독자들은 이러한 이슈에 반응할 수밖에 없다.

가령, 대기업에 입사가 쉽고, 승진이 잘 되며, 대기업에서 근무하면 평생이 보장된다면 대기업 입사하는 법이나 승진하는 법 등의 책들이 잘 될 것이다. 반면 그렇지 않다면 퇴사 이후를 대비하는 책들이 잘 될 것이다. 가령, 장사나 사업 등이다. 그러나 지금처럼 1년에 100만 명씩 자영업을 폐업하는 사회에서는 안전한 선택에 대해서 고민할 것이다. 그러니까 직장을 다니면서 부업을 하거나, 자기 브랜드를 만드는 쪽으로 많은 사람의 관심이 쏠릴 것이다. 퇴사 이후를 적극적으로 준비할 것이다. 투자에 대해서도 고민할 것이다. 아파트 투자가 좋으나 요즘 젊은 세대는 돈이 별로 없다. 그래서 소액으로 투자할 수 있는 주식투자나 경매 등에 몰릴 것이다. 부모가 볼 때 자녀가 명문대를 나와 안정된 직장에 가도 답이 없거나, 장사도 힘들다고 느끼거나, 투자도 힘들다고 느낄 때 가장 안전한 선택지를 선택하게 될 것이다. 그러면 의대가 뜰 것이고, 어릴 때부터 의대 보내기 열풍이 불 것이다.

열심히 해도 안 된다는 것을 느끼는 40대 중반 이후 50대들 이후의 사람들은 돈보다는 마음의 평안을 누릴 수 있는 법에 관심을 가질 것이다. 즉, 돈이 많은 것보다 마음 편하게 사는 것이 최고라고 느끼기에 이런 책들이 뜨는 것이다. 해도 안 되고 여러모로 안 풀리는 것이 많으므로 정신적 질환이 많다. 그러면 명상이나 불안, 우울, 공황장애, ADHD, 무기력, 멘탈 등에 관심을 가질 것이다. 요즘은 수명이 길어지고 각종 병이 많으니 건강에도 관심을 많이 가질 것이다. 암, 당뇨, 심장질환, 비만이 보편화된 사회다. 따라서 여기에 대한 수요도 많을 것이다. 그러니까 저속노화, 암, 당뇨, 채소 과일, 운동에 대한 관심이 높아짐은 당연하다.

그러니까 조금만 살펴보면 어떤 책이 잘 될지 안 될지가 답이 보인다. 결국 사회를 조금만 보면 답이 보인다. 어느 책이 뜰지, 어느 분야의 책이 뜨고 있는지 이해가 된다. 요즘은 정치판이 시끄러우니 정치 분야의 책을 출판하면 베스트셀러가 될 가능성도 있다. 대통령이 구속되고, 정권교체가 되며, 전한길 뉴스 등이 활발하기에 그렇다.

요즘 노산을 많이 하니까 아이들의 장애가 많아지는 것이 당연하다. 따라서 언어치료에 대한 책, 각종 장애에 대한 책, ADHD에 대한 책의 수요가 커지는 것은 당연하다. 결혼 안 한 사람은 심리적으로 크게 힘들다. 혼자 산다는 것은 여러모로 다차원적인 문제를 불러일으킨다. 마음도 괴롭고, 대화할 사람도, 자식도 없고, 나이가 들수록 건강도 돈도 문제가 된다. 돈이 많아도 우울할 수 있다. 따라서 불안, 우울, 스트레스, 무기력에 관한 책이 뜨는 것은 당연하다. 교육으로 먹고사는 나라인데 교육으로 해결이 안 되고 있다. 그래서 교육에 대한 회의감이 들 것이고 고민하는 사람들이 늘어나는 것도 당연하다. 유럽 등 선진국의 교육에 관심을 가지는 것도 당연하다. 그러나 눈앞의 먹고사는 문제가 급하기에 이런 책이 대형 베스트셀러가 되기는 쉽진 않고, 여전히 명문대 보내기에 많은 엄마가 크게 반응을 할 것이다. 그러나 교육 회의론은 점점 더 커질 것이다. 새로운 교육방향에 대한 고민과 논의는 늘어날 것이다.

이래저래 희망이 없다고 생각하는 사람들이 늘어나면 막가파식 투자도 많이 하게 된다. 즉, 투기다. 경마나 정선 카지노는 갈 데까지 간 것이고, 그 전에 가는 곳이 있다. 바로 코인이다. 지금 코인 투자를 많이들 한다. 엄밀히 말해 투기이고 경마나 정선 카지노 전 단계다. 그러나 이쪽으로 많이 몰리는 것이 당연할 수밖에 없다. 근로소득으로 부자가 되는 것이 힘들다고 느끼면, 장사로 부자가 되는 것이 힘들다고 느끼면 그럴 수 있다. 그래서 코인 투자 관련 책들이 베스트셀러가 될 수 있는 것이다. 앞으로 금리는 계속 떨어질 것이고, 내수시장이 어려운 이상 주식투자 등 각종 투자에 대한 관심은 점점 더 높아질 것이다. 동아시아인 한국은 동양고전에도 관심이 많다. 특히 요즘은 경제가 어렵기 때문에 이를 돌파해야 한다고 생각한다. 그렇기에 손자병법과 같은 책이 뜰 수 있다. 서양 고전에서도 답을 찾아야 한다고 생각하기에 니체, 쇼펜하우어 등이 뜰 수 있는 것이다. 언제나 힘들 때 사람들은 고전에서 답을 찾고자 한다.

책을 쓰기 전에 한 번 정도 한국 출판 트렌드를 살펴보는 것은 의미가 있다. 이것은 어렵지 않다. 지금 한국 상황에 대해서 상식적으로 판단을 해보면 되는 것이다. 지금 직장인들이 가장 많은 관심을 보이고 있는 것이 무엇인가, 지금 한국에서 자영업은 얼마나 장사가 잘되는가,

지금 한국의 투자 시장은 어떻게 흘러가고 있는가, 젊은이들이 역동적으로 움직이는가 소극적으로 움직이는가, 한국 노인들이 편안한 노후을 보내고 있는가 대다수가 일하고 있는가, 부모들이 느낄 때 자녀의 진로 중 가장 안전한 선택은 뭐라고 생각할까, 내가 지금 가지고 있는 가장 큰 고민은 무엇인가, 70~80%에 이르는 중소기업에 다니는 사람들의 살림살이는 어떠하고, 그들의 고민과 대안은 무엇인가 등에 대해서 생각해보는 것이다.

그럼 답이 보인다. 출판 트렌드는 다름 아닌 한국의 현 상황을 반영한다. 그것이 출판 트렌드로 투영되어 나타날 뿐이다. 그래서 한국을 살펴보고 책을 써야 한다. 출판 트렌드는 한국의 현 상황을 상식적으로 읽어보면 답이 보인다. 그 답을 토대로 책의 방향을 정하고 써야 한다.

책을 통으로 베끼는 필사를 하면
책쓰기 실력이 절로 는다

책을 쓰기 힘들다면 어떻게 해야 할까? 최악의 상황으로 아무것도 쓸 수 없다면 어떻게 해야 할까? 무식하다고 느껴지겠지만, 필사筆寫를 권하고 싶다. 우리의 경쟁도서 혹은 우리 스승의 책을 처음부터 끝까지 필사해보는 것이다. 요즘은 노트북 타이핑으로 필사를 하면 된다. 그렇게 전부 다 써보도록 한다. 제법 시간도 걸리고, 지금 뭐하는 건가 싶을 것이다. 그러나 이것이 가장 빠르고 확실한 방법이 된다. 즉, 책 한 권을 통으로 전부 다 필사하는 것이다.

이렇게 10권에서 15권만 필사를 해보자. 그러니까, 책 전부를 필사하는 것이다. 그러면 그 책의 문장을 모두 익히게 된다. 그 책의 내용도 모두 익히게 된다. 그 책의 집필 방식을 모두 익히게 된다. 손으로 하나하나 직접 써보면 눈으로 본 것과 완전히 다른 결과를 낳는다. 눈으로 보면 '어, 이런 내용이고 이렇게 썼군!'이라는 게 눈에 들어온다. 하지만 필사를 하면 그 수준을 훨씬 뛰어넘는다. 예를 들어 이런 것이 눈에 들어올 수 있다.

- 이 작가가 진짜 하고자 하는 말은 이거였군! 이 작가의 강조 포인트는 이거였군!
- 10권의 책을 보니까 A작가는 B작가의 책을 이 부분과 이 부분에서 베꼈고, C작가의 책으로 뼈대를 잡았으며, D작가의 책에서 사례를 가져왔군!
- 이 주제에서는 핵심 메시지는 이거니까, 이걸로 책의 80%를 써야겠군!
- 이 주제의 차별화 포인트는 이것으로 할 수 있겠고, 이 정도 분량을 쓰면 되겠군!

필경사라는 직업도 있다. 필경사는 필사하는 사람이다. 이 필사를 통해서 노벨문학상을 받은 사람도 있다. 주제 사라마구는 포르투갈 작가이다. 그는 정규교육을 받지 못했고 자동차 수리공, 행정 서기, 필경사 등 여러 직업에 종사했다. 서른 이후 본격적으로 글을 쓰작했고, 1998년 노벨문학상을 받았다. 그는 필경사로 일하며 수많은 글을 베끼고 정리하면서 언어의 리듬, 문장구조, 단어 선택에 섬세함을 가지게 되었다. 그의 작품은 긴 문장, 반복, 독특한 리듬이 있다. 이 습관 모두가 필경사를 하면서 생긴 것이다. 그는 또 필경사라고 하는 소위 눈에 띄지 않는 단순한 반복노동에 종사하는 경험을 하면서, "눈에 잘 띄지 않는 사람들"의 삶을 직접 체험했다. 그러면서 보이지 않는 사람들, 버려진 인간들에 관심을 가지게 되면서 『눈먼 자들의 도시』와 같은 작품을 집필했다. 결국 그는 남의 글을 따라 쓰면서 글쓰기 실력을 익히고, 사회에 대한 의식을 가지게 되어 노벨문학상을 받게 되었다.

책 읽기를 통해서 필사와 같은 효과를 거둘 수 있는 방법이 있을까? 있다. 정독을 하는 것이다. 느리게 읽기를 하는 것이다. 동시에, 그 작가의 선작全作을 모두 읽어보는 것이다. 그러면 필사와 유사한 효과를 거둘 수 있다. 다만, 그래도 필사가 더 강력한 효과가 있다. 눈에 들어오는 것이 다르기 때문이다. 실제 처음 책을 쓰는 사람은 느끼지만 문장을 쓰는 것이 이토록 힘든 것인가를 절감하게 된다. 문장 한 줄을 쓰는 것이 쉬운 일이 아니기 때문이다.

나는 실제 책쓰기 정규수업에서 수강생들에게 필사를 의무적으로 시킨다. 그래야 콘텐츠에 대한 이해도도 올라가고, 글쓰기 실력도 대폭 올라가기 때문이다. 즉, 이 두 마리 토끼를 잡기 위해서 필사를 반드시 시키는 것이다. 필사를 한 그룹과 하지 않은 그룹 간의 실력 차이는 어떨까? 그야말로 어마어마한 차이가 있다. 비교가 안 된다.

내 책쓰기 강의를 들은 의사분이 책을 출판해서 베스트셀러 최상위권에 오르는 좋은 결과를 냈다. 그분은 필사를 한 이후 수업 때 내게 그런 말을 했다. "필사를 해보니 책을 읽는 것과는 차원이 완전 다른 것 같습니다. 책이 보다 확실하고 선명하게 보입니다."

2016년 책쓰기 수업을 처음 할 때는 필사를 의무적으로 시키지 않았다. 하면 좋고 안 해도 말리지는 않았다. 그러나 필사를 한 그룹과 하지 않은 그룹 간의 실력 차이가 너무 커서 반드시 해야 함을 느꼈다. 즉, 필사를 하지 않은 그룹은 결국 책을 쓰는 시간이 어마어마하게 걸렸고, 책의 퀄리티도 좋지 않았다. 왜냐하면 콘텐츠에 대한 이해도가 떨어졌기 때문이다. 좋은 문장을 구사하지 못했기 때문이다. 그래서 책을 쓰고 수정하는 데 시간이 어마어마하게 걸렸다. 왜 그럴까? 책을 필사하면 손으로 쓰면서 내용이 머리에 깊이 들어가기 때문에 자료를 깊이 이해할 수 있다. 그래서 책을 쓸 때 자료를 가지고 놀 듯이 하면서 책을 쓴다. 쉽고 명쾌하게 책을 쓴다. 또 필사를 하면 문장력이 좋아진다. 책이란 무엇인가? 작가가 한 번 쓰고, 편집자가 한 번 더 다듬은 것이다. 문장기술자가 2명 이상이 붙어서 책을 만든 것이다. 심지어 편집자가 많이 붙는 경우도 있다. 그렇게 여러 사람의 손을 거쳐서 책이 완성된다. 즉, 손을 많이 본 문장, 좋은 문장으로 이뤄진 것이 책이다. 그것을 따라 쓰면 어떻게 될까? 결국 그 문장을 나도 모르게 외우게 된다. 그러면 내가 쓰는 문장의 질이 아주 좋아진다. 즉, 필사를 하면 나도 모르게 좋은 문장을 외우게 되고, 자기 글을 쓸 때 자기도 모르게 그 문장처럼 좋은 문장이 나오게 된다. 그래서 문장력이 기하급수적으로 좋아진다.

한마디로 책쓰기의 결과 차이가 어마어마했기에 필사 교육을 하게 되었다. 필사를 하면서 콘텐츠의 질이 대폭 올라갔고, 글쓰기의 질은 차원이 다르게 되었다. 그 결과 책쓰기의 결과도 차이가 컸다. 출판을 완료한 수강생 중 무려 80% 이상이 베스트셀러 작가가 되었기 때문이다. 평생 처음 책을 쓰는 수강생을 지도하여 대부분이 베스트셀러 작가가 된 것이다. 물론, 이것은 필사만으로 된 것은 아니다. 그 외에도 다양한 요소가 작용하여 된 것은 분명하다. 즉, 책쓰기 주제를 잘 잡은 점, 콘셉트를 잘 잡은 점, 타깃 독자를 잘 잡은 점, 자료수집의 범위를 잘 확정한 점, 그 자료의 방향을 정방향대로 모은 점, 목차를 잘 잡은 점, 필사를 한

점, 원고를 잘 쓴 점, 책쓰기 스승과 제자 간의 소통이 잘된 점, 하늘이 도운 점이 복합적으로 작용한 것이다. 그럼에도 필사의 효과가 대단히 크다는 점은 강조하고 싶다. 분명하기 때문이다.

책을 쓰기 전 필사를 하는 것은 좋고 바람직하다. 만약 시간이 여의치 않다면 1~2권만 필사를 해도 좋으며, 그것이 정 어렵다면 신문사의 논설을 따라 쓰는 것도 효과가 있다. 좋은 글을 따라 쓰는 것은 좋기 때문이다. 해당 분야의 책 500권을 통으로 필사했다? 그럼에도 베스트셀러 작가가 안 된다? 그것은 말이 안 된다. 역시 마찬가지다. 영화 500편 이상을 5번 이상 보며 분석했다? 그럼에도 좋은 영화감독이 안 된다? 그것은 말이 안 된다. 경쟁자이자 스승의 작품을 보며 완전히 분석했음에도 성공하지 못한다는 것은 말이 되지 않기 때문이다. 경우에 따라 노벨상까지도 가능하다.

44

호기심이 책을 잘 쓰는
자양분임을 모른다

책쓰기에 호기심은 반드시 필요하다. 약간 미쳐야 책을 잘 쓸 수 있다. 그 분야에 미쳐야 그 분야의 전문가가 될 수 있다. 즉, 우리는 그 분야의 전문가이자, 기술자이자, 고도의 실력자가 되어야 한다. 그래야 좋은 내용의 책을 쓸 수 있고, 좋은 강의와 컨설팅을 할 수 있다. 그렇게 되려면 지속적인 연구가 필수다. 이를 위해선 호기심이 절대적으로 필요하다. 지적 호기심을 가지고 공부하는 것이 즐거워야 한다. 공부하는 게 즐겁다고? 즐거울 수도 있고 안 즐거울 수도 있지만, 재미를 붙여야 한다. 어떻게 재미를 붙일 수 있을까? 모르는 것이 해결되면 재미가 있다. 자기 삶의 문제 혹은 타인의 문제에 대한 해결책을 찾는다는 생각으로 공부하면 재미있다. 그렇게 지적 호기심을 가지고 해당 주제를 파고들어야 한다.

처음 책을 쓸 때는 수십 권의 책을 읽지만, 그 주제를 가지고 강의도 하고 컨설팅도 하려면 적어도 책을 500권 이상 읽어야 한다. 그것도 3번 이상 반복해서 읽어야 한다. 장기적으로 본다면 5,000권 이상의 책을 읽어야 한다. 그래야 국가대표급 전문가가 될 수 있다. 물론, 책만 읽고 전달력이 약하면 인기 강사가 못 될 수도 있다. 전달력에 대한 고민도 해야 한다. 쉽고 재미있고 명쾌하게 전달해야만 한다. 현실적인 관점에서 이야기해야 한다.

독자의 고민에 대해서 깊이 공감하며, 깊이 파고 들어야 한다. 그래서 좋은 방안을 도출해야 한다. 새로운 가능성에 대해서 계속 고민하면서 연구하고 또 연구해야 한다. 그렇게 하면서 계속 책을 쓰고 강의를 한다. 계속 새로운 주제의 책을 쓰고, 새로운 주제의 강의를 하는 것이다. 그렇게 하면서 성장을 이어갈 수 있다. 그럴 때는 작가와 강사의 삶을 계속 살 수도 있고, 아니면 다른 방향으로 갈 수도 있다. 본인에게 인사이트가 와서 새로운 일들을 펼쳐나갈 수도 있기 때문이다. 예를 들면 사업, 정치, 대학 설립 등이다. 혹은 해외시장 개척이다. 혹은 늦은 나이지만 미국에 가서 공부를 한 뒤 유턴을 하거나 미국에서 활동할 수도 있다.

요즘은 공부하기에 좋은 환경이다. 책도 많고 영상도 많다. 책은 사볼 수도 있고, 빌려볼 수도 있고, 밀리의 서재 같은 곳을 활용할 수도 있다. 유튜브와 넷플릭스가 잘 되어 있어 공부하기도 좋다. 본인만 열심히 한다면, 충분하고 완벽한 결과를 얻을 수 있다. 넷플릭스는 영화와 드라마도 있지만, 다큐멘터리도 있어 책쓰기의 자료로도 활용할 수 있다. 영화와 드라마 역시 인사이트를 받는 경우가 있기에, 좋은 내용은 잘 메모해두면 도움이 된다.

한 분야를 깊이 파고들어야만 제대로 된 전문가로 활동할 수 있다. 학위나 스펙이 부족해도 진짜 실력이 있으면 사람들이 몰려든다. 요령 부리지 않고 최선을 다해 공부한다면 가능하다. 결국 본인이 재미있어야 한다. 재미를 붙여야 한다. 그래야 10년 이상 밀고 나갈 수 있다. 안 그러면 중도 포기다. 중도에 포기하면 모든 게 끝이다.

어떻게 시작할 수 있을까? 바로 그냥 시작해보는 것이다. 책을 읽어보고, 영상을 통해서 공부하는 것이다. 다만, 목적의식 없이 공부하면 성과가 나지 않을 수 있다. 그럼 어떻게 해야 할까? 책쓰기 주제를 정한 후, 해당 분야를 공부하는 것이다. 6개월 내로 책을 완성한다는 목표를 세워놓고 그에 따라 연구를 하도록 하자. 그러면 연구에 탄력이 붙을 것이다. 공부도 목표와 자극이 있어야 힘이 붙기 때문이다. 나 역시 그런 식으로 책을 읽어왔고 책을 써왔다.

45

초고 쓰기에 1개월,
퇴고까지는 2개월이면 충분함을 모른다

한 권의 책을 쓰는 기간을 너무 길게 잡고 가는 경우도 많다. 그러나 실제 책을 쓰는 데는 시간이 그리 오래 걸리지 않는다. 그도 그럴 것이 지금 우리가 책 100권을 쓰는 것이 아니지 않은가? 단 한 권을 쓰는 것이다. 책 한 권의 양은 보통 A4용지 100페이지 분량이며 원고지 기준으로 850매 정도다. 그러면 책으로 만들면 약 250페이지 내외가 된다. 하루 5페이지씩 쓰면 20일이면 책을 다 쓸 수 있는 정도다. 퇴고를 해도 오래 걸리지 않는다.

보통은 일반적인 단행본의 경우 초고의 완성도가 대단히 높다. 그래서 초고를 쓰고 나서 퇴고할 때는 거의 고치는 것이 없이 퇴고를 마치게 된다. 즉, 퇴고 기간이 1주일, 길어도 2주일을 넘기지 않는다. 금방 퇴고를 하는 것이다. 초고의 퀄리티가 좋기 때문이다. 소설의 경우 대충 써놓고 퇴고를 하는 것부터가 본격적인 집필의 시작이다. 즉, 책의 뼈대를 잡아놓고 살을 붙이는 데 시간을 많이 보낸다. 그래서 소설 퇴고에는 1년씩 걸리기도 한다.

일반적인 단행본의 경우 초고에서 거의 퍼펙트하게 완성되는 경우가 대부분이다. 그래서 퇴고할 때는 고칠 것이 거의 없다. 즉, 시간이 많이 걸리지 않으며, 빠를 때는 3~4일 만에 퇴고를 하기도 한다. 그만큼 초고의 퀄리티기 좋은 것이다. 다만, 초고를 잘 쓰기 위해서 너무 고심하면서 시간만 계속 보내는 것은 좋지 않다. 여의치 않을 때는 지금의 자료를 가지고 빠르게 내쳐 쓰는 게 필요하다. 그 후 퇴고를 할 때 시간을 들여서 고쳐도 된다.

내 수강생 이야기다. 그 수강생은 처음 원고를 쓸 때 원고량을 1개 목차당 A4용지 1.5페이지 분량으로 썼다. 보통 원고는 1개 목차가 A4용지 2.5 페이지가 되어야 한다. 그런데 계속 A4용지 1.5페이지씩 쓰는 것이 아닌가? 그래서 나는 그 수강생에게 A4용지 2.5페이지를 써야 한다고 조언했다. 그랬더니 그 수강생은 "그것은 알지만, 지금은 자료도 없고, 도저히 그렇게 못 쓰겠으니, 일단 이렇게 써놓고, 퇴고할 때 원고량을 늘리겠다"고 말했다. 안심은 안 되었지만, 일단 나는 알겠다고 했다. 그 후 그 수강생은 초고를 약 한 달 만에 다 썼다. 그 후 퇴고를 하며 1.5개월 만에 퇴고를 마쳤다. 그때 모든 원고의 원고량을 1페이지씩 늘렸다. 목차가 50개 정도였다. 그래서 거의 책 반 권을 쓰는 것이나 다름없었다. 놀라운 수준이었다. 그 수강생은 출판사에 투고할 때 20대였다. 그 수강생이 출판한 책은 교보문고 종합 베스트셀러 10위에 올랐다. 책쓰기에 걸린 시간은 3개월 반이었다. 해당 분야에 관해 하나도 모르고, 나이도 어리고, 스펙도 없는데 오직 자료수집을 통해 단 3~4개월 만에 만든 종합 베스트셀러 10위였다.

실제로 이것이 가능하다. 일단 되는 대로 초고를 쓰고, 추후 퇴고할 때 업그레이드를 해도 되기 때문이다. 만약 초고 쓰기가 어려우면 이렇게 쓰고, 추후 다듬으면 된다. 다만, 어지간하면 처음부터 목차별로 A4 용지 2.5페이지씩 쓰고, 퇴고할 때는 간단히 다듬는 것이 효율성이 더 좋다.

결국 책쓰기는 자료수집에 2개월, 자료를 정리하는 데 1~2개월, 원고를 쓰고 퇴고하는 데 1~2개월이 걸리게 된다. 요약하면 책을 빨리 쓰는 사람은 3~4개월 만에 책을 다 쓰고, 조금 느린 사람은 6개월 정도의 시간이 걸린다. 즉, 책 쓰는 데는 오래 걸리지 않는다.

그 분야를 잘 알고 책을 어느 정도 써 본 사람은 자료수집 없이 책을 바로 쓸 수도 있다. 그러나 목차별 구성은 되어 있어야 한다. 해당 분야를 잘 안다면 4~7일 정도 만에 책을 다 쓸 수 있다. 그 후 퇴고하면서 살을 조금 붙이면 완성이다. 책 쓰는 데 10~14일 정도 걸린다고 보면 된다.

우리는 평생 처음 책을 쓰는 왕초보 아닌가? 그래서 자료수집을 꼼꼼하게 다 해야 하고, 목차도 여러 각도에서 살펴서 잡아야 한다. 원고도 정확하게 잘 써야 한다. 그렇게 한 후 퇴고를 해야 한다. 퇴고는 시간이 얼마 걸리지 않는다. 퇴고할 때는 소리 내어 읽어보고 리듬감을 살펴보아야 한다. 콘텐츠 퀄리티가 부족한 부분은 보강해야 한다. 그 둘에 집중해서 퇴고를 하면 된다. 그렇게 4~6개월 정도면 아주 훌륭한 책을 쓸 수 있다.

책쓰기에 부담을 느낄 필요는 없다. 시간이 얼마 걸리지 않기 때문이다. 하루 3시간을 투자한다는 전제하에 4~6개월이면 책쓰기는 끝난다. 하루 집필 시간을 더 투자하면 그 기간은 더욱 단축된다. 즉, 하루 6시간을 투자하면 책쓰기는 2~3개월이면 끝난다. 당연히 하루 9시간을 하면 1~2개월 만에 끝낼 수 있다. 충분히 가능한 이야기다. 자료수집만 되면 책쓰기는 금방 끝나기 때문이다. 그래서 다작多作을 하는 작가는 1년에 10권 이상의 책을 쓰는 게 가능하다.

하루 10시간 정도를 책쓰기에 할애하고, 중복되거나 비슷한 주제의 책을 쓴다면, 1년에 10권 집필은 충분히 가능하다. 만약 완벽히 다른 주제를 쓰더라도 1년에 5권은 쓸 수 있다. 해당 분야에 관해 아무것도 몰라도 공부를 하면 충분히 가능하기 때문이다.

46

늘어지는 문장과 복잡하고 난해한 표현은 금기임을 모른다

책을 쓸 때 문장은 언제나 짧게 써야 한다. 심플해야 한다. 쉬워야 한다. 초등학생이 읽어도 쉽게 이해할 수 있는 문장이어야 한다. 쉽게 이해한 다는 것이 중요하다. 쉽게 이해를 해야만 책을 사서 읽을 것 아닌가? 쉽게 이해를 해야만 책을 흡수할 수 있을 것이 아닌가?

책을 쉽게 쓴다는 것은 단문 쓰기가 핵심이다. 문장이 길면 잘 이해가 안 된다. 글을 잘 쓴다함은 얼마나 짧은 문장으로 쓰는가이다. 짧게 써야 바로 이해되고, 전달이 잘 되며, 호흡이 짧아서 흡인력이 좋다. 문장이 길면 읽다가 무슨 말인지 모르게 된다. 왜냐하면 글은 주어부와 서술어부가 있는데, 주어부가 너무 길면 읽다가 주어부 내용이 뭔지 모르게 된다. 그럼 결국 주어부 글을 다시 읽어야 한다. 즉, 독해가 힘들게 된다.

글을 잘 쓰는 건 얼마나 짧게 쓰느냐로 결정된다. 글을 쓸 때 의도적으로 짧은 문장으로 써야 한다. 글을 쓰고 나서 짧게 고치는 것도 좋다. 글을 짧게 쓰는 방법은 무엇일까? 수식어구를 최대한 삭제해야 한다. 수식어구는 꾸미는 말이다. 흰 책상이 있다고 말하면 된다. 그런데 희다는 것에 수식어구를 길게 붙이면 이렇게 된다. "코끼리 뿔처럼 혹은 백옥처럼 흰 책상" 이런 식으로 된다. 그러면 이해가 잘 안 된다. 길기 때문이다. 수식어구는 최대한 삭제하는 것이 필요하다.

접속사도 최대한 생략해야 한다. 접속사는 문장 간 연결을 위해서 쓴다. 접속사는 문장 간 연결이 어색할 때 쓴다. 접속사가 없어도 이해가 잘 된다면 쓰지 않는 것이 좋다. 순접인 '그리고', '또한', '또'와 같은 말은 최대한 안 쓰는 것이 좋다. 역접인 '그런데', '그러나'와 같은 말도 문장 간 연결이 어색함 없이 잘 된다면 안 써야 한다.

지시대명사와 관계대명사도 최대한 안 쓰는 것이 좋다. 문장이 길다면 반드시 2~3개 문장으로 쪼개야 한다. 문장이 너무 길다면 중간에 쉼표를 넣는 것이 좋다. 쉼표보다 더 좋은 것은 쉼표 자리에 마침표를 찍으면서 문장길이를 짧게 하는 것이다. 글을 읽다가 어떤 단어를 빼도 문장 전체가 잘 이해된다면 그건 무조건 빼야 한다. 중언부언이기 때문이다.

글의 길이는 짧아야 하고 복잡하면 안 된다. 복잡한 표현보다는 심플하게 써야 한다. 만약 다루고자 하는 내용이 복잡하다면 1개 문장에서 복잡하게 쓰면 안 된다. 단문을 여러 개 써서 복잡함에 대해서 쉽고 명쾌하게 써야 한다. 그래야 지식의 왕초보인 독자가 잘 이해할 수 있다. 좋은 책은 쉽게 쓴 책이라는 점을 명심해야 한다.

처음 쓸 때부터 단문을 써야 한다. 그것이 어렵다면 퇴고할 때 집중적으로 문장길이를 줄여야 한다. 최대한 짧게 쓰는 것에 총력을 기울이고, 어려운 단어도 쓰지 말아야 한다. 최대한 심플하고 단순하게 쓰도록 노력해야 한다. 그래야만 쉽게 이해할 수 있다. 그것이 좋은 책이다. 그것이 베스트셀러가 된다. 독자는 언제나 지식의 왕초보이기 때문이다.

47

욕심을 부려 너무 광범위하게 쓰는
우를 범한다

사람은 누구나 욕심이 있기 마련이다. 책을 쓸 때도 마찬가지다. 완벽하게 쓰고 싶은 마음, 독자에게 이거저거 다 챙겨주고 싶은 마음이 드는 것은 당연하다. 그러나 그런 욕심이 기획출판에서 실패하게 만들 수 있음을 잊지 말아야 한다.

책을 쓸 때는 독자만 생각해야 한다. 다른 것은 다 버려야 한다. 면접에 가면, 면접관이 듣고 싶어 하는 말을 해야 합격한다. 내가 하고 싶은 말을 하면 안 된다. 이거저거 다 말해도 안 된다. 핵심이 흐려지고, 시간만 잡아먹기 때문이다. 면접관은 바쁜 사람이다. 결국 합격하려면 면접관이 원하는 답을 말해야 한다. 그럼 합격한다.

책도 마찬가지다. 책의 성공을 결정하는 것은 독자다. 독자 역시 듣고 싶어 하는 말이 있다. 듣고 싶어 하는 테마가 있고, 테마에서 듣고 싶어 하는 말도 정해져 있다. 내가 하고 싶은 말을 다 하는 건 잔소리밖에 안 된다. 엄마는 아들을 사랑해서 이 말 저 말 다 하지만, 자식은 어떻게 느끼는가? 잔소리로 느끼지 않는가? 똑같다. 독자가 듣고 싶어 하는 말만 해야 한다. 독자가 원하는 수준과 깊이로 말해야 한다. 독자가 듣고 싶어 하는 것을 넘어서 이거저거 다 말하면 안 된다. 독자가 듣고 싶어 하는 말의 수준을 넘어 너무 깊게 이야기하면 안 되고, 너무 얕게 이야기해도 안 된다.

지금 당장은 독자에게 큰 도움이 안 된다고 생각하지만, 장기적으로 볼 때 정말 중요하기에 반드시 말해야 할 부분도 있을 것이다. 그렇다면 중요한 부분은 적절한 분량으로 이야기하면 된다. 예를 들어 왕이 지금 듣기 싫어 하지만 반드시 알아야 할 내용이라면 말해야 한다. 그것이 충신 아닌가? 그러나 적절하게 이야기해야 한다. 듣기 싫은 이야기를 너무 많이 하면 왕은 그 신하를 싫어할 것이다. 그러다가 그 신하를 귀양 보내거나 사약을 내리지 않겠는가? 역사를 보면 충신들이 귀양을 가고 사약을 받고 죽은 데는 돌직구로 이야기하고 주장한 것도 적지 않게 작용했다. 물론, 절대적으로 왕이 모자라고 부족하다. 그러나 왕도 사람 아닌가? 적절하게 이야기했더라면 괜찮았을 것이다. 독자도 사람이다. 그렇기에 반드시 필요한 말이라도 독자가 원하지 않는다면 적절하게 이야기해야 한다. 완전히 안 하면 안 되겠지만, 적절함을 지켜야 한다.

도서관에 가보면 진짜 좋은 책들이 많다. 프로필도 너무 좋다. 그런데 전혀 팔리지 않은 책들이 많다. 다양한 이유가 있겠지만, 타깃 독자를 고려한 구성과 원고가 아니었던 탓이 크다. 타깃 독자들이 반응할 구성이 있고, 내용이 있다. 그것을 고려하지 않고 책을 썼기 때문에 베스트셀러가 안 된 것이다. 독자들이 가장 크게 반응할 것이 무엇인지, 내용은 무엇인지, 독자가 듣고 싶어 하는 것이 무엇인지를 알고 써야 한다. 인기 테마는 시대와 상황에 따라 계속 바뀌기 때문에 다양한 조사를 통해서 알아내야 한다. 책을 쓸 때는 여기에 집중해야 한다.

어떤 책을 써도 비판은 있다. 좋은 내용의 책을 써도 비판이 있고, 마케팅이 강한 책을 써도 비판이 있고, 내 경험을 많이 써도 비판이 있고, 정통이론을 기반으로 책을 써도 비판이 있다. 이러한 비판들은 당연하다고 생각해야 한다. 모든 사람이 생각이 다르기 때문이다. 나는 나를 믿고 책을 쓰면 된다. 결국 대중 독자가 가장 원하는 것에 초점을 맞춰, 그들을 만족시킨다는 생각으로 책을 쓰면 된다. 당장 독자들이 반응할 부분은 적지만 반드시 알아야 할 내용이라면 그것도 적절하게 쓰도록 한다. 독자의 니즈와 중요한 내용을 모두 적절하게 균형을 맞추도록 한다. 그렇게 가면 된다.

어쨌든 책은 많이 팔려야 하고, 많은 사람이 반응해야 한다. 책은 정말 양보하더라도 최소한 2,000~3000부는 무조건 팔려야 한다. 그것이 출판사의 손익분기점이기도 하다. 책이 팔려야만 작가에게도 혜택이 있다. 그래서 독자 중심으로 생각하고 집필해야만 한다.

(7부)

세대별

책
잘 쓰기
전략

48

20대는
자기 진로와 가능성을 발견하기 위해 쓰자

20대의 책쓰기는 인생의 가능성이 어디 있는가를 발견하는 데 목표를 두어야 한다. 출판 후 곧바로 성공할 수도 있다. 그러나 20대의 책쓰기는 내 인생의 가능성이 어디에 있는지, 나의 진로는 무엇인지, 나는 어떻게 살아야 하는지를 발견하는 데 도움이 되어야 한다. 그래서 20대라면 책을 쓸 때 앞으로의 진로를 염두에 두고 주제를 선택해야 한다. 가령, 앞으로 교육업을 하고 싶다, 부동산업을 하고 싶다, 마케팅업을 하고 싶다, 영업을 하고 싶다, 심리전문가로 활동하고 싶다는 목표가 있다고 해보자. 그러면 그 분야에서 가장 시장성이 좋은 주제, 그러면서도 내가 쓰고 싶은 주제를 쓰는 것이다. 그렇게 책쓰기 주제를 정해서 공부를 하면서 들어가면 된다.

그 책이 기획출판이 되면, 다음 책도 해당 분야에서 시장성이 높으면서 내가 쓰고 싶은 책을 주제로 해서 공부해서 쓰면 된다. 장기적으로 그 분야를 마스터한다는 생각으로 계속 책을 쓰면 된다. 책을 쓴다는 것은 읽는 것이 훨씬 더 중요하다. 자료수집이 책쓰기의 핵심이다. 책은 독자를 위한 콘텐츠를 주는 것이다. 콘텐츠는 자료수집에서 나온다. 그래서 그 분야의 많은 자료를 섭렵해야 한다. 결국 그 분야를 자연스럽게 마스터하게 된다. 결국 진짜 전문가가 된다.

나는 지금까지 20대 수상생을 낳이 배출했다. 그들 대부분이 기획출판을 하고 베스트셀러 작가가 되었다. 훌륭하고 대단한 일이라고 생각한다. 그러나 20대 작가의 진정한 의미는 출판 후 곧바로 성공하는 데에 있지 않다. 인생의 진로를 발견하고 키워야 하는 것이 훨씬 더 중요하다. 20대에 쓴 첫 책으로 10만 부 베스트셀러 작가가 되었다고 해도 그리 기뻐할 일은 아니다. 그것으로 끝나면 안 되기 때문이다. 이제 시작인 것이다. 손쉬운 성공으로 오히려 세상을 만만하게 보면 위기가 닥치기 때문이다. 세상은 힘들고 고통스러운 것인데 한 방에 쉽게 성공하면 오히려 세상을 오해하게 된다. 쉽고 만만한 것으로 말이다. 그런 점에서 20대의 성공은 이른 것보다 다소 느린 것이 좋다고 생각한다. 소년 성공보다 안 좋은 일은 없기 때문이다. 결국 이 단계에서는 자기의 가능성과 진로를 확인하는 의미가 훨씬 더 크다.

특정 주제의 책을 쓰고 그 책이 성공했더라도 다른 분야에서 일을 해도 좋다. 왜냐하면 20대라면 그래도 좋기 때문이다. 비록 그 주제를 못 살린다고 하더라도 공부한 것은 어디 안 간다. 다음에 써먹으면 된다. 그것보다 제대로 된 진로를 발견했음에 기뻐해야 한다. 나의 책쓰기 수강생 중에도 여러 권의 책을 출판한 20대가 있다. 물론, 지금 이 수강생은 30대이다. 이 수강생은 내가 지도한 분야에서 활동하고 있다. 이

친구의 책은 여러 권이지만, 그중 한 권의 분야에서 일하고 있는 것이다. 나머지 책들의 분야는 제외된 셈이다. 그러나 괜찮다. 자기의 진로를 발견하기 위한 시행착오는 20대에는 반드시 필요하기 때문이다. 그렇게 20대는 헛발질을 하더라도 자기의 진로만 제대로 찾으면 된다.

본격적인 승부는 30대와 40대에 하면 된다. 지금 20대라면 앞으로 10년 후, 20년 후 살고 싶은 삶의 모습을 떠올려보자. 그것을 주제로 책을 써보자. 출판 후에는 강의 등 다양한 시도를 해보자. 잘 된다면 그 길로 가면 된다. 안 된다면 역시 플랜B를 가동해보자. 다른 주제로 또 책을 써보는 것이다. 그렇게 해서 역시 출판 후 일을 해보면 된다. 실제 일을 해보면 내가 생각했던 것과 그 업계가 다를 수도 있고 고민이 많을 수도 있다. 그러다 다른 일을 하게 되고, 그러다 다시 원래 했던 일로 돌아올 수도 있다. 모두 좋다. 20대니까 말이다. 그렇게 몇 번을 하면 진짜 자기 진로를 찾게 될 것이다. 책쓰기를 했던 공부방식대로 계속 공부를 해나가면 전문가가 되는 것도 충분히 가능하다.

오히려 20대에 첫 책으로 초대박을 치는 것이 더 안 좋을 수도 있다. 20대라면 앞으로 10년간 적어도 밑바닥에서 허드렛일도 다 하고, 열심히 일하며 많은 고민 속에서 성장해야 한다. 그래야 단단해진다. 쉽게 성공해서 젊을 때 고생을 안 하게 되면 미래가 훨씬 더 힘들어질 수 있다. 특히 30대와 40대 초반에 자리를 못 잡게 되면 인생 위기라고 할 수 있다. 그런 면에서 20대에 곧바로 성공하기보다는 조금 느리게 가는 편이 훨씬 좋다. 본격적으로 돈을 많이 버는 시기는 30대 중반 정도, 그렇게 해서 40대 중반까지 고공행진을 해야 한다. 아니면 40대 중반부터 50대 중반까지 고공행진을 하는 것이 좋다. 그래야 돈을 지킬 수 있다.

돈은 버는 것도 중요하지만 지키는 것이 더 중요하다. 돈을 지키는 나이는 마흔 이후다.

20대라면 자기 진로를 모색하고 확정하기 위해서, 자기 브랜딩을 위해서, 공부하는 자세를 기르기 위해서 책을 쓴다고 생각하면 된다. 그렇게 하면서 책을 쓰고 다양한 실험과 도전을 거쳐 자리를 잡는 것이 필요하다. 나양한 도전과 실패를 통해 분명 단단한 성장을 할 수 있을 것이다.

49

30대는 40대 이후 진로를 고려해 쓰자

30대의 책쓰기는 중요하다. 확실한 승부의 변곡점에 있기 때문이다. 세계적인 기업 창업자들도 대부분 30대에 창업을 했다. 보통 직장생활을 하더라도 35살이 되면 자기의 진로를 대부분 안다. 즉, 자기가 어디까지 성장할 수 있을지가 대충 보이는 것이다. 임원으로 갈지, 회사를 나와서 자기 사업을 할지, 전문가로 갈지 등이 보이는 것이다. 어떤 조직에서 일하든, 어떤 사업을 하든 자기 앞날이 어느 정도는 보이는 것이다. 그렇기에 긴장감이 높고, 일에 미쳐 있을 시기가 30대 중반이다. 그만큼 30대의 시기는 대단히 중요하다.

30대는 결국 40대와 50대 이후를 대비하기 위해서 책을 쓰는 것이다. 즉, 이때는 단순한 테스트, 진로의 가능성 확인이 아니라, 지금 하고 있는 일을 바탕으로 써야 한다. 즉, 지금 하고 있는 일이면서 동시에 앞으로 10년에서 20년간 할 일을 책쓰기의 주제로 잡고 책을 써야 한다. 즉, 이제 아는 것도 많고 객관적인 실무경험을 바탕으로 단단하게 가야 한다. 책도 출판 후 베스트셀러가 되어야 하며, 강의도 열심히 해야 한다. 결국 승부다.

그렇다면 어떤 책을 써야 할까? 지금 하고 있는 일이면서 동시에 앞으로도 할 일이다. 그런데 여기에서 따져보아야 할 것이 있다. 지금 하고 있는 일과 앞으로 할 일이 다르다면? 지금 하고 있는 일이 앞으로 비전이 없다면? 앞으로의 할 일을 모르겠다면? 즉, 변수가 있다.

지금 하고 있는 일에서 업業의 본질이 있을 것이다. 그것을 도출해야 한다. 그것으로 책을 쓰는 것이 기본이 돼야 한다. 동시에 그 업의 본질이 앞으로의 할 일의 본질과도 맞닿아 있을 때 그걸 주제로 잡고 책을 쓰면 된다. 그러나 지금 하고 있는 일과 앞으로 할 일이 다르다면 앞으로 할 일에 대해 써야 한다. 그 분야에 대해 잘 안다면 잘 아는 것을 토대로 쓰면 된다. 잘 모른다면, 하나도 모른다면 자료수집을 해서 쓰면 된다. 책이란 그 분야에 대해서 아무것도 몰라도 자료수집을 해서 쓸 수 있다. 겁먹을 필요가 없다. 하면 된다.

앞으로 할 일을 모르겠다면 어떻게 해야 할까? 그렇다면 지금 하고 있는 일로 책을 쓰든지, 아니면 지금 내가 하고 있는 일의 연장선에 있으면서 미래에 가장 뜰 수 있는 분야를 주제로 잡아서 책을 써야 한다. 중요한 것은 결국 미래에 있기 때문이다.

내가 회사에서 계속 있을 것인지, 회사를 나와서 장사나 사업을 할 것인지, 앞으로 전문가로 승부할 것인지에 따라서도 책쓰기의 주제와 목차와 내용이 달라져야 한다. 그에 맞도록 준비해야 한다. 즉, 회사에 계속 있을 것이라면 회사가 좋아할 만한 책을 써야 한다. 회사 홍보가 되면서도 자기계발 메시지를 담은 책을 쓰면 좋다. 즉, 개인의 성장을 담은 책인데, 결국 이것이 회사의 문화여서 회사 홍보도 되는 책을 쓰면 최상이다. 실제로 나의 수강생 역시 이러한 책을 썼고 상당히 좋은 반응을 얻었다. 즉, 책도 잘 되었고 회사에서 승진도 했다.

회사를 나와서 장사나 사업을 할 것이라면, 내가 이 분야를 잘 알고 있음을 강조할 수 있는 책, 내 회사를 브랜딩할 수 있는 책을 써야 한다. 즉, 이 분야의 업의 본질에 대한 책을 쓰거나, 내 회사를 적극적으로 홍보할 책을 쓰거나, 내가 공부하는 이미지라는 것을 보여주는 책을 써야 한다. 한 분야의 전문가로 승부할 것이라면 해당 분야에서 가장 시장성이 높은 테마를 잡아서 써야 한다. 즉, 출판 후 전문가로서 강연을 하거나 컨설팅을 할 수 있는 책을 써야 한다. 그렇게 앞으로의 진로 방향에 따라서도 책의 색깔과 방향은 완전히 달라야 한다.

물론, 올 클리어All clear 전략도 있다. 과거의 일을 완전히 지우고 완전히 새로운 길을 갈 수도 있다. 우리 수강생 중에도 그런 분이 있다. 이분은 서울 상위권대에서 4년 전액 장학생이 되었다. 그래서 A라는 분야로 강의를 한다. 그런데 A와 관련성이 없는 B라는 분야로 활동하기 위해서 책을 썼다. 서울 최상위권 대학원에 입학해 공부도 하고 있다. 이렇게 준비를 할 수도 있다. 얼마 전 이분과 통화를 했는 데, 자기 센터를 곧 열 것이라는 말도 했다. 이렇게 올 클리어 전략으로 갈 수도 있다. 왜냐하면 앞으로의 수명이 길기 때문이다.

30대의 책쓰기는 대단히 중요하며, 앞으로의 진로를 밀어주는 책을 써야 한다. 필요하다면 여러 권의 책을 써야 하고, 다양한 강의와 컨설팅도 시작하면서 업력을 쌓아야 한다. 자기를 브랜딩하기 위해서 유튜브를 하는 것도 좋다. 다소 부담은 되지만 대학원에 가는 것도 좋다. 필요하다면 2~3년 정도 시간을 내어 세계 최상위권 대학원에서 박사를 받는 것도 좋다. 하버드대, 스탠퍼드대 등 세계 정상권 대학원에서 박사를 받아 오는 것도 좋기 때문이다. 그렇게 해서 앞으로 80살까지 일한다고 보고 책쓰기를 해야 한다. 30대에 필요한 책쓰기는 미래를 준비하는 책쓰기고, 미래에도 계속 일을 잘할 수 있도록 밀어주는 책쓰기다.

50

40대는
향후 30년간의 승부를 대비해 쓰자

40대의 삶의 긴장도는 30대보다 더 높다. 언제든 해고될 수 있는 상황, 명문대 간판도 별 의미가 없는 나이, 해고 이후에는 전쟁터가 펼쳐지는 상황 등이 현실이기 때문이다. 그래서인지 30대보다 40대의 노력의 강도가 더 높은 모습을 볼 수 있다.

나의 수강생 중 한 명은 서울 상위권대를 졸업하고 대기업에서 근무했다. 그러다 42살에 유학을 결심했다. 박사학위를 받아 전문가로 활동하는 것이 더 유리하다고 보았기 때문이다. 결국 학원을 다니며 토플 공부를 다시 시작했다. 당시 토플시험은 일본에서 쳐야 해서 일본까지 가서 토플시험을 쳤다. 결국 점수를 확보하여 40대 중반에 미국 유학을 가서 석박사를 받았다. 지금은 한국에서 전문가로 활동하고 있다. 그분은 내게 이렇게 이야기했다. "같은 명문대 졸업한 친구들, 같은 대기업에서 근무한 친구들이 모두 나를 부러워하고 있다. 이제 60대가 된 친구들은 대부분 일할 곳이 없는데 나는 지금도 전문가로 일하고 있기 때문이다. 그때 미국에서 박사학위를 받은 것은 정말 탁월한 선택이었다."

40대의 책쓰기도 같은 맥락이다. 50대, 60대, 70대에 일하기 위해서 필요한 것이 책쓰기다. 사업이나 장사를 위해서도, 전문가로 활동하기 위해서도 책쓰기는 필요하다. 물론, 책도 쓰고 박사학위도 받으면 더 좋다. 회사에서 계속 일할 수도 있지만, 한 곳에서 계속 일하기란 쉽지 않다. 그것은 대기업에서 최상위권 임원이 되어도 마찬가지다. 따라서 전문가로 자기를 포지셔닝하는 것이 좋다. 그렇게 박사를 받고 교수를 하면서 주기적으로 책을 쓰면서 갈 수도 있다. 다른 회사에 고위직으로 재취업해서 활동할 수도 있다. 혼자서 강의 및 컨설팅 사업을 할 수도 있다. 그렇게 가기 위해서 책을 쓰는 것이다.

책쓰기 주제는 앞으로 할 일을 위해서 써야 한다. 앞으로 할 일에서 내가 전문가로 증명이 될 수 있는 주제로 써야 한다. 지속적 공부와 연구는 필수다. 필요하다면 대학원 진학을 해야 한다. 앞으로는 대부분 70살까지는 일해야 하고, 그 이상을 일해야 할 수도 있다. 결국 업력이 있어야만 가능하다. 결국 책을 쓰고, 박사학위를 받고, 강의를 하고, 칼럼을 기고하고, 컨설팅을 하고, 유튜브를 하고, 방송 출연을 하는 식으로 나아가야 한다. 시간은 충분하다.

박사학위의 경우 여의치 않다면 국내 박사학위도 좋다. 외국 학위는 회사도 그만둬야 하고, 가족들도 데리고 외국에 가거나, 혼자서 외국 생활을 해야 하기 때문에 만만치 않은 측면도 있다. 그렇다면 한국에서 박사학위를 받아도 좋다. 다만, 조사를 잘해야 한다. 이 분야가 유망한지, 이 분야의 선배들은 어떻게 활동하고 있는지, 실제로 전문가를 뛰어넘어 사업가가 될 것인지까지도 조사를 해보아야 한다. 즉, 다각도로 조사해보아야 한다.

다양한 조사를 한 후 책을 써야 한다. 당연히 자기가 하고 있는 분야를 중심으로 책을 쓰는 것이 가장 좋다. 어쨌든 20년 가까이 해온 일에서 파급력이 나올 가능성이 높기 때문이다. 그래서 지금 하고 있는 일을 주제로 책을 쓰는 것이 가장 좋다. 그러나 올 클리어 전략이 가능하므로, 아무것도 모르는 주제에 대해서도 책을 쓸 수 있다. 그 분야가 유망하고, 앞으로 그 분야에 종사하겠다는 마음이 있다면, 공부해서 책을 쓰면 된다. 동시에 대학원에 가서 공부하면 된다. 물론, 대학원에 가지 않고 독학하는 것도 하나의 방법이다. 가령, 이인식 작가는 LG전자 부장을 한 후 30대 후반에 퇴사하고 40대에 혼자서 3년간 독서실에서 고시 공부하듯 과학 분야를 공부했다. 그 후 과학 분야의 책을 쓰기 시작했고 좋은 결과를 냈다. 그가 출판한 책은 60권이 넘으며, 카이스트 겸임교수로 일하고 있고, 다양한 상도 받고, 칼럼도 굉장히 많이 썼다. 즉, 박사학위가 없더라도 혼자서 공부할 힘이 있다면 그것으로 승부할 수도 있다. 요즘 시대에는 그것이 가능하다.

지금부터 70대까지 즐겁고 행복하게 공부할 주제를 바탕으로 승부해야 한다. 그렇게 70대까지 일해야 한다. 요즘은 80살까지도 일하는 사람들이 있다. 책쓰기는 정년이 없고 나이를 먹을수록 오히려 경력이 높아져서 좋다. 그래서 100살이 넘은 작가도 있다. 연세대 철학과 교수를 역임한 김형석 교수는 지금 100살이 넘었지만 책을 쓰고 강의를 하고 있다. 일이라는 것이 돈을 버는 것도 있지만 건강과 생활을 지키는 기본이 되기도 한다.

인생을 관통하는 질문을 던져야 한다. "나는 이것으로 앞으로 30년간 승부 할 마음이 있는가? 나는 이 주제를 좋아하고 사랑하는가? 나는 이것으로 승부할 수 있겠는가?" 그 후 답을 하고 나가면 된다. 변수는 있겠지만 공부의 결과는 정직하다. 그렇게 책을 쓰고 강의를 하며 승부를 해나간다면 소위 상팔자의 삶을 살 수 있게 되지 않을까? 죽을 때까지 책을 보고, 책을 쓰고, 강의를 하고, 사람들을 만나고, 자유롭게 시간 보내는 삶은 상팔자이기 때문이다.